唱河渡

杨志鹏 著

作家出版社

图书在版编目（CIP）数据

唱河渡 / 杨志鹏著. -- 北京：作家出版社，2021.8
ISBN 978-7-5212-1500-7

Ⅰ. ①唱… Ⅱ. ①杨… Ⅲ. ①长篇小说– 中国 – 当代
Ⅳ. ①I247.5

中国版本图书馆CIP数据核字（2021）第155743号

唱河渡

作　　者：杨志鹏
责任编辑：兴　安
插　　图：贾维克
扉页书名题字：马治权
封面书名题字：尤全生
装帧设计：意匠文化·丁奔亮
出版发行：作家出版社有限公司
社　　址：北京农展馆南里10号　　邮　　编：100125
电话传真：86-10-65067186（发行中心及邮购部）
　　　　　86-10-65004079（总编室）
E-mail:zuojia@zuojia.net.cn
http://www.zuojiachubanshe.com
印　　刷：北京盛通印刷股份有限公司
成品尺寸：150×230
字　　数：256千
印　　张：19.75
版　　次：2021年9月第1版
印　　次：2021年9月第1次印刷
ISBN 978-7-5212-1500-7
定　　价：52.00元

唱河渡，即非唱河渡，是名唱河渡。

——作者题记

目录

第一章 政坛地震

什么叫晴天霹雳？此刻，对于郝东水来讲，听到的消息，只能用晴天霹雳来形容。瞬间，他的脑子一片空白，差点忘了眼前正在进行的活动。

郝东水赶到渡爷的百岁寿宴现场，村主任白大强马上宣布仪式开始，接着宣读西部空军少将何怀山的贺电，贺电说："渡爷是革命的功臣，在一九三二年冬，红军路过陕南，我的祖父何青山，带领一个营，执行给苏区运粮任务，半路被敌人包围，战斗过程中突围被打散，在汉江上游的唱河渡，得到渡爷的营救，才得以最终回到川北苏区。祖父临终前说，渡爷救过我的命，在抗日烽火中，他还救过美国飞虎队队员的命。我的这条命，是唱河渡的渡爷李万昌从半路上捡回来的。渡爷不仅是革命的功臣，更是我何青山的救命恩人，何家要永远铭记渡爷的恩情和功德！作为后辈，我牢牢记着祖父的话。由于工作原因，我不能前去亲自为渡爷祝寿，请主持人在寿宴上宣读我的祝词，代表我向渡爷致以崇高的敬意！感谢他对中国革命的贡献！感谢他对祖父的救命之恩！祝他老人家百岁之后再百岁！"

刚宣读完何怀山的贺电，郝东水就上台讲话，可他的讲话还没有结束，口袋里的电话响了，尽管他把手机调到了静音，但手机的振动还是让他分心，他急忙缩短了自己的讲话。他说："渡爷是上水市的市宝，更是唱河渡村百年苦难与辉煌历史的见证者，也是我们唱河渡新区的大功臣，他为唱河渡新区的发展出过大力。在这里，我代表市委平信书记、市政府韩市长、清河副市长和新区管委会所有人，祝渡爷福寿连绵，长久住世！"

他的话引起一阵热烈的掌声，可他顾不得回应掌声，急忙掏出已经停止振动的手机一看，是市委书记季平信的电话，他急忙走到楼房的转角僻静处，回拨过去，刚响了一声，电话就被接起来了。书记在手机那头问："东水，活动结束了吗？"

郝东水说："我刚讲完话。"

书记说："没有别的事的话，尽快到我这里一趟。"

郝东水看看手机上的时间，有些纳闷，按理说，市委开会没有这么快就结束的。他还没有来得及回答，书记接着说："清河副市长刚刚被省纪委从会议现场带走了。"

郝东水一听，立即呆在那里，周身像被雷电击穿，一刹那失去了知觉，他只"哦"了一声，那边书记挂断了电话。

瞬间使他想起了昨夜遇到的神秘河唱。他和唱河渡生态文化公园的运营商侯山川，在唱河渡生态文化公园的天河酒店，接待北京来的几个艺术家，吃完饭还早，他就和侯山川到公园唱河渡遗址，站在那儿想好好吸吸新鲜空气。他经常忙累了，就会到这儿来放松一下，过不了半个小时，疲劳感就会顿然消失。侯山川的解释是，这儿氧气充足，负离子含量高，身体自然恢复得快。当时，他俩站的地方，是唱河渡公园的中心区域，唱河渡遗址在汉江转弯的地方，地势由低渐高，站在河边可以避风，站在河堤的高处可以看见整个公园全貌。他俩刚站在那儿没有说几句话，突然汉江响起了河唱的声音。先是一阵类似于唢呐的音调，像有千军万马奔腾，高亢激越，整个河面，在月光下显出少有的平静，没有波涛，没有浪花，连水流似乎也停止了，只有河唱的声音惊天动地。汉江的这段河道，在几里路外汇聚了褒河的水流，水势猛然加大，变成了一条真正的大河。汉代萧何修筑山河堰时在此筑坝，形成了一道宽阔的河道，近年又适当加筑了几道拦河坝，提升了河道的水位，形成了一个看似平湖的水面。但是由于汉江水流量大，聚水的坝体，不间断地有水流通过，而且流速很快，在一道又一道拦水坝上，浪花飞奔，一刻不停，白天看不出有多少景致，每到夜晚，在灯光和月光的双重照耀下，远处因月光而朦胧，近处因灯光而耀眼，巨大的河面，就像一幅山水水墨画中嵌入了灯光秀，使整个河面流光溢彩，景色迷人。今晚令人奇怪的是，由智能控制变化的水流和灯光，好像一刹那有人操作，将这段河流变成了一个巨大的湖面，水色月色和灯光融为一体，河水停止了流动。就在他们还没有反应过来的时候，河唱的音调变了，由唢呐的高亢激越，变成了二胡的委婉苍凉，时而尖利时而低沉，像有人在哭泣，声调悲怆，令人感伤。再看河中间的回心石，似乎向下沉了许多，没有了往日灯光里的挺立。

因为唱河渡所在地理位置，形成河湾的水流回音，形成好像汉江歌唱的效应。河唱本来是一种自然现象，可被唱河渡的人说成是某些祸福的神谕，说每有大事发生，必有河唱出现。郝东水从来不信这些，认为是一种巧合或牵强附会，根本不当回事，可昨晚的现象太奇怪，加上刚刚发生的事，使他不得不产生联想。

十天前，新区生态文化公园商水长街的投资商钱黎青，被监察机关带走。在此之前，上水市城市建设投资集团董事长刘亦仁，被省纪检委宣布接受调查。钱黎青是一个身家几十亿的大老板，他是经夏清河副市长介绍，接受上水市委、市政府的邀请前来投资的。刘亦仁更不用说，他把一个国资一分钱都没有注入的空壳公司，利用政府给的政策和划拨的土地，三年时间，通过土地整理、开发，城市天然气管道等市政建设，就把城市建设投资集团的资产做到了五十个亿，五年后，资产达到了二百多个亿，去年贡献给市财政的税收达到了十个亿，人称财神爷。可他们接连出事，无疑在上水市引起巨大震动，不过最后传闻，刘亦仁是因为接受开发商的贿赂被查，钱黎青犯事与上水市无关，是因为他投资的终南别墅项目出事引起的。可夏清河副市长被带走，似乎使事情变得扑朔迷离，因为唱河新区和城市建设投资集团，都是他分管的范围，不得不使人产生联想，隐含了某种不祥。

郝东水参加渡爷的百岁寿宴前，还给分管副市长夏清河打了个电话，说："今天是唱河渡社区渡爷李万昌的百岁大寿，一个月前社区就打了招呼，渡爷之前也亲自给我说过，我得去参加，所以请半天假，市委今天上午的会议就不能参加了。"

市委临时召开的这个会议，是早上八点通知的，说会议十点在市委三楼会议室举行，要求市委机关处以上干部必须参加，不得请假。不过夏清河还是准了郝东水的假，说："我给平信书记说一声，这也算件不能推辞的事，别忘了向渡爷问声好，祝他健康长寿，就说有时间我去看他。"

郝东水说声好，就匆匆忙忙上车，他必须十点前到场，在仪式上讲话，为渡爷祝寿。这时回想起来，郝东水也没有从清河副市长的口气中听到任何异样，还是平时不紧不慢、十分温和的口气。

渡爷的百岁大寿，是唱河渡社区一个重要的节日，社区出面举办，招待社区近千名乡亲和外来的客人。祝寿的现场设在社区办公楼前的小广场。村民们最初搬过来的时候，还是叫唱河渡村，一年后纳入汉江路办事处管辖，名字就改为唱河渡社区，其他一切都没有变化，村子还在原来的地盘上，村民还是原来的村民，只不过人上了楼，换了个名字而已。这个小广场，尽管在上水市的小区里，算是个大空间，可要说是广场，有点名不副实，满打满算也就容纳四五百人。招待上千人吃饭，桌子显然不能彻底摆开，可村民们有办法，桌子摆不下，就沿着前后楼房的过道，一字排开，形成一条长廊，依然弄出不小的阵势。站在广场中央，向左右望去，像一条长龙，肚子大两边长，甚是壮观。四周的楼上，挂满了彩灯彩旗，像过年一样装扮得喜气洋洋。这在唱河渡村百年的历史上，算是第二次。第一次是唱河渡村离开河滩，整村搬迁到现在这片社区。搬迁时，村委会听了渡爷的建议，决定全村庆祝乔迁新居三天，由村委会出钱，大摆宴席，任何人在任何时候，都能在广场上支的大锅里，舀到白米饭和熬肉大锅菜。路经这里的外人，只要到了现场，不问姓甚名谁，都可以端起碗白吃白喝。已经九十八岁的渡爷说："这才是我们唱河渡村自古以来的德行，受穷时一把稻草能救命，发家时父老乡亲共享受。"

那是两年前的春三月，上水市周边几十万亩油菜花开了，紧接着梨花也开了，整个上水市的市区，像被围抱在花山花海中，由丘陵到浅山，再到挺立的山峰的半山腰，一片金黄的色彩，加上间或的白色梨花，和茂密的绿色植被，组成了一幅巨大的锦绣花团，山山水水，应接不暇，金黄中忽然飞出雪白的图案，像无数只白鹭飞翔其中；再往低处一看，阳光下闪烁的汉江，像一条玉带，闪现在盆地的中央，连缀起山水灵气，飘忽于天地之间，屹立的群山和俯卧的平川，瞬间飘动起来，整个上水市如同天宫的摇篮，将无限的春色送到了这片美丽的人间。

上水人祖祖辈辈生活在这里，自然不当一回事，可偶有外地的人经过，站在高处一望，激动得大声说："人间哪里有天堂？上水的三月胜天堂！"

在这样的景色里，唱河渡村的村民，庆祝自己的集体乔迁，当然是一件喜庆的大事，让外人白吃白喝，也算是彻底摆脱贫穷后的扬眉吐气，近说给自己长脸打气；往远里说，是告慰不知来处的祖宗。上百年来，这些已经不知道故乡在何处，或者知道来处已经陌生了故乡的游子，只有等着死了成为孤魂野鬼时，再去寻找传说或记忆中的来路。突然之间，因为拆迁富裕了，有钱了，那些不堪回首的岁月，成为过去。用改天换地、脱胎换骨、天壤之别这些形容词，来描述唱河渡村人的生活，都无法表达他们在生活的突变中，所引发的心理复杂变化。所以，大摆宴席、大吃大喝、让外人白吃白喝，也就成为必然。人有痛苦，得找到发泄的渠道；人有了巨大的欢乐，也得与人共享，有时面对欢乐比面对痛苦更需要释放。因为巨大的痛苦，可能导致人的死亡，但巨大的欢乐，也可能使人精神失常。在世人看来，死亡可以一了百了，而精神失常，不但使自己处于非正常的生活状态中，还会给亲人带来无尽的麻烦和痛苦，范进中举是最典型不过的例子。何况一个集体，一个上千人的集体，正处在狂喜中。村民大都不知道世上有心理医生，即使少数出门打工的人听说过，但也认为那不过是城里人没事生出的一种赚钱的职业，离他们十分遥远。可他们知道大块吃肉、大碗喝酒，可以尽情挥洒无法抑制的狂喜。

路经现场的人，看到的是喝得东倒西歪的醉汉，满桌的杯盘狼藉，同时看到的是不停来往的人群，热气腾腾的饭菜，似乎有喝不完的酒，吃不尽的粮食。三天时间里，以每人半斤粮食、二斤菜计算，唱河渡村的搬迁宴，至少招待过一万多人次，把唱河渡村委会以三百平方米的仓库五年的租金，换来的五千多斤洋州大曲，喝了个精光，堪称上水市的一个奇迹。

当时有人看见这个光景，给郝东水说了，郝东水给唱河渡村的村主任白大强打了个电话，说："大强兄弟，悠着点。"

白大强哈哈笑着说："渡爷交代的，让狗日的吃好喝醉，免得出事！"

郝东水问："不就是集体搬个家吗，会出什么事？"

白大强说："郝主任你不知道，领了赔偿款这两年多来，有的狗日的赌博，有的狗日的暗地里吸毒，还有几个拿了赔偿款，在工地干包工头的狗日的，居然学城里人包养女人。这股风气，像大风天早晨汉江上空的雾气，不断地疯窜，再不借这次集体搬迁的机会，给大家伙说道说道，一些人不知道该干啥了。我在开宴的当天，在喇叭上反复喊，这次大吃大喝，所有花销都由村上买单，狗日的们放开肚子大吃大喝，不吃白不吃，不喝白不喝。不过渡爷说了，吃饱了，喝足了，老老实实过日子，每家户主在村民守则上签字，以后若有违反守则的，按守则规定条款，根据当事人所犯错误的程度，扣罚全家半年、一年、两年分红，直至开除村籍，永远不得再享受村子里的福利。市里新修的戒毒所的大门，离唱河渡村最近，那里有的是房子，监狱更不用说，犯法的就要法办。"

郝东水听后笑了，渡爷果真是渡爷，这一招厉害。唱河渡村在拆迁时，安置点十几万平方米的商业网点没有分配，统统留给村集体，成立了一个实业开发公司，租给一家有经验的商业运营机构，村上一年得到的纯利润，就达到一千五百多万，分配到九百多个人头，每人每年有近两万元的收入。这笔钱对村民而言，是躺着得来的，不用付出任何劳动，如果被罚没了，是一个多么大的损失？村委会的村民守则，把原来由社会管理的治安问题，以经济手段管了起来。这个主意，除了渡爷，第二个人想不出来，即使想出来，也得不到大家的认同，渡爷说了，板子上钉钉子，算是彻底搞定了。

所以，那次搬迁大聚餐，被作为新闻报道了，主题不在大吃大喝，而在社会基层单位，以经济手段管理社会的尝试。

今天渡爷的百岁寿宴，也像两年前一样，成为唱河渡村村民的一次狂欢。和上次一样，这些花销均由村委会买单。只不过唱河渡村现在叫社区，村委会改为社区居委会。人还是那些人，换了个名字而已。

唱河渡所在的河滩，原来不叫唱河渡，叫回心镇，自唐代以来，就是上水地区一个发达的小镇，有一条长达三里的东西街，和一条两里多路的南北街，街面房的背后住着人家，鼎盛时期人口达到上万人。有种粮食的，有打鱼的，有经商的，小镇也是周围村庄的人赶集，进行各种商品交易的中心。加之回心镇有一个渡口，是连接出山（秦岭）到长安、下川（巴山）到成都的一个重要交通要塞，回心镇自然成为南来北往的人们光顾的地方，所以，回心镇的人家，不能说家家富裕，至少都能安居乐业，是一块难得的好地方。谁知清同治二年（1863）初春，大祸降临，太平军的一支部队，西进汉中，到达上水，破城池，杀州官，气势冲天，打得最激烈的时候，与官军在回心镇，也就是后来的唱河渡展开厮杀。回心镇的富庶，成为双方争夺的目标，太平军要粮要钱，以维持惨败后的生存，官兵当然不能让他们得逞，双方杀红了眼，回心镇几乎被屠城，在混战之中，不知何人放了一把大火，由于回心镇的房屋建筑都是木质结构，又由于年久木材变得干燥易燃，整个回心镇顿时变成一片火海，一座好端端的古镇在大火中毁于一旦。想不到第二年又遭一场千年不遇大洪水的肆虐，洪水冲垮河堤上岸，半个时辰使回心镇变成了一片汪洋大海。待大水退去，沙滩上一片狼藉，多是些从上游冲下来的杂草烂木，还有一些来不及跑掉的人和畜生的尸体。一年前那些烧毁的残垣断壁，被冲得一干二净。洪水同时卷走了这里的树木和泥沙，冲出一个巨大的河湾。逃出回心镇的人再返回时，已经看不到昔日家乡的痕迹，可家乡毕竟是家乡，流淌的汉江还在，周边的大山还在，他们只好到远处的山里伐些木头，再割些杂草，盖起临时的住所，继续他们的日子。可是由于这场巨大的变迁，回心镇已无法再回到过去的辉煌，只留下一条长达十几里的荒滩。人们在半年多的时间里，每当夜深人静，或者刮风下雨之时，都能听到河面上传来哭声，和夹杂着呜咽的呼喊声。人们随声音寻去，不见人影。最后人们发现，这些奇怪的声音，来自河湾，正是惨遭屠戮又遭洪水淹没的原来回心镇的街心。于是，人们把这儿称为唱河，原来的回心渡就改为后来的唱河渡。

唱河渡村的人，在原回心镇冲毁的河滩上，形成一个村庄，已经有一百多年了，其中一少部分是原住民，大多数人是清朝末年从四面八方逃到这里的灾民，有河南的、湖北的、四川的，还有汉江沿岸多个地区的。在漫长的岁月中，逃难者不断增加，村子也就不断扩大，至二十世纪八十年代初，沿着汉江的河堤和湿地，几户一堆，或独门独户，散落在几里长的河堤河滩上，形成了一个上千人的村庄。即使到了二十一世纪的开头，这里仍然是一个兔子不拉屎的穷地方，村民住的房子，大多数是几十年前用土夯成的土墙，或者破石烂砖垒成的，有的干脆就是几根木棒支撑着几张铁皮。最久远的房子，恐怕有上百年的历史，屋顶上要么盖的茅草，要么就是一些随手捡来的破毛毡，只有极少数人家屋顶盖着瓦，但那些陈旧的瓦片，一看就知道是从别的地方捡来的，形状大小不一，颜色黑白不均。村子里的人，靠种河滩上一些薄地过日子，大旱之年离水近，收成不会减多少，但水灾之年，汉江两岸几乎被洪水吞没，常常颗粒不收。早年汉江里有鱼，他们还能捕捞些鱼虾卖点钱，补贴生活，可随着上水市人口的增加，人们过度捕捞，汉江里慢慢没有什么像样的鱼虾可以捕捞了，最终只能靠河滩的土地，这里人的生活就越发艰难了。在很长的时间里，唱河渡村的人，吃饱肚子是最大事情。

唱河渡人有一句口头禅：富裕出贵人，贫穷出盗贼。这句话，是他们对自己现状不满，拿来自嘲的。事实确实是这样，在上水市说起唱河渡，人们把它形容为：老鼠满地窜，男女光屁眼！老鼠在这里，不用打洞，可以公开招摇过市，男人可以当众偷盗，女人可以白天"偷人"。这是多年来唱河渡治安的真实写照。一度，上水市百分之五十的治安案件，均出现在唱河渡一带，或者与唱河渡有关联。这段十几里长的河堤，被称为上水市的水泊梁山，每过一年半载，就会出现一两个杀人案，被杀者的尸体，常常会在芦苇荡里发现，而且多半已经发臭。前几年，上水市一位外地投资商，在本市挂上一漂亮女人，神差鬼使地溜达到这里，遭到拦路抢劫，抢劫者发现他身上除了一部手机，没有带现金，感到十分晦气，一怒之下要杀人。这位投资商虽然不是亿万富豪，但也有几千万身家，他对抢劫者说："我把女朋友押在这里，马上回去取钱。"接着问："你要多少？"

抢劫者说："我傻吗？你到底是回去取钱，还是出去叫警察，猪脑子也能想得出来！你认为我会信吗？一看你就不是一个好东西，不但低估别人的智商，还他妈的不讲仁义。"

投资商一听，脸色变了，结巴着说："你要咋样？"

抢劫者说："杀人呀！"

投资商还想讲道理，说："你知道我是谁吗？"他自问自答："我是上水市最大的投资商，你把我俩杀了，就成了上水市的大案，你也活不了，抢钱不就是为了活得好吗?!"

抢劫者大喝一声说："屁话！老子在做自己的事，用得着你管吗？今天只杀一个人，你小子就不是一个男人，还要把女人押给我，你就不怕我把她先奸后杀了吗?!"

这时，女人站在一旁，浑身抖个不停。

抢劫者看了女人一眼，说："回去给警察说，告诉以后再来这里闲逛的人，带些钱，免得丢了性命！"说话间，朝男人脖子甩去一刀，只见鲜血喷出老远。抢劫者把匕首装进口袋里，转身离去。

当抢劫者的身影消失在芦苇丛中，女人才从呆滞中惊醒过来，哭喊着冲出河滩，跑出十几分钟，到马路上拦了一辆车，到最近的派出所报了警。

这件凶杀案激怒了官方，命令警方限期破案，但时间拖了一年，竟然一无所获。原因是周边几十里，全是河滩芦苇，没有一个监控录像，过了汉江，那边就是山高林密的巴山，作案的人要逃跑，一过河，偌大的山林可以隐没千军万马，一两个贼人强盗钻进去，如同江海里撒了一把胡椒面，闻不到一点味，到哪里去破案？

因此，上水那些上了年纪的人，告诉年轻人：莫要在唱河渡走夜路。年老的公婆，或年轻的妈妈，吓唬小孩说：再不听话就把你扔到唱河渡去！不知是遗传基因还是集体记忆，小孩听到这句话，要么不哭了，要么哭得更厉害。

唱河渡村的中间地带，有一个宽约一百米、长约五百米的交易集市，两边用破铁皮和几根柱子搭了一溜没有围墙隔挡的房子，里面放了交易的东西，既有萝卜、白菜，也有黄花、木耳，还有各种简单的日用百货，当然也有从城里批发来的低档衣裤、鞋袜，总之别处能见到的，这里都有，不过历来都是唱河渡村人自己在交易，绝少有外来的人在这里买卖东西。人们对唱河渡谈之色变，似乎那里除了刁民，就是盗贼强人，外人实不敢涉足。一九四九年之前，这里是土匪、盗贼、恶人出没的地方，之后几十年里时好时坏，治安案件只是多与少的区别，从来就没有绝迹过。重要的原因，就是因为贫穷。一九六七年那个内乱的年份，唱河渡也出了两派，厉害的一派成立了敢死队，抓了当时的村支书，说他是唱河渡最大的走资派；另一派不服气，说：放个屁全村人都能闻到的小地方，穷得叮当响，有什么他妈的走资派！双方互不服气，大打出手，最终出了人命。上级派了工作队，实行了军管，最终抓了两个人坐牢，才将事情基本平息下来。

二十世纪八十年代后期，这里的人也开始做买卖，偶有外面的人把大城市的货物买卖到这地方来，但总归不成气候，唱河渡村仍然处在自我封闭的状态。他们有他们的生活逻辑，他们有他们的生活观念，贫穷似乎是一成不变的常态，他们也习惯了这样的常态，有外人偶尔教育他们说："太贫穷了，就不想富起来吗？"唱河渡人会说："说得那么轻巧。生死有命富贵在天，我们的祖先，能从几百里、几千里外的故乡，逃难到这里，落根生娃，一辈辈传下来，他们不比我们厉害？"

外地人听了摇摇头。不在一个频道上，话不投机半句多，笑笑走人。

这样一个贫穷、落后，社情复杂的村庄，在本世纪的第十个年头，居然被上水市列为旧村改造拆迁的目标，后来居然成功了，其中的原因当然极其复杂，最重要的原因离不开一个人，那就是渡爷。

渡爷的名字叫李万昌，之所以叫他渡爷，因为他在唱河渡口，做过五十多年的摆渡人，直至108国道跨江经过唱河渡东头时，修了跨江大桥，渡口被废弃，渡爷才结束了他的摆渡生涯。离开渡口时，他已经是一个七十岁的老人了。在船上时，人们就不叫他名字，而是称呼渡爷，离开渡船后，人们仍然习惯称他渡爷。渡爷的称呼，不仅是一个名字，他概括了唱河渡的一段历史，而且凝聚了渡爷一生的威望。郝东水后来知道了渡爷的历史，大吃一惊，原来渡爷并不是因为他年龄大了被人尊称，而是在他二十一岁时，战胜了当时唱河渡村的所有竞争者，得到唱河渡渡口摆渡人的资格，名副其实地成为渡爷。

郝东水听到一个让唱河渡人津津乐道的故事，他向渡爷落实过，渡爷点头说，有那么一回事。故事说的是渡爷四十多岁时，年轻，有力气，人又长得标致，浓眉大眼，高鼻梁，大个头，可是一直单身，众人觉得奇怪。因为摆渡这个活，虽然不算最体面的活，可在穷乡僻壤的唱河渡，是一个类似于有固定收入的职业，总比三天打鱼两天晒网，或者种点薄地的农人强得多。只要有人过渡，就得留下渡资，即使一把粮食也是收获。除了大雨、大雪、大风的天气，总有人过渡，在上下十几公里的河段上，这是唯一的渡口，也是上水市境内二百多公里的汉水沿岸人流量最大的渡口。所以，渡爷每天的收入，在农人看来，无异于一笔不小的横财。因此，渡爷的职业被人看得起是必然的。

实际上，给渡爷提亲的人，从来就没有断过，只是大伙见渡爷一个也不动心，慢慢说的人就淡了。一个大旱之年，唱河渡来了一对逃难的夫妻，他们过渡的时候，给不了过渡的钱，身上也没有其他东西，那个男人就硬着头皮说，他们是离这里二百多里地的人，是背了家人逃婚过来的，半夜跑出门根本就没有带东西，何况家里本来穷，也没有啥东西可带，是在女的被接婚的半途，这个私爱女人的男人，组织几个兄弟抢走的，慌忙中一路逃难到了唱河渡。渡爷听了他们的故事，自然想起自己的女人，所以一文钱也没有要，而且倒贴了他们两升米，让他们在唱河渡的破庙里暂住了下来。可是时间一长，又没有吃的了。那时的唱河渡，刚刚分了田地，他俩是近期外来的人口，并没有土地分给他们，自然也就没有活干，两手空空不能度日，他们的婚姻终于遇到了重大考验。困顿中的男人，居然想出一个昏招，想让自己的女人去和渡爷睡觉换粮食。因为他们侦察清楚了，渡爷一个人过日子，既没有女人，也没有相好，有时住在村子里的破房里，更多的时候就睡在渡船上。男人对女人说："只有委屈你了，我不相信，一个四十多岁如狼似虎的男人，岂有不想女人的道理?"

女人听出了男人话中的意思，她本想质问男人，有本事抢来女人，就得有本事养活，可如今竟要女人卖身养男人。可一想，还是把到嘴边的话咽了回去，在她老家的风俗里，女人嫁给男人，就是男人的东西，男人愿怎么处置就怎么处置，只是她没有想到，自己私下看好的男人，竟然让她走到了这一步，她只能认命。于是，在一个月黑风高的夜晚，确定不会有人过渡了，男人陪着女人到了渡口，男人躲在一块大石头背后，躲避着刮过来的大风，女人直接到了船上，敲开了船尾的舱门。渡爷拉开小门的一刹那，弯着腰，整个身子好像塞满了船舱。船舱里点着一盏油灯，渡爷的眼神，在昏黄的灯光里显得异常地明亮，女人的眼光与渡爷的眼光接触的瞬间，女人突然犹豫了，但她还是缩着身子钻进了小舱房。渡爷让她坐下，平静地问:"这么晚，有事?"

女人看着渡爷的眼光，不敢撒谎，咬着牙说:"渡爷，你接济那两升米，早就吃完了。日子过不下去了，喝了几天稀汤，快要饿死了，来和渡爷换点吃的。"

夜色沉重，渡爷明显感到船被风摇动的震荡，河水的浪花扑到岸边，发出拍打河滩的声音，渡爷的心里有些难受。这时，渡爷又听到了远处河面水流的呜咽，那是激流经过回心石时产生的呻吟，每到夜里刮大风的时候，渡爷睡在船舱里，都能听到这样河唱的声音。此刻，回心石水流的呜咽，撕裂了渡爷的心，渡爷端坐在那里，像一尊石雕。女人看着渡爷不说话，急了，说:"渡爷愿睡多久就多久，渡爷是接济过我们的恩人，给多少吃的听渡爷的。"说着，女人开始脱衣服，天气并不冷，女人穿得也不多，脱下外衣，就露出了雪白的胸膛，作为一个男人，当渡爷的眼光刚触及女人的胸部，就咽了一口唾沫，可渡爷毫不犹豫地一把揪过女人的衣服，让她穿好。女人啪地跪下，哭着说:"请渡爷救救我们。"

渡爷生气地说："你那个男人不是东西，粮食可以给你们，现在就去取，天大的难处也不能这样。"

说着渡爷起身出了小屋，女人整理好衣服，也跟着出来了。两个人上岸走了几步，男人从大石头的背后走出来，渡爷像没有看见他似的，径直向前走，根本就没有把那个男人放在眼里。

踏黑走了两袋烟工夫的夜路，到了渡爷的破房子前面，渡爷打开门，点燃了油灯，才让一男一女进屋，但没有让他俩坐下，渡爷从一个破箱子里取出一个口袋，里面有半袋子东西。渡爷对男人说："我这是看你女人的面子，你一点也不值得可怜！这是我准备过冬的杂粮，你们全拿去先吃着，但要找点活路，眼下你们这样过日子，谁也救不了你们。"

女人从渡爷手中接过粮食，说："谢谢渡爷的救命之恩！来日再来报答。"男人没有说话，黑暗里恶狠狠地瞄了渡爷一眼，从女人手中拿过粮食，转身离去。

折腾了这一阵，渡爷没有再回船上，在破屋子里睡了一个囫囵觉，直至大天亮，有人来敲门，说河对岸有人喊过渡，他这才急急忙忙赶过去摆渡。

让渡爷始料未及的是，那对男女半夜回到家，吵了一宿，男人说："至少这些粮食吃完之前，我不能和你睡觉。"女人问："为啥？"男人说："为啥？你心里不清楚吗？我嫌脏。"女人说："你是猪脑子吗？我进去没有一袋烟的工夫，刨去和渡爷说话的时间，统共超不过喝一碗稀饭的时间，渡爷能做啥？"男人的话说得很难听，说："长短能证明啥？进去就算，这个号称正人君子的狗男人，敢睡我的老婆，我不会轻饶了他。"女人说："我们刚来时，是人家接济了我们，这会儿又是人家救了我们，狗讲忠诚人讲良心，你连狗都不如吗？"男人跳起来，第一次打了女人一巴掌，说："刚睡了一次，就替外人说话。"这场吵架，谁也没有说服谁，女人无法证明自己没有和渡爷睡觉，男人无法平息心中的嫉恨。天亮时分，两个人吵累了，突然感到肚子饿了。因为三天没有吃上一顿饱饭了，这时眼睛盯着口袋，食欲愈加强烈。于是男人提议好好吃一顿，女人看着男人的可怜相，心中突然涌起心酸，是自己先和男人好的，抢亲也是她出的主意，这个男人做了，说明这个男人把她当回事。她的心一软，就按男人的要求，熬了半锅浓粥，舀到碗里，可以用筷子刨着吃。这是半个多月来吃的唯一一顿干饭。

看着干饭的"面子"，两个人和好如初，一人一碗，蹲在狭小的空间，急急忙忙地享用。不巧的是，成立不久的农会里，任民兵连长的吴小二，睡不着起得早，这天偶然路经破庙，见房顶上冒烟，这么早会有人做饭？于是，他闯进了门，这时男人和女人端起碗，没有吃几口，看见有人进门，躲也无处躲。虽然他们刚来不几天，这个民兵连长吴小二还是认得的，因为三天前召集过民兵开会，吴小二在破庙前的广场上讲过话。女人一眼认出来，慌忙起身，锅里还剩一点，盛到碗里，刚好半碗，女人说："连长来晚了一点，只剩半碗，不要怪罪。"说着递过去，毕竟是难得一见的干饭，吴小二接过碗筷，三下五除二就刨进了肚子里。男人和女人也不敢怠慢，跟着吴小二的节奏，也及时放下了空碗。这时，吴小二才发威，问："哪来的粮食？"

幸好女人细心，提前把那半袋子粮食放在了最里面神像的后面，不会轻易被发现。女人就说："问渡爷借的。"

想不到吴小二虽然和渡爷没有过节，但最近一直觊觎渡爷的位置，只是碍于渡爷在唱河渡的威望，和渡爷救过的那位红军何青山，如今是省公安厅厅长的势力，没有办法下手。女人的回答，立即给他提供了一种可能。他问女人："渡爷为啥要借给你粮食？"他不等女人回答，又加重语气问一句："粮食到今年冬天比金子还贵重，平白无故他就送你粮食？"

看着吴小二恶狠狠的眼光，女人身子一抖，一时无话。吴小二转向男人，说："如果不说实话，甭想在唱河渡再待一天。"

这时男人刚熄灭的炉火一点便燃，他喘着粗气说："渡爷和我的女人睡觉给的。"男人说完这句话，眼光并没有离开吴小二，他等吴小二的反应，看看这个前几天在民兵队伍前训话的人，有没有威风对付渡爷，替他出这口恶气。

岂不知吴小二要的就是这个把柄。他说："你女人答应的?"

男人当然不能实话实说，本来已经游离的眼光，再一次盯着吴小二，说："难道谁家的男人被骗了，能让自己的女人和别的男人睡觉?"

吴小二的眼光转向女人，看看女人的反应，这时的女人已经低下了头，显出百般的羞耻。吴小二说："我明白了。"说罢，转身离去。

第二天吃罢午饭，吴小二突然把唱河渡临时组建的五十多名民兵，集合到破庙前的小广场，指示一名民兵，去渡口喊渡爷来。那位喊人的小伙子走了，吴小二在队伍前讲话，他说："这个李万昌，平日里依仗渡爷的名声，耍尽旧社会的习气和威风，以为没有人敢惹他，简直到了疯狂的地步，仗势欺人，胆敢当着人家男人的面，睡人家女人，和那些被打倒的地主恶霸有啥两样，等一会儿他到了，咱们要好好质问他，他哪里来的这个狗胆，简直就是国民党的残渣余孽!"

吴小二慷慨激昂讲了好大一会儿，渡爷终于跟着那个小伙子到了。吴小二一见渡爷，刚才的威风和底气泄了半截，正要寻思着怎么开口，渡爷先说话了："大连长，叫我来干啥呀? 莫非有好事?"

渡爷的话语，显然是挑衅，吴小二立时壮胆，大声说："别以为没有人敢惹你，做了坏事也没有人对付得了你! 要知道已经是新社会了，你胆敢以一顿饭的粮食为诱饵，和别人家的女人睡觉，虽不算罪大恶极，但也不能饶恕。"

渡爷站在那里，像一根石桩，坚硬而又挺直，吴小二的话对他没有任何作用。渡爷依然用挑衅的口气说："我睡了你又能怎么样？"

吴小二说："我现在就让民兵把你捆起来！"

渡爷并不退让，说："你试试。"

吴小二喊了一声："把这个流氓抓起来！"

但是，没有一个人动，吴小二借着练过几年拳脚，企图冲上去，渡爷则圆睁双眼，一动不动，等着和吴小二交手，小广场上的气氛一时紧张。正在这时，当事的女人从破庙里冲出来，大喊一声说："渡爷根本就没有睡我，我自己找上船，渡爷训斥了我，啥也没有做，就给了我粮食。"

女人的话还没有落音，男人从里面冲出来，指着女人说："这个不要脸的东西，换了就换了，还在为流氓说话。"

女人转过身，怒目男人，说："人要有良心！"

男人冲过来，口里大骂着，要动手脚。眼看他的巴掌要落在女人的脸上，旁边的渡爷以迅雷不及掩耳之势，一脚将男人踹出一丈多远，男人一屁股坐在地上，半天爬不起来。这边的吴小二，一瞬间像发了疯似的，不顾一切冲了上来，可是渡爷不慌不乱，后退一步，等吴小二的拳脚飞过来，顺势侧过身子，待吴小二拳脚飞空时，渡爷右脚一个横扫，吴小二仰面倒地，一声惨叫。那个男人见状，坐在地上，不敢动弹，吴小二一看不是对手，也不敢再出手。渡爷指着男人问："说不说实情你看着办。"

渡爷说罢，站在那儿不动。

男人爬起来，对着渡爷作揖，说："是我让女人去的，我不是人！"

渡爷指着男人，说："你连畜生都不如！"

说罢不再理会他们，说声"有人要过渡"，就离开了。

这场挑衅以吴小二彻底失败而告终。不过第二天一大早，渡爷来到破庙前，敲开男人女人的门，将一沓钱放在三条腿的供桌上，对男人说："拿着这些钱，带着自己的女人，滚吧，不然你叫女人咋活人?"

女人流着泪，又给渡爷跪下，说："谢谢渡爷的大恩，今生如果不能回报，来世做牛做马报答。"

男人也给渡爷跪下，说："感谢渡爷的宽宏大量，我会心疼自己的女人的。"

渡爷说："这就对了!"

那对男女离开唱河渡半个月后，吴小二因为过去给人拉过皮条，当过打手，又因这次诬陷渡爷的事，被农会以行为不端、滥用职权的定性撤职。可因这段故事，渡爷不但在唱河渡再一次立了威，而且被人们看作在世的活菩萨，说他霹雳手段、菩萨心肠。

随着时间的推移，渡爷成为唱河渡村百年来的传奇，他的故事可以写成一部大书。在唱河渡村民的眼里，渡爷一生未娶，光棍一条。其实渡爷年轻时有过一个女人，而且那个女人，竟然是渡爷领着逃命出来的，渡爷于他心爱的女人，有救命之恩，渡爷也庆幸危难中收获了爱情。所以，在渡爷遇到那对男女时，才会生起极大的同情心。

渡爷年轻时的女人，经渡爷描述，郝东水知道了，那是一个能想象得出来的极美的女人。

郝东水为了拆迁，第一次见渡爷，没有带拆迁办的人，而是带了办公室主任范小迪，和电视台漂亮的女记者沈山灵。当时是由村支部书记和村委会主任两个人带着去见的渡爷。一进门，村主任白大强对坐在椅子上的渡爷说："市上的领导看你老人家来了。"

渡爷没有抬头，说："我这个老不死的，已经被阎王忘了，还能被市上的领导惦记着，真是三生有幸呀。"渡爷小时候上过私塾，不似一般的文盲村夫，说起话来不紧不慢，世上的事情对他而言，似乎永远是一个步骤，急与不急结果一样。他又说："有事需要我这个老朽出力的，村官招呼一声，我尽力办，用不着打扰市上的领导。"

渡爷无儿无女，是村子里的低保户，房子是前些年民政部门拨款村子里给修的，也就十几平方米大，睡觉做饭全在一起。渡爷坐在屋子的中间，一下进来五个人，显得空间狭窄，光线昏暗。两个村官后退一步，再没有说话。郝东水上前一步，说："我是上水市新区管委会的郝东水，您老人家不知道我，可我早就听说您老人家了，渡爷可是上水市的市宝，唱河渡的历史博物馆。"

也许渡爷出于礼貌，这时抬起头，看了一眼站在跟前这群人，突然间，他的眼睛迸发一丝光芒，屋子里所有的人都没有发觉，但渡爷清楚他看到了什么。房子的门朝南开，光线从门口射进来，进来的人能看清渡爷的脸，进来的人的脸是逆光，渡爷看不清，可即使如此，一刹那，渡爷的体内如同注了一剂强心针，两眼生光，脸上浮现出少有的红润。他指着郝东水身旁的女记者，问："这个女娃来干啥？"

女记者机灵，立即上前握住渡爷的一只手，说："我叫沈山灵，来采访渡爷的故事，我们电视台开设了一个栏目，叫《上水故事》，通过讲故事的形式，介绍上水市的历史文化。这个节目得到了省台和中央电视台的肯定，渡爷是有故事的人，可要帮助我们呀。"

"沈山灵？"渡爷的身子明显颤抖了一下，但马上恢复了常态，说，"我这个老不死的，别的没有，故事有的是。"

郝东水趁机说："渡爷，我今天来，没有别的事情，一是看看渡爷，二是也想听听您的故事。我在唱河新区做事，是您老人家的邻居，不能错过听您老人家讲精彩故事的机会。"

说着，办公室主任范小迪把一箱牛奶和两瓶洋州特曲酒放在渡爷身旁的桌子上，郝东水说："一点心意，请渡爷收下。"

郝东水来之前，村主任白大强就告诉了渡爷，说管咱们唱河渡的新区管委会主任来视察，渡爷当然知道这个主任是新区最大的父母官，可他对此毫无兴趣，只是在看到女记者那一刻，他才放弃了漠然的态度。渡爷说："老朽不就是个多吃了几十年饭的人，劳驾市上的领导操心。"

　　郝东水说："仁者长寿，看望渡爷就是拜佛。"

　　渡爷没有理会郝东水的客气，而是看着女记者，说："女娃，看见你我想起了年轻时的事，想把那个窝在肚子里已经发酵成酒精的故事，讲给你们听。"

　　女记者一听，立即笑着说："我等的就是渡爷这句话，谢谢渡爷！"说着，打开了录音笔。

　　大家分头坐在几个矮凳子上，听渡爷讲述。

　　渡爷说："我这条命，是和我的女人紧紧连在一起的，她的名字也叫沈山灵。和这个女娃长得一模一样，漂亮极了。"渡爷干瘦的脸颊，突然有了红晕，满头的白发似乎也有了生机，在春日的气氛里，显出少有的苍劲。

　　郝东水和女记者沈山灵大吃一惊，觉得似乎进了时空隧道，生出极大的疑惑，难道真的有轮回转世吗？

　　渡爷没有注意众人的反应，开始了他的讲述，整整两个多小时，渡爷始终沉浸在他的故事里，不但感动了所有人，女记者沈山灵还几次流泪了。她的情绪随着渡爷的讲述，难以平静。回到电视台后，她一字不漏地把渡爷的讲述，整理成文字，她舍不得删去任何一个环节，她不但想做一个纪录片，还想写成一部电视剧……

　　郝东水来参加渡爷百岁庆典仪式的路上，开车只有十几分钟时间，渡爷的那些故事又一次冒了出来。正是因为这些故事，他敬重渡爷，与渡爷的感情拉近了，而且就是在渡爷的强力支持下，拉锯近半年毫无进展的唱河渡村的拆迁顺利展开。所以，渡爷成为上水市的知名人物，不但市委书记、市长知道，就连普通市民也有不少人知道。郝东水自然成了渡爷的朋友，所以，今天的活动无论如何他得来参加。

赶到仪式现场，该来的人几乎都到了，小广场坐满了黑压压的人，两边楼房的过道里，人们已经做好了开席的准备，等简短的仪式结束后，马上就可以动筷子了。

郝东水经过人们留下的过道，快速到了前面，那里等候的人们立即站了起来，有新区商水长街投资的钱黎青的副手邹弦子、唱河渡生态文化公园运营商侯山川、电视台记者沈山灵，郝东水与他们一一握手后，直接走到第一排人群的中间，握住渡爷的手，说："有事来晚了点，等会儿喝酒，好好敬渡爷几杯。"

渡爷笑着说："你是公家的人，公事要紧，我不就是岁数大，只能说明吃的饭多，小事一桩。"

郝东水哈哈笑着，放开渡爷的手，站到了桌子前，社区居委会主任白大强就宣布庆祝渡爷百岁寿宴开始，接着宣布："首先宣读何怀山少将的贺电。"

贺电宣读完毕后，白大强宣布："请新区管委会郝东水主任讲话。"

郝东水本来想讲讲唱河新区在拆迁过程中，渡爷所做的那些贡献，还想再讲讲新区以后的发展。可是，由于口袋里手机两次振动的原因，他缩减了讲话内容，他断定是一个重要的电话，因为他二十四小时开手机，只有重要的事，才调在振动状态，一般情况下响一遍不接，说明他有事，很少有人接着打第二遍。

他回拨回去，与平信书记通了话，急忙回来，向渡爷和现场的人告别。郝东水双手握着渡爷一只手，说："渡爷，对不住了，平信书记让我回去，有急事，我只能先走了，不能陪渡爷了。"

渡爷听了多少显得有点失望，但仍然口齿清楚地说："你是公家人，咱这是私事，尽管忙你的，可别忘了今晚来喝杯寿酒。"

郝东水说："一定的，渡爷。这杯酒可不光是喜酒，还是长寿酒，谁不想沾你老人家的喜气、仙气哩。"

渡爷咧着嘴笑了，脸上的皱纹绣成了一团，表情像一个天真的孩子。

郝东水的表情，并没有显出与平时的不同，人们只是觉得，政府官员就这样，常常身不由己，说好的事情，说不定就会被突然而至的另一件事情改变了原来的计划。

郝东水上了车，细想才感到事情蹊跷。晚秋的气候，突然显得很闷热，车内更是憋气，他急忙将车窗降下一半，一股凉风立即吹进来，他感到轻松了些。从唱河渡社区到市委办公楼，车得开上十多分钟，沿路街道两边绿化带的银杏树，叶子已经发黄掉落，显出秋色的苍凉，街道两旁的楼房，似乎因为深秋的原因，颜色也显得灰暗沉重，失去了往日的鲜亮。城市对于一般人而言，看到的无非是街容街貌，楼房空地，广场绿地，可对于郝东水而言，城市的每一寸变化，都会使他联想到土地拆迁平整、赔款安置、招标挂牌、设计规划、招商引资、建设实施、验收通过、推广销售，每一个环节，都有难以述说的复杂变数，每一项政策规定，市场行为，看似清清楚楚，却有着说不清道不明的各种掣肘的因素。此刻，他快速地把夏清河有可能涉及的大项目的程序，在脑子里过了一遍，怎么也无法找出重大失误的地方，官场的腐败，似乎在夏清河的身上也找不到半点影子，到底是哪里出了问题，也许只有等纪委公布了调查结果才能清楚。

赶到市委院子里，下了车，郝东水几乎用跑步的速度上楼。上水市的市委办公楼，不像经济发达地区那样，高楼大厦，造型雄伟，外观漂亮，内部豪华。作为四线城市的上水市，由于受交通条件的制约，长期以来，只靠一条普通铁路、一条国道，与外界相连，所以，在二十一世纪头十年，仍然经济落后，发展缓慢，说是个地级市，以它的历史地位和人口规模，至少应该算三线城市，但实际上以它的经济指数衡量，充其量只能跻身四线城市。市委办公楼修建于二十世纪八十年代，是个五层大楼，没有电梯，书记在三楼的东头办公。郝东水到了书记门口，刚敲了一下门，几乎同时，书记在里面说道："进来。"

进了办公室，书记抬起头看了一下郝东水，说："杯子的茶水，是刚给你泡的。"

一般来说，书记接待来人，都是等来人到了，然后秘书进来给来人沏茶，而今天书记竟然亲自沏茶，而且是提前泡好，这在郝东水看来有些反常。

书记的话使郝东水突然觉得口渴，他这才记起来，从上午七点半进办公室，到现在还没有喝一口水，这时真的渴了。书记好像在看一份文件，郝东水就端起杯子，喝了几口，刚放下杯子，书记抬起了头。他的表情显得凝重，说："省纪委的同志，昨晚就到上水市了，住在一家普通酒店，没有通知我们，今天早上七点钟，省纪委给我打电话，要求我们上午十时，召开市委扩大会议，机关处以上干部参加，说有重要事项通报。"书记看了一眼郝东水，接着说："十点会议开始后，我刚要向纪委的同志介绍到会的市委常委，纪委的同志说不必了，接着直接宣布夏清河同志因涉嫌严重违纪，经组织研究决定，对夏清河同志隔离审查。"

季平信书记从办公桌里面走出来，来回走了几步，转过身对郝东水说："当时，清河同志就坐在我旁边，他一听，当时就愣在座位上，直到纪委的同志走到他身边，说夏清河同志，请跟我们走时，他才回过神来，不知道发生了什么事，他看了我一眼，没有说什么，起身和纪委的同志出了会议室。"平信书记又看了郝东水一眼，说："事情的经过就这样。我要求大家正确对待这件事，不要传播小道消息，从自身抓起，自查严查，严格要求自己，一切以组织的结论为准。"

说罢，平信书记走到郝东水的对面沙发上坐下来，看了看郝东水，语气严肃地说："东水呀，不管从组织的角度，还是从私人感情的角度，我对你是绝对相信的，你能确切地告诉我，新区这几年的发展，到底有没有违规的地方，清河同志有没有接受贿赂之类的传闻或嫌疑？或者其他可能存在的问题？"

从进书记办公室开始，郝东水就猜到书记会问这样的话，可他的脑子在高速运转之后，也没有找到合适的答案。说没有，显然无法解释刚刚发生的事情；说有，就他所经手的所有事项，没有任何可以证明夏清河有违纪违法的情节，他也没有听到过任何有关夏清河可能有事的传闻。

郝东水还没有来得及回答，平信书记又说："我们要相信组织，在没有确凿证据的情况下，组织不可能对清河同志采取审查措施。"

书记这样说，郝东水认同，但他还是不绕弯子地说："就我所了解的和听到的，清河市长没有什么违纪违法的传闻。"

初冬的阳光从玻璃窗上透进来，本来应该是暖烘烘的，可郝东水分明感到了几分凉意。时已十一月中旬，北方应该是供暖时节了，南方大多地方应该还处在不冷不热的季节，可处于南北交界的上水市，就显得尴尬。当年国家确定供暖区域时，是以长江为界的，上水地区处于秦岭以南巴山以北，汉江从盆地中间穿过，应属长江流域，无论以秦岭为界的传统分法，还是以长江为界的现代分法，上水地区自然属于南方，可它的气候特质更像北方，四季分明，冬季寒冷。这个说南不南、说北不北的地方，突然在这个深秋的季节里，雨水特别多，老天爷像憋足委屈的妇人，终于找到一个机会，不停地哭泣，使今年这个深秋时节，充满了阴冷。这几天，天色刚刚放晴，天气则显出少有的温和，像一只听话的绵羊，俯卧在山水之间。郝东水前两天刚给市委常委、常务副市长夏清河汇报了唱河渡生态文化公园，最后一个区域的开工仪式方案，可今天的突发事件，使这个急需开工的计划，又多了一个变数。郝东水打了个寒战，不知道还应该再说点什么，一时有些迟钝，就等着书记说话。

季平信似乎并没有放弃刚才的话题，或者说对郝东水刚才的回答不满意，他盯着郝东水看了一会儿，说："东水同志，现在不说清河同志了，说你。"

郝东水一愣，有些吃不准书记的意思，只好看着书记，等着他发问。

季平信并不在意郝东水的眼神，他直接问："新区投资超过十亿元的大项目就有三个，亿元、几千万的项目不下三十个，人人觉得这是块肥肉，钱多得流油，过一手岂能不沾一星半点？过去我不相信，我对你郝东水是了解的，对清河同志同样是了解的，可今天的事情让我有些不那么自信了。"季平信看着郝东水，说，"我得把任何违纪违法的可能，消灭在萌芽状态，不要让它产生危害，即使这种苗头已经发芽，我也得赶在出事之前，采取补救措施，把危害降到最低限度，以尽量保护身边的同志和市委这个班子。"

季平信有些动情，说："东水呀，你知道上水市的发展，到了一个关键时刻，如果上去了，上水市就有了一个大的提升，我们也就对得起上水市的父老乡亲了，也对得起组织，更对得起我们自己的人生！人活一世，不就几十年吗，干事能有几年？能干成事的机遇又能有几年？所以，这个时候，人是关键，我离不开你们任何一个干事的！清河同志这些年，一直在分管市政建设，特别是新区大项目，他被审查，如果有问题，一定会牵扯到新区的人和事，你不用说，是一个关注的目标。没有事更好，如果有事，你得提前告诉我，让我有处理的时间，让我尽可能地找到补救措施。我和韩市长以及几位常委交换了意见，已经通知市审计局、财政局、建设局和纪委，兵分五路，一个月之内，把新区所有的项目严格审计一遍，你回去配合他们，发现问题立即报告，不管是什么事情，牵扯到什么人，都得第一时间告诉我。"

郝东水见书记的话语有些沉重，他想缓解一下气氛，就说："我以党性和人格保证，绝对没事，请书记放心。"

季平信看看郝东水，说："这样的话已经被无数的人都说过无数遍了，几乎变成了一句套话，有多少可信的成分呢？还是让审计结果说话吧。"

郝东水想想，书记说得没错，多少贪官，未出事前，不是在大会上以及各种场合说过类似的话吗？最后事实证明都是谎言。自己这句话，尽管充满了真诚，但他没有任何证据表明他的话是真实的，在一个谎言太多的时代，真话与谎言，已经难分难解，真假难辨，成为一对难兄难弟。他只好站起来，准备向书记告别，也许抓紧完成书记布置的审计任务，才是唯一证明新区没有问题、自己没有问题的证据。

可郝东水刚起身，季平信又让他坐下，说："刚才的事情冲击太大，我差点忘了把昨天市委常委会的决定告诉你了。"

郝东水一愣，不知道又有什么事。他愣愣地看着书记，等着季平信开口。

季平信说："本来这件事，应该由清河同志和你谈话的，但现在只能由我告诉你了。城投的刘亦仁的事情不小，根据省纪委的内部通报，已经查实刘亦仁的受贿金额，到了两千三百多万，马上会对外宣布，将移交司法机关侦办。"

这件事尽管有风传，但经书记的口证实，还是让郝东水吃了一惊，他对这位曾经的同事的行为感到困惑，他怎么会有这么大的胆量呢？刘亦仁虽然不是江源县的人，但他大学毕业后自愿到了地处深山的江源县，郝东水做城建局副局长时，刘亦仁是土地局局长，正因为刘亦仁在江源县做出的成绩，得到了上下一致的好评，才先于郝东水进了市政府，成为上水市城市建设投资集团的第一任董事长，当然也是开创人。大好的前途对刘亦仁来说，应该是一片光明的，但他却偏偏起了这么大的贪心，自毁前程。这使郝东水想起了清河市长曾经给他说过的一句话："尽管官场有腐败，而且很厉害，可我们这些从贫穷山村走出来的人，连腐败的资格都没有，天地良心都是一个过不去的坎。如果你不明白这一点，就进了死胡同，一时平安可以，但要永久平安几乎不可能，保不准哪一天就会出事。所谓当今的官场是高危职业，那是你自找的。"刘亦仁恰恰就是自己走进了死胡同。

季平信稍停了一会儿，接着说："城投掌管着全市百分之七以上的国资，拥有近三百亿资金，目前承建的项目，对上水市来说，是十分关键的，在建的三条长度超过五十公里的公路，高速公路出口的引线工程，火车站的改造工程，主城区的管网翻修工程，哪一个不是市政建设的重中之重？眼下不但不能停，而且必须按时完工，这是市政府给全市人民承诺了的。可在这个节骨眼上，刘亦仁出了问题。"

郝东水似乎听出了点书记谈话的意思，可书记又说："上水市正从过去只注重农业，向以发展现代农业为基础、全面建设旅游城市打卡地转型，新组建的旅游集团正在充分调研的基础上，拿出一个可行的全面的旅游城市规划。但在这个规划实施之前，城市的基础建设和面貌，要有一个根本性的提升，这样才能更好地推进旅游城市的全面建设。"季平信看了一眼郝东水，说，"新区生态文化公园已建成的四个区域，就很好地实现了市委、市政府的发展战略。所以，城投这个重任，只有像你这样有能力、有责任心的同志来担当。"

书记谈话铺垫太长，郝东水一时摸不到书记话中的真正意思，他只有认真听书记把话讲完。当书记讲到这里的时候，他突然明白了书记这次谈话的意思。当他还没有想好该如何回答时，季平信接着说："常委把全市的干部扒拉个遍，只有你能够胜任这个工作，其他任何人上手，都需要一段时间熟悉，只有你可以直接开展工作，这是已经证明了的，市委对你的工作是完全认可的。所以，市委决定让你兼任城投董事长兼总经理。"

郝东水一听急了，他本来估摸书记会让他分担一点城投承担的单个工程，想不到书记把整个城投甩给了他。且不说由于刘亦仁被抓，所引发的各方潜在的矛盾、资金链断裂等问题，就以他目前在新区的工作量，已经超负荷运转。他如果接了这个烂摊子，不但无力应对各方矛盾可能引爆的更多麻烦，就是尽快复工如期完成几大工程，也是一个未知数。他郝东水不怕苦，不怕压重担，但他不打无把握之仗。

书记的话音刚落，郝东水就想赶紧回绝，以表示他态度的坚决，可他正要开口，季平信摆了一下手，不让他说话。季平信接着说："东水呀，清河同志给你谈的话，可能仅仅以市委的名义，可我今天和你谈，也是请你在这个重要关头，给市委、给我这个书记解解围，上水市太需要尽快发展，市委需要证明这个班子是真正干事的，也需要证明我这个书记是尽职尽责的。"

季平信说这些话时，看得出他饱含了感情，他的眼睛里甚至一度充满了温情。说完这段话，季平信长吁一口气，静静地看着郝东水，等他表态。

书记把话说到这个份上，无疑堵了郝东水的嘴，郝东水一时无言以对，可他仔细想想，他实在无力应对这个突然而来的责任。他停了好一会儿，终于说："我郝东水何德何能，能得到市委、季书记你的厚爱，我感谢市委和季书记的信任，但这件事情对我而言，没有任何思想准备，能否容我考虑考虑再答复，再说还需要对我进行审计。"

季平信站起来，说："可以，但事情等不得。"

离开季平信的办公室，郝东水下楼到院子里，好像有几滴雨点落下来，郝东水抬头一看，刚才还是晴朗的天空，忽然出现一朵巨大的乌云，盖住了太阳的光芒，天空立即阴暗起来，虽然不能算乌云漫天，可是当头的乌云不但抹暗了天空，还挤出了几滴雨点，说不定更大的雨水会随即而来。他想，看来今晚不能回去喝渡爷的寿酒了。

郝东水掏出手机，给白大强打了个电话，他说："天要下雨了，今天有事，不能去喝渡爷的寿酒了，改日吧，你告诉渡爷一声。"

回到办公室，已经过了午饭的时间，他泡了一包方便面，刚吃完，审计的五路人马先后到了，他立即召开新区管委会管理层大会，由财务部和工程部牵头，要求在两天内，将所有项目的资料，呈报审计小组。

由于程序和相关工作的要求，新区各个项目的档案资料的整理与保存，制度健全，这项工作干起来并不复杂。

布置完这一切，他一个人坐在办公室，想静静地坐一会儿。

第二章 中流衮雪

　　郝东水关住门，在办公室坐了好一会儿，也没有人来打扰他，但他心神依然难以平静，无数的往事像潮水般涌来。今天他感到出奇地累，他给办公室说了一声，自己一个人开车，到了唱河渡生态文化公园。

　　他站在红色飘带拱起的天桥高处，望着经拦截而聚集的宽大水面，陷入沉思。这时的江面，尽管平缓，但依然能看出汉江宏阔的气势，一望无际的水面，顺江漂向远方，如果不是两岸的远处隐约可见的山体，会使人产生海湾的幻觉。在郝东水的心里，汉江几乎是他的精神图腾，他出生于这条大江的源头，他的童年和少年，全部与汉江相关。夏天的汉江可以消暑，在太阳当顶的中午，跳进汉江里，立即被清凉温柔的水流所包裹，炎热的天气骤然不见踪影。严寒的冬天，奔流的汉江虽然已经结冰，但只要一块石头，就可以把江面砸开一个洞，立刻会看到冰层下涌动的潜流，清澈而欢快，并不因表面的冰层而断流。春天和秋天，只要不是下雨的天气，从高处不断跌下的水流，或从山谷奔流而来的浪花，像一首永不停歇的歌曲，持续不断地表达着勇往直前的动力。劳累之余的人们，看着奔腾不息的江水，会很快缓解周身的疲劳。

汉江发源于秦岭和巴山之间的大山深处，起初是一把能捏住的涓涓溪流，经过峡谷和森林，终于在上水的山口流入平川。汉江刚刚流出大山的地方，是丘陵地带，由于山势的原因，并不是飞流直下，而是穿过两个山包之间的沟壑，跌宕起伏、不断变换流向奔向山口。而出山口的地方，两座山头双峰对立，形成上千米的坡度，水流反而显出气势，这样，使流出大山后的江水，突然变宽，像拉开的幕布，立即露出了宽阔的河床，接着汇入了汉江第一大支流褒河，由此形成了奔腾的一条大河。由于汉江的走向和天上的银河对应一致，在晴朗的夜空里，两条白色的飘带，一条挂在遥远的天上，一条像是从天而降，因而古人把汉江叫作天汉或星汉和银汉，上水这个地方也称天汉大地。这里青山绿水、土地肥沃、稻丰鱼肥、物产丰富，历史上被称为人间天堂、天府之国。汉代之前，朝廷就在这里筑城设郡，现在叫上水市，行政级别为地级市。

汉水经过勉县时，形成了大河的气象，被称为沔水，进入上水后称为汉江，《水经注》将它与长江、黄河、淮河并列，称为"江河淮汉"。汉江由洋县龙亭镇尖角村镇江寺的山口，进入八十里黄金峡，水流开始激荡，再次钻入深山，进入安康地界，至丹江口段古称沧浪水，襄阳以下别称襄江。汉水流经陕西汉中盆地、河南南阳盆地、湖北襄樊盆地，划过江汉平原，奔跑一千五百多公里后，在武汉汉口汇入长江。这条大河，在郝东水的心中，犹如大海之于渔民，不仅是地理意义上的故乡，更重要的是精神所依。

在郝东水的记忆里，儿时光着屁股，就被大人带到河边玩耍，常常在河边看到洗衣的年轻女子和老婆婆，她们将要洗的衣服，先在河水里泡湿，然后将皂角裹在衣服里，用棒槌反复捶打，破碎的皂角，在水中分解出泡沫，浸染了整个衣服，女人们在欢快中反复捶打，衣服上的污渍很快就被洗净了。如今有了洗衣机，再没有人到河边洗衣服了，可在郝东水看来，女人们在河边洗衣服，是一道美丽的风景线。红红绿绿一排，老老少少不同，年老的婆婆，棒槌落下去，就像砸石头，一下是一下，她们的手在冷水里泡过了一辈子，多数的手指已经变形，洗衣服对于她们而言，是生活里的一种必需，她们做完了，这件事就放一边，等着家人穿脏了衣服，再来重复这项劳动。年轻的女娃则不同，特别是那些过门不久的新媳妇，洗衣服是她们走出家门，给心爱的男人表达的一份心意，让他们穿得干干净净，落得众人夸奖："娶了一个勤快的女人，你娃今辈子有福！"未出嫁的女娃，则是散心，在屋里烧饭干活累死人，出门与河水接触，就像见了同伴，撩起一捧水，抛到半空，看着欢笑，落下来再用手去接，水在空中散了花，十有八九接不住，但她们依然呵呵大笑，这是山村的姑娘们表达野性的一种方式。

当然，在郝东水的印象里，汉水带给他的不光是愉快的回忆，同样有恐怖的印记。十岁那年，已经上小学五年级的他，在一个夏天的午后，因为天气太热，放学回家不见大人，就和邻家上初三的大哥哥，一起到江边玩水。汉江离他家近，翻过一个小山嘴就到了，站在高处，汉江在两山之间一览无余。在如火的艳阳里，看见河水，如同见了世上最好吃的东西，他一路小跑，跟在大哥哥身后，到了江边。大哥哥本来光着上身，扒光裤头，一头扎进水里，冒出头叫声舒服极了！他也脱了小背心，扔掉了小裤头，准备扑下去，大哥哥喊他只准在河边的浅处玩，不准他向深处走。他不服气，说你玩得我也就玩得。大哥哥哎呀一声，突然钻进水里不见了。这时一个浪头打过来，正好盖过了大哥哥刚才消失的位置。他一时慌乱，不知道出了什么事，就拼命在岸边哭喊，可是这时的上下能看见的岸边，没有一个人影，他吓坏了，不顾一切地扑向水里，这时正好一个浪头打过来，盖住了他的脑袋，瞬间，他被水流冲到了深处，他明显感到整个身子漂了起来，四肢不受自己控制，只能被江水裹挟着，向下游横冲直撞。大口的水开始灌进他的肚子，他极力想少喝一口，可是包裹着他身体的水流，像有无限的力量，把他紧紧地捆绑成一团，他根本无力反抗，只能任由水流疯狂。开始他的脑子还是清醒的，他想大人们所说的淹死人，原来是这个样子，无法呼吸，憋得难受，一口一口的水，灌进肚子里，肚子装满了，可能就会涨死。可他不想死，他才上小学，他说过要好好学习，长大到外面去挣钱，给外婆外爷、爷爷奶奶，还有爸爸妈妈养老。他想他不能死，爷爷三个儿子，可大伯、二伯连生三个都是女娃，算命先生告诉他们，说娃们这一辈，继续郝家的香火，只有老三家有一个男娃。果不其然，爸爸妈妈生了两个女娃，终于盼来他这个男娃。他当然被爷爷奶奶、爸爸妈妈、外爷外婆看成了宝。他要是死了，家里没有了男娃，爸爸妈妈会哭死，外婆外爷也会哭死，爷爷奶奶同样会哭死。所以，他无论如何不能死。可这时他说了不算，他感到身子不听他使唤，身体开始向下沉，似乎到了一个黑咕隆咚的地洞前，马上就要被吸进去，永远就出不来了。他感到极度的恐惧，像在噩梦中被狼群追赶，马上就会被撕碎，被狼群吃得连一根头发也不留。很快他的神志不清了，他想他肯定要被水淹死了。

猛然间，他感到他的头发被什么东西抓住提起来了，接着他隐约感到他的脑袋露出了水面，接着有强烈的光线照在了他的眼皮上，他看见了一片鲜红的幕布。随即，他倒在了地上，不知过了多长时间，他终于睁开眼睛，看见大哥哥蹲在他的身旁。大哥哥说："你把我吓死了！你昏迷了很长时间。"他一下子坐起来，哭着说："你咋出来的？"大哥哥说："我潜水和你闹着玩，等我冒出头的时候，不见你了，找了半天，才在河心的浪头上看见你。"

那天他的肚子被江水灌饱了，下午他假装肚子痛不吃饭，结果到了晚上，肚子真的痛起来，接着就拉肚子，一拉肚子，他就起不了床，躺了整整两天。可不知咋的，当他从床上爬起来，第一个念头就是去河边看汉江。他想站在江边挺直腰板，让江水知道，他没有被淹死。他一定要学会游泳，像大哥哥那样，在水中获得自由。

过了几天，父亲从远方的一个亲戚家里，带回一包上海牛奶糖，那是他从没有见过的好吃货。父亲给两个姐姐每人发了一颗，留下六颗，说给爷爷奶奶、外爷外婆、他和妈妈各尝一颗，剩下的多半包，一下子给了他，爸爸说："自己留着吃，这东西我也是第一次见，好吃。"他从爸爸手里接过牛奶糖，只吃了一颗，第二天上学的路上，他对大哥哥说："我这里有好吃的，你肯定没有吃过。想不想吃？"大哥哥说："有好吃的谁不想吃，当然想吃！"他说："那你得答应我一个条件。"大哥哥不屑地瞅他一眼，说："小屁孩，有啥好吃的？就看看值不值得。"他说："肯定值！"说着，他从口袋里掏出准备好的一颗牛奶糖，递给大哥哥，大哥哥看看，说："就这？"他说："你剥开，放到嘴里试试。"大哥哥半信半疑，剥开后放进嘴里，使劲咬了一下，立时大叫："好吃！好吃！"

他见大哥哥叫好，就说："我没有骗你吧？"

大哥哥一边嚼着一边说："你给我多少？你说要干啥？说！"

他从书包里掏出那半包糖，说："只要你答应教我游泳，而且保证教会，我把这包糖送给你。"

大哥哥二话没说，答应道："没说的！"

他俩都在乡上上学，一个初中，一个小学，两个学校离得不远。所以，每天放学后，他都会在校门口等着大哥哥，大哥哥来了，他们就快速赶到离家近的河边去，请大哥哥教他游泳。从家到学校，要翻两座山头，走得慢了得一个半小时，他们每天半跑着赶路，留出半个小时，在河里度过。只用了二十天时间，他就学会了游泳，还学会了踩水，接着又用了十天时间，他学会了潜水，尽管潜入水中的时间很短，但他学会了憋气的方法。

第三年的夏季，他考上乡里的初中那一年，他参加了在县里举行的全县运动会，获得了少年组游泳比赛第一名，红红的大奖状，不但让他高兴了许多天，考高中时还给他加了分。

尽管多年后，他想起第一次吃牛奶糖的味道，还为只吃了一颗而遗憾，但半包牛奶糖使他学会了游泳，从此告别了对江水的恐惧，当然值得，而且太值得了！

更不用说，上了高中，当他在课本上读到《诗经》中关于汉水的描写，让他激动不已，身边无比熟悉的汉水，居然如此浪漫，让一个处在青春萌动期的少年，充满了对爱情的向往。

他在一个星期天的早晨，叫了两个同学，来到汉江岸边一处密林的悬崖下。上面是巨大的乔木林，下面是江面开阔却又深不可测的河道，江水在这里形成了一个巨大的深潭，别处的河段，水流是清澈的，浪花是白色的，可这里的水面几乎停止了流动，只能看到水流从深不可测的底部涌出块锅状漩涡，好像整个河底装满了秘不可言的另一个世界。这里有过许多传说，有人说亲眼看见了水怪，有人说每年的夏天，天上的仙女会到这里来洗澡。郝东水自从读了《诗经·汉广》，他相信汉水游女一定是在这个地方现身的。因为这里的山形地貌，神秘莫测的情境，和他想象中的是一致的。所以，他面对汉江，高声朗读《诗经·汉广》：

南有乔木，不可休思；汉有游女，不可求思。

汉之广矣，不可泳思；江之永矣，不可方思。

翘翘错薪，言刈其楚；之子于归，言秣其马。

汉之广矣，不可泳思；江之永矣，不可方思。

翘翘错薪，言刈其蒌；之子于归，言秣其驹。

汉之广矣，不可泳思；江之永矣，不可方思。

悬崖下的水流，似乎能听懂他的声音，碧绿色的深潭以不断涌动的漩涡，向他做出回应，当顶的阳光投射到江面，涌动的漩涡立刻呈现出七彩的光芒。他诗情大发，朗诵了一遍不过瘾，拉着同学又集体朗诵了一遍。他说："可惜没有女同学！"

这首打柴樵夫吟唱的爱情之歌，正好契合了他的心理，汉水游女成为他心目中的女神。在他的心中，那个刚露头的朦胧爱情，就像挂在天上的月亮，虽然明亮耀眼，可离他太遥远，只能仰头遥望。一个出身贫穷山村的青春少年，爱情在他的心中占据了神圣而崇高的位置，可是如果走不出大山，摆脱不了贫穷，爱情对他而言就只是一个传说。樵夫的吟唱催生了他心中的希望，使他明白了诗意来自向往。与其说《诗经·汉广》给了他人生第一次关于爱情的启示，不如说汉江给他注入了一股更为有力的精神力量。

他从一个懵懂的少年走到今天，四十多年的人生旅途，只在上大学那四年，暂时离开了汉江，其余的时间，每天他至少会在上班的路上，目睹汉江。每当春暖花开的季节，他再忙也会抽一天或半天的时间，和家人，或者同事，到群山环抱的江边去春游，欣赏清澈的江水里映照的山花与群山的倒影。秋天的汉江景色更加迷人，每当朗朗晴天，太阳当头的中午，秋色被强烈的光线投射到水面，整个汉江被浓墨重彩的颜色，染得通红透亮，汉水变成了一条彩色的河流，像传说中天女下凡舞动的彩带。

五年前，在他任职的江源县，汉水更是护城河，县政府的办公楼，就在汉江边上，每天推开窗户，就能看到汉江，作为城市建设局的工作人员，他的工作与汉江密切相关，城市治理直接与汉江保护连在一起；城镇建设，更是解决怎么更好地依水而居，怎样保护和利用汉江。可以说，他生命的最初成长，与汉江密不可分。汉江对于他而言，是一条生命之河，更是不断延伸的生命历程。

来唱河新区履行新职后，职责给了他一个与汉江密切接触、相辅相成的绝佳机会，他把打造位于汉水重要河段——上水市中心城区生态文化公园，看作是他对汉水的报答，看作是这一代人留给后代关于汉水的一次精心描绘。

看着已经基本建成的生态文化公园，他烦闷的心情舒缓了许多。晴朗的天地下，汉水与生态文化公园一览无余。

汉江在上水的平川地带，绕了一个"S"形的大弯，在秦巴大山之间，造就出五千多平方公里的上水盆地。而唱河渡生态文化公园，位于上水市靠南地段的汉江北岸，沿"S"形河水流向，展开长达五公里的空间，将上水市新区的黄金地段打造成了一座花园城区。

郝东水站在那里，向东望去，眼光最终落在了河心的回心石上，由于这几天汉江上游下大雨，汉江水位暴涨，回心石显出了中流砥柱的场景，经过千百年激流冲刷的石体，表面已经完全变成了黑色，像海边的礁石，经过风浪的雕琢和锻造，与周围的山体和大地，紧紧地胶合在一起，成为一个整体，任凭地动山摇，都无法将它与大地分离。实际上，回心石已经具备了与天地共存的气度与精神，像一根擎天巨柱矗立在大江中心。

汉江河心的这块回心石，与唱河渡偶尔的河唱，一阳一阴，一有形一无形，构成汉江上游的一则神话般的传说。

相传东汉末年，朝廷已经式微，群雄争霸，逐鹿中原。张鲁据秦岭巴山之险，雄踞汉中近三十年，并在此传播"五斗米教"。建安二十年（215），曹操亲率十万大军征张鲁，张鲁先败后降，曹操乘胜利之喜悦经过汉中，饱览上水模山范水，风景名胜，凭吊当年高祖刘邦龙兴之地，兴王之所。这日，雨过天晴，曹操一行来到褒水交汇于汉江之处，也就是现在的唱河渡地点，但见一块巨石屹立江心，面对褒谷口奔泻而来的巨流，一浪又一浪，前浪扑后浪，一浪连一浪，势不可挡。然而却在回心石的面前，奋力撞击后甘拜下风，变成了白茫茫一片泡沫，如飞雪翻滚。曹操被此情此景感动，上岸到了大帐，命手下拿来笔墨纸砚，挥毫写下"衮雪"两个大字，命人立即招来石匠，将其刻于回心石上。手下看着两个字不解，问："丞相，'衮'字为何没有三点水？"曹操大笑道："满江滔天巨流，何缺曹孟德三点小水？"手下听后，叫一声神来之笔。又问："丞相为何不留下姓名？"曹操没有回答，转身离去。手下立即找来当地最好的石匠，用了三天工夫，将"衮雪"二字镌刻在了回心石上。曹操大营撤离之时，特乘船行至江心，查看二字，见到石刻，点头应允。正如手下所言，"衮雪"二字，真乃神来之笔，字迹圆润，笔锋飘逸，像两只展翅飞翔的天鹅，站在巨石之上，巍然屹立，观赏着澎湃而来的江流，使回心石瞬间具有了灵性，汇聚了天地之灵气。正因为如此，历代文人墨客、巨贾、衙门官僚，将"衮雪"石刻的拓片，装裱后挂于厅堂或书房，以供空闲之时欣赏描摹，体会曹孟德书法的妙处。当代人继承了古人的爱好，以收藏"衮雪"拓片为能事，虽然大多不懂，但只要路经上水停留，必到唱河渡淘得一幅"衮雪"拓片，真假无所谓，要的只是这幅字的名气。

传说曹操石刻"衮雪"二字之前，一位高人在此过渡，在阳光下望着江心巨石发呆，要船家将渡船停于江心，说有神灵显现。那时的船家，技艺高超，答应一声，随之将锚抛向江心，渡船虽然在急流中摇摆，但总归停在了与巨石最近的河心。高人打坐入静片刻，出静后说："此乃神石，有一天宫神柱，立于巨石之中，直通地心，聚天地之精华，行菩萨之慈悲，镇江除妖，安民兴邦。"船家是个年轻汉子，并不相信高人的言辞，高人自然看得出，就说："一百年后，有一位领兵打仗之人，路经此地，会在这块神石上留下二字。这个人雄才大略，可惜奸诈过度，打下的江山传不了三代。但是，他的功德配得上在这块神石上留字，从此之后，两字将传于人间，流芳百世。"不过高人交代，除那位留字之人，其他任何人不得在巨石上留下痕迹，如有犯者，必遭神仙怪罪。船家虽然不信高人的指点，但回想巨石在诸如洪水、山火等灾难来临之前，多有彩虹、黑浪之类的征兆，这不仅是他亲身经历过的事，而且是从回心镇至唱河渡人祖辈传下来的。船家听了高人的说法，就有些半信半疑。好在后面发生的事，自己等不到，就让子孙证明吧。不过高人下船时，给这块巨石起名回心石。可惜的是，船家忘了问高人"回心石"这个名字的意思，不过在年轻的摆渡人看来，这三个字朗朗上口，好记好说。于是只要有人问起河心这块巨石，他都会告诉问者，这块巨石叫回心石。一来二去，终于传开，几年后唱河渡周边的人，无人不知。但对回心石这个名字的理解，从来就没有定论，有学问的人说："心是什么？当然是汇聚了天地良心，高人说的意思，一定是这块石头汇聚了天地之精华，与人通灵，天地良心所显。"更多的人则给予最直接的解释，说："哪有那么多的说法，不就是告诉大家，过渡到了河心，天大的事放下，既然在船上，不可回头，不必后悔，过了河就是对岸，上岸一切好说。"后面这种说法，通俗易懂，又有点禅意，慢慢被人接受，成为标椎答案。

摆渡的年轻人慢慢老了，但他并没有忘记高人的预言，以九十三岁高龄谢世时，将此言传至儿子，儿子后来又传至孙子，一百年后，果然应验，曹操在此留下墨宝，从此回心石被当作神石祭奠。只是时间一长，"衮雪"二字是曹操真迹只在民间口口相传，于是有人不顾拦阻，于秋季河水下降之时，于一天午夜，借着月光，在回心石"衮雪"石刻之下，刻了"魏王"二字，刚刚刻完，不料河水暴涨，被一个大浪卷入河心。三天后，人们在八十里外的下游黄金峡入口处镇江寺旁边的尖角渡口，发现了他的尸体，全身已经泡涨了。

　　此事之后，回心石成为神石的传说被坐实，越传越神。二十世纪五十年代，破除迷信，一群地质学者拿着仪器来了，经科学测定，证明回心石中间，有一道三指宽的黑影，但并非天宫神柱，而是因为石心含铁量极高，形成了一根类似于铁杠的长条，通到了极深的地下。至此，关于天柱之说，有了科学的解释，上水市的导游词里就是这么说的，并无人怀疑。

　　有一回聊天，郝东水问渡爷："依渡爷看，回心石怎么解释？"

　　渡爷看看郝东水，笑着说："世人多以凡夫之心说之。古代圣人早就说透了，心者非肉团之心，天地之精华，只是个比喻而已，不信你拿来看看。至于说不可回头这样浅显的道理，如果说成是高人的密意，也太看低了为道者的心。心者，不生不灭，非有非无，秒生万物，无形无相。回到原始的初心，惊天巨浪又能如何，还不是化成了万吨飞沫？关于天柱之说，科学自有科学的解释，可中医讲究的人的气脉，西医可曾解剖找到？相信科学，也要尊重古人的智慧，天柱之说自有密意，只不过凡夫不懂而已。如果不相信，请问，古代没有透视技术，高人怎么看到石心的呢？"

　　渡爷的解释，令郝东水为之一振，仅凭这寥寥数语，渡爷绝不仅仅是有五十年渡龄的船工，而是一个隐于红尘烟火中的高人。

　　郝东水说："渡爷真是一个高人。"

　　因一代枭雄曹操题字的原因，回心石成为历朝历代文人墨客路经此地必要观赏的景致。所以，在生态文化公园景观群创作时，经清河副市长提醒，专门在表现汉魏石门十三品时，把"衮雪"二字复制了出来，成为公园文化元素的一个亮点。

　　郝东水顺着红色飘带，来到东头的石门广场，站在景观大道上，向前望去，在原唱河渡村所属沿江，已经建成的近五公里长的生态文化公园，像一把展开的巨型扇面，呈现出风景如画的美丽图

景。公园层层叠叠的绿色植被，构成不同季节的色彩图案，像大地的诗句，行进在山水之间，描绘出不可言说的韵味。一条象征丝绸之路的红色飘带，像起伏于极目远眺旷野中的飞流，抛向了无垠的远方，最终汇入天际线。而隐于绿色之间的历史文化艺术景观雕塑群，则凝聚了上水几千年的历史文化。有出生在这里，后来凿空西域，开辟丝绸之路的张骞；有在上水厉兵秣马，然后明修栈道，暗度陈仓，最终逐鹿中原，击败项羽，建立大汉王朝的刘邦及其汉初三杰；有东汉造纸的纸圣蔡伦，有东汉名臣太尉李固，更有五出祁山伐魏、鞠躬尽瘁死而后已的诸葛亮，还有《诗经》里描写的汉水游女，以及"烽火戏诸侯"故事中的褒姒，这些都是上水市引为骄傲的历史。还有汇聚了儒释道文化精华的文化墙。这些文化元素，造型各异，汇聚成一条耀眼的主线，在茂密的植被和水景的簇拥下，点亮了公园的灵性与灵魂。再望一眼难以尽收眼底的生态自然景观线，则完全依据原有的地形，在保留了水潭、滩地、小岛、芦苇、荆棘、树木等原始生态的情况下，对水系的走向、道路的通达与便捷，进行了精心设计，以不断穿越的水系为基础，以道路贯穿为导向，以原有树林和芦苇荡为景观，以岛屿、滩头、水系、巨石为点缀，构成了一幅天然而又变化万千的美妙风景。

回头再望，汉源路以北的大片荒地，分别已被近十家中国房地产品牌大佬，建成了商业、住宅等大型地产、旅游项目，将沿海和国内一线城市的城市化建设模式，直接带入了这座四线城市，大大地提升了上水市的城市化水平。渡爷曾说："想不到快死的人了，还能看到这样的洋光景！"

已经建成开放的四个区域，受到了各方一致好评，而平信书记的评价，是来自官方的正式表态，对他来说，至少是一种安慰。

郝东水看着眼前的景象，心情慢慢平复了下来。此刻，不要说外人，即使他自己，也无法想象五六年前，这里是一片千年荒滩。

这一切变化，包含了太多人的心力和汗水，清河副市长无疑是其中主要的推动者之一。

由上水市偏远山区小县的城乡建设局调任上水市新区，是郝东水人生一次艰难的选择。当时，他在上水市的江源县城乡建设局长的位置上，一天上午，他正在办公室和几位专家交流所属一个乡镇的规划，接到县委书记的电话，让他去办公室一趟，他急急忙忙赶过去，进门一看，是夏清河副市长来了。

见到他，夏清河副市长站起来，笑着说："东水同志，还蛮想你的。"

县委书记说："夏市长是舍不得江源这片土地，欢迎市长常回家看看，指导工作。"

郝东水握住夏清河的手，有些吃惊，夏清河由江源县委书记调任上水市副市长不过三个月，按官场规矩和夏清河的风格，他不会这么快到原任职的地方检查工作，以免使人产生影响新任班子干部调整任用的嫌疑。县委书记董清林的话，当然是官场套话，不过是一种恭维而已。但他相信，夏副市长的话，是发自内心的，必然有重要的事情找他。

夏清河从当县长到县委书记，在江源县干了八年之久，县长三年，县委书记五年。而郝东水一直在城乡建设局干，先是副局长，后来任局长。江源县的山山水水，他跟着夏清河几乎走遍了。

郝东水记得很清楚，夏清河来江源的第四个年头，也就是刚任县委书记三个月，一天晚上，他把郝东水叫到办公室，拿出一瓶茅台酒、半袋花生米，就他们两个人，夏清河说："东水呀，今晚我请客，虽然没有好菜，但这瓶茅台酒，是我结婚时老岳父给的，就剩下这一瓶了，我已经放了十五年了，前几天去省城开会，专门拿了回来，今天晚上咱俩喝光，如果你没喝够的话，我这里还有其他的酒。"

他觉得奇怪，以他对清河书记的了解，他历来做事正儿八经，一身正气，决不搞吃吃喝喝、拉拉扯扯那样的事，今晚突然像变了一个人，说话的语气都多了几分温情。他慌忙说："有啥事，书记尽管交代，我尽力办就是了，咋敢喝书记的酒，何况还是这么好的酒。"

夏清河看看他，说："古人说酒逢知己千杯少，我倒想看看咱俩能不能成为知己。"

夏清河书记这句话，更使他受宠若惊，他任城建局副局长三年，正好是清河书记任县长的三年，关于城建方面的事情，他没有与清河县长少打交道，从工作关系上说，他们已经很熟悉了，他了解清河县长的工作方法和风格，他也知道清河县长对他也是了如指掌。在夏清河卸任县长时的人代会上休息时，已经是书记的夏清河笑着对他说："我三年，你也三年，任期相同，看来我们缘分不浅啊。"

他慌忙笑着说："你是县老爷，我是一个小小副科级，按过去的老说法，只不过是县衙里的一个小吏。"

夏清河听了，说："这么说，你嫌官小？"

他忙说："不敢不敢。"

夏清河说："追求进步是人的本能，至少你进步了，说明你对社会还有使用价值。"

这段对话一个月后，虽然他还是城建局副局长，但原来的局长调到了乡镇任职，他全面主持城建局工作。

看来清河书记早有想法，只是找个合适的时机，晚上这顿酒绝不仅仅是一顿酒。

他立马表态，说："这酒我一定喝，可我酒量不大，在喝醉之前，市长得把话说明白，让我干啥，只要能胜任，绝不推辞。"

夏清河说："看来我们心有灵犀一点通。"然后看了他一眼，继续说，"你知道我为什么从省政府机关一个副处长的位置上，要求到江源县这么个偏远山区、人口只有十万人的小县来任职吗？"

他当然不知道，只是看着夏清河，等着下文。夏清河似乎根本就不需要他回答，说完上一句话，停留不到两秒钟，接着说："按一般的常规，我给副省长当秘书时，就已经副处了，首长离职另有任用时，我任职的年限也够了，在机关找个位置，提个正处，也在情理之中。可首长问我对自己的工作有什么想法时，我直接说，想到基层去任个实职，如果我老家上水市江源县有位置的话，我愿意到那里去任职。首长一听，有些发愣，问我，是想好了的决定，还是一时冲动？"

夏清河说到这里，停了下来，把面前的两个酒杯斟满，端起来与他碰了一下，大喝了一口，放下酒杯，说："我大学毕业经考试选拔，进入省直机关，因为文章写得好，两年后，被选调到省政府办公厅，不久给副省长当了秘书。应该说政治上前途无量，可我明白，秘书这活，玩的是笔杆子和协调能力，尽管有能力大小之分，可人们对你敬三分，完全不是因为你的能力，而是因为领导的职务原因。如果离开了领导，离开了机关，你再看看，人们对你是什么态度。我没有半点非议别人的意思，但我明白，像我这样出身农村的人，出学校前，见过的最大官，就是大学的校长，对于社会的认识，是一张白纸，一没有背景，二没有钱，在当今社会复杂的人事生态环境中，我们能干成什么事呢？"

夏清河吃了一颗花生米，端起杯子饮了一口，又和他碰一下，喝了一口，接着说："人们都说，不要当大官，要做大事，可是你认真想想，很多时候，你没有做大官，根本就没有做大事的机会。我对这句话的理解，应该有个前提，那就是你做了大官，不要只做大官不做大事。话又说回来，做大官这种事，不是自己说了算，也不是某个人说了算的事，它由众多的因缘促成，古圣先贤说那叫福报，今天的人讲机遇。有能力无人赏识，白搭！有能力又有人举荐，才是机遇。可机遇这种东西，可遇不可求。人们常犯的错误是，说谁谁谁没有能力，升官了；谁谁谁有能力却没有升上去，于是说这个社会太不公平了。每个人评价一件事，有他自己的角度，一百个人就有一百个角度，即使大约一致的观点，随着时间的变化，又会发生变化。官场上的一些事，不是天平，任何事情总有常人难以看透的因素，在一些人看来是公平的，可对一些人而言，根本就没有公平可言。对于政治学家、作家诗人、普通群众，可以评判，可以骂娘，那是他们的职业使然，也是他们的自由。可是，对于我们这些身在其中的人，能做的就是关键时候人生方向的选择，任何事后的后悔或评说，没有实质意义。"

夏清河说的这些生活，对他而言，十分遥远，可他对夏清河这段高论十分佩服，不愧是省政府机关下来的。于是他说："我明白，但还不是十分理解。"

夏清河又喝了一杯，郝东水拿过酒瓶，给夏清河添满，自己也端起酒杯，一饮而尽。夏清河接着说："我扯得太远了，直接说结论吧。像我们这样的人，既做不了大官，也不可能做成大事，那么唯一的选择就是做成点小事吧。到一个你能掌控的位置，我想这个夙愿还是能够完成的。这就是我来江源县任职的主要理由。"

他似乎理解了夏清河的想法，但还是有疑问，可他不知道应该说什么，只好看着夏清河，等着下文。

夏清河自然看出了他的疑问，继续说："我高考那一年，是两万人的武定乡唯一一个考上大学的高考生，而且是几十年来武定乡唯一一个考上全国名牌大学的人。人们传闻，那个学校毕业的学生，都会到政府里去做官。因此，引起了轰动。可是，从接到大学录取通知书那一刻起，父亲就在为我的生活费发愁。尽管二十世纪八十年代，上大学不用交学费，但书本费、生活费和其他费用，加起来每月也得三十多块钱，相当于那时一个工人一个月的工资，加上寒暑假来去的车费，不是一个小数字。对于每人每月平均收入只有两三块钱的山里人家而言，是一条跨不过去的河。正在父亲无望的时候，那天晚上，村主任到了我家，我们是家门兄弟，他叫我父亲大伯。"

武定乡的贫穷是出了名的，郝东水曾随两任县委书记到过那里，由于山高林密，地少石多，农人只能在贫瘠的山地里种些包谷、洋芋勉强糊口。早年徐向前的红军部队路过这里，就发现这里的人种鸦片。直到前些年，这里不通公路，管理鞭长莫及，还时不时地发现有人偷种罂粟，公安局几次上山抓人除苗。太穷了，每年国家只能给点救济，很难彻底解决问题。随着夏清河的讲述，郝东水能想象得出当时的情景。夏清河摊开两只手，说："村主任对我父亲说，我知道你一定在为清河兄弟上学的钱发愁。我让会计查了村上的账，也只有八块钱的现金，我思来想去，唯一的办法就是发动群众。尽管我们这里穷，可家家知道上学读书的重要，让大伙一起来帮清河兄弟完成学业。父亲坐在门口，拿着一把蒲扇，额头上掉着汗珠，抬起头看看村主任，问：咋着靠大家？村主任说，村子里的自留粮还有，用账上的八块钱买肉，家门亲戚再拿些菜，做一顿丰盛的大锅饭，以村委会名义请客，庆贺清河兄弟考上全国名牌大学。大家召集齐了，我讲几句话，乡亲们一定会把这笔上学的钱凑齐的。"

夏清河看着郝东水，说："事情还真办到了。大锅饭开始前，村主任对全村的人说，清河考上了大学，而且是全国名牌大学，这是咱全村的光荣，祖辈盼望的风水终于应验了，这不仅仅是清河一家人的事，而是我们全村人的事，我们大家给清河凑凑生活费和路费，古代有送京赶考一说，而清河已经考上了，那我们就送他进京镀金吧，我相信他学成归来，会给我们这个穷乡僻壤带来好运，说不定他当了大官，我们就是皇亲国戚，那时他一定会加倍返还乡亲们这份深情的。"

夏清河说："当时，我坐在人堆里，眼泪几乎要掉下来，我想我有何德何能，惊动全村人，这个情分太深，我夏清河一辈子恐怕也还不清，可我没有办法也没有理由制止。村主任讲完话，他把提前准备好的一个筛子，放在锅台边的一张桌子上，他首先向筛子里放了两块钱，接着，不断有人跟上来，将手中的钱轻轻放在筛子里，那些钱大小不一，有一块的，有五毛的、两毛的，也有一毛的，还有人悄悄放进五分的硬币。那些飘进的钱币，像一只只飞舞的蝴蝶，带来春天的气息。看着这样的场景，我热泪盈眶，不敢再看下去，怕不能自制哭出声来。我就钻出人群，到山后的水库旁大哭了一场。晚上回家，看到昏黄的油灯下，父亲从一个袋子里掏出钱，一张一张放在膝盖上，两只手像轻柔的溪水，漫过大小不等的纸币，慢慢将皱皱巴巴的钱币抚平。他对那一张张大小不一的彩色纸张，充满了割舍不去的深情，他知道那不是一张张纸币，而是一双双眼睛汇聚的乡情。一张，一张，又一张，他的动作很慢，也许过了半个小时，也许过了一个小时，终于将袋子里的钱点完了，整整齐齐捏在手里，反复数了几遍，确信无疑后，他抬起头，看了看锅头上忙着的母亲，然后对我说：够了，够了，儿呀，知道吗？他自问自答：四百零五元，一年的钱都够了。我算算，两个假期，两个来回，路费将近一百，十个月生活费三百元，还有五元备用金。这样的结果，是我没有想到的，我不知道如何表达心中的激动，只是喃喃地说：够了，够了，真的够了。在我走之前的最后一个晚上，乡里的书记和乡长，赶到我家贺喜，给了一百块钱的大红包。我没有带走，而是留给母亲。走的那天，父亲把我送到县城公共汽车站，说的最后一句话是：如果干成大事了，就回来给父老乡亲们办点事，报答他们的大恩大德，如果干不成大事，就不要回来，找个好一点的地方，过好一些的日子，这里太穷、太苦了。"

夏清河的眼里，突然滚下一滴热泪，声音低沉地说："当我从省政府机关回到家乡任职不久，父亲就离世了。"夏清河停了一会儿，缓了一口气说："父亲在病床上，最后拉住我的手说：儿呀，我相信你，我虽然看不到了，但在另一个地方远眺着你，如果能让山沟里的穷乡亲，过上省城里人的十分之一的光景，江源县大山里的武定乡，就不愧出了一个人物。我在地下见了祖宗，也就有脸说话了。"

郝东水记得，有一年开春后，在县城做买卖的一个朋友，买了一辆轿车，是江源县第一辆私家轿车，有一天，朋友来找他，说星期六开车把高中同学夏清河的父母，送到省城去，问他有没有时间陪陪，路上要走十几个小时，回来时没有人陪他说话心里发慌。那时，夏清河刚刚调到省政府办公厅，而郝东水刚刚参加工作不久，只是县城建局一个小科员，星期六本来就没事，何况这位朋友是他的一个远房亲戚，一起喝酒聊天并不少，算是一个处得不错的朋友，他就答应了。不过到了省城，他并没有跟着这位朋友去夏清河的家，而是约好了回去的时间，他径直跑到大学同学家去喝酒了。想起这段往事，他对夏清河说："伯父是见过世面的。"

夏清河说："我每一次请他老人家到省城，他都不会住太久，说心里憋得慌，看着城里人的生活，就想起穷山沟里的乡亲们，心里痛快不起来。一次他又说，我一听烦了，就说：天底下受苦的人多着，每个人只能尽力而为，你一个平头老百姓，想那么多又有啥用呢？老父亲一听火了，说：儿不嫌母丑，狗不嫌家贫，你堂堂一个省政府大院里的公家人，咋能把帮助过你的乡亲们忘了？我一看老人家真的生气了，马上改口说：我以后一定干出点让老爹宽心的事，位卑未敢忘忧国。老人家听了这才高兴起来，说：我相信我儿！"

话说到这个份儿上，郝东水已经明白夏清河所要表达的意思，端起一杯酒，一口咽下去。说："书记有什么吩咐的，尽管说，我郝东水决不打半点折扣，一定照办！"

夏清河一听，说："要的就是这个态度。"接着，夏清河说了自己的设想，说已经和县委常委们通过气了，将在江源县实施两大工程，一个是将几个高山乡村的三百多户人家，搬下山来，安置在离县城不远的平谷乡；第二个是把江源县城建成花园式城市。这两大工程，在三年内完成。他说："移民搬迁，国家给了钱，但我们必须精打细算，不但要把人搬下来，还要解决吃饭、上学、就医等问题，不能像有些地方，人搬下山了，可没有地种，孩子仍然无法上学，除了住房条件好一些，其他的还是老样子，甚至比原来更差，结果是，政府花钱辛辛苦苦建了，农民不愿搬，搬了又回去，不但生活恢复了老样子，而且留下一片空楼房，贱卖也没有人要。至于花园式城市，这个不怕，只要调动各方力量，一心一意办，一定会办成。"他喝了一口酒，站起来，推开窗户，指着外面，说："你看看，这么一个脏乱差的小城，连发达地区一个小乡镇的街道都不如，地面道路狭窄，空中电线乱如蛛网，再看看随意乱盖的房子，没有统一的规划，自行其是，如果再不加快改造，还这个历史小城绿水环抱、青山捧月的美景，后人是要骂我们的。"

郝东水生于汉江，长于汉江，除了上大学的时间，他在汉江边上待了二十五年，当然知道汉江的过去与现状。江源虽然是上水市东南一个偏远县，可是，它的地理位置却十分重要。是由秦入蜀的必经之地，是一个连通三省的重镇，历史上属兵家必争之地。守住了江源，等于保住了大后方粮仓汉中，也就保住了通往都城长安的门户。东汉割据汉中的军阀张鲁，就是因为北守重镇江源，南守金牛、米仓栈道，使川兵无法由南进入汉中；而只要守住秦岭中的褒斜、傥骆栈道，位于长安的曹魏军队，就很难越过秦岭进入汉中。所以，张鲁在汉中雄踞三十年，创立了五斗米教和强力政权，成为中国历史上第一个政教合一的独立王国。正是因为它独特的地理位置，秦代就在这里设立郡县，几乎和十三朝古都长安同龄。县城虽小，但位于群山环抱之中，汉江之水环绕，形成自然的护城河，是冷兵器时代的铁壁铜墙，除非城内断粮，守城将士自动打开城门，否则从没有人通过兵力攻入城内。古老的江源县城，历经战争的反复摧毁和重建，到公元一九六七年，最后一截城墙被拆毁，它的原貌消失得不见踪影了。时间像一把利剑，把这座本来山水环抱无比美丽的小城，蹂躏得像一个被反复虐待容颜不再的老妪，毫无光彩和生气。

江源的十几个乡，更不用说，除了城区的河源镇生活过得去，其他山地，地广人稀，交通不便，经济自然落后。只能用一个"穷"字来概括。

虽然二十世纪六十年代开通的宝成铁路、108国道经过江源，可是，毕竟地处深山，远离中心城市，人们的生活方式保持了原始状态，劳动工具几千年来变化微乎其微，机械化对于大部分处于高山密林的江源人来说，等于天方夜谭。

所以，郝东水完全理解夏清河的意思，如果实现了夏清河的设想，对于江源县的发展而言，无异于鲤鱼跳龙门，实现了一次跨越式进步。这个设想，同样包含着郝东水在内的许多人，特别是年轻一代的渴望。于是，郝东水毫不犹豫地说："愿意听从组织安排，这也是作为一个江源人的本分。"

夏清河说："规划中的西成高速公路，马上开工，省城至上水段三年通车。希望三年后，省城的人们开车来旅游，看到的是一个青山绿水环抱、市容市貌整洁、土特产交易繁荣、人们安居乐业的幸福图景。"

这次谈话结束后，县里各部局按照县委县政府的部署，立即开展工作，郝东水所领导的城建局则担当了区域规划、项目招标、工程监督、进村调研、走访农户、动员搬迁等相当一部分工作，三年一千多个日日夜夜，无法用辛苦劳累、流血流汗这样的词语来描述他们的工作。他们的脚步丈量了无数座高山密林，多次踏入一千多户人家，他们在汉江的源头睡觉，他们与山民一起采摘山货，他们与承包商为了几百块、几千块钱砍价，他们与受伤的农民工住进同一个病房，他们还被不理解的农户轰出家门，更让他们难以启齿的是，他们中许多人每天路经家门而不入，老婆实在不能忍受了，当街拦住怒吼："政府给你们发了啥金牌？你们连家都不要了！"

三年过去了，江源县发生了根本的变化，城区变成了一座花园，护城河两岸被整治一新，色彩协调的石柱石凳，天然一色的木质栈道，围绕江边形成了大小不一的小广场，移栽的绿化树木，不像大城市一条街同一树种，而是按照森林生长规律，树种杂交互相成趣，构成自然和谐的美。整个城区的建筑，除了少数几栋是新建的外，大部分则采取穿衣戴帽，对整个外形进行了改造，形成仿古一条街、民俗民居一条街、百家建筑一条街等多种特色的街区。对面临街道可以经营的民房，在居民自愿的原则下，一律改造成门面房，政府先期补贴，扶持经营，并把茶馆、咖啡馆引进了江源。对于商家经营的门头招牌，不做统一规定，商家各显神通，百花齐放，工商部门只做最后常规审定，只要不出现上级规定的不允许出现的字样和图案，一律尊重商家的选择。出乎意料的是，上水市和汉中市居然有商家跑过来投资，说看好了高速公路通车后江源的旅游前景。

从商家开业的当晚起，江源县城区居然成为历史上从未有过的不夜城。高速公路通车的当月，所有商业店铺均已盈利，市场一片繁荣。更让他们激动的是，本来抱着补贴三年打算的移民街区，由于开通了旅游大道，与市区的购物连成一体，山货山珍生意火爆，而且民俗民居同样火爆，五一、十一黄金周一房难求。

江源县城乡改造项目的成功，把郝东水的人生送上了一个高峰，当年他被评为省级劳模，接着全国优秀小城镇建设现场会在江源召开，郝东水作为城建局长，在会上作了重点发言，介绍了江源的成功经验。这一切对于郝东水来讲实至名归，可他明白，没有夏清河的推动，这件事根本就无可想象。

在县委、县政府的表彰大会上，夏清河慷慨激昂地对所有建设者表示敬意和感谢，当然对包括郝东水在内的受奖人员，给他们戴上了诸如"光荣的建设者""优秀的人民公仆""兢兢业业的螺丝钉""忘我进取的典范"之类的高帽子，可私下两个人交流时，夏清河推心置腹地提醒他："东水呀，我们这些人是什么呢？不要说历史长河了，也不要说省管干部了，仅一个小小的上水市，就有一千多名县处级干部，科级干部更是多如牛毛。如果把政府机构比作长城，我们这些人，充其量也只是长城走到人烟稀少、高山苍凉处，拐弯抹角地方的辅料，既不是要害部位，也不是兵家必争之地，也就是个石头抹了点灰，填了个空隙，说不重要，毕竟堵了个孔，说重要，也不就补了缝吗？说不准哪天有个放羊的爬上来，出于好玩，戳一杆子，这块碎石就掉下去了。"

郝东水当然明白夏清河话中的意思，虽然不能把社会全部归结为人心不古、世事险恶，但夏清河的提醒，无疑是肺腑之言。让他意想不到的是，夏清河离开江源去市里任职前一个月，郝东水作为江源县副县长人选公示期间，收到了三封举报信，有名有姓地指出他在获得荣誉后，骄傲自大，作风霸道。说他连续否定了两个乡请专家花费半年工夫所做的乡村建设规划；还说他把上级拨付的扶贫资金，明显地倾向给了他老家的村子；最为严重的是说他为庆祝老父亲七十大寿，在村子里摆了几十桌宴席，收了不少礼金。前两件是工作分歧，没有定论，后一个是老家的二弟所为，当天他只是回去了一趟。举报信所反映的三件事，经过很长时间的调查落实，虽然调查结果证明举报不实，但已过了那一批干部提拔时间，他的职位提升也就暂时放了下来……

想起这些事，郝东水立刻明白，夏清河一定是带着重要的事情来的，而且这件事一定与他有关。他就笑着说："市长有事喊一声，我郝东水保证两个小时内赶到。"

夏清河说："看来有高速公路了，江源人说话底气都足了。"

说笑间，夏清河说："我刚才已经和书记交流过了，我是代表市委和平信书记来要人的，就看你东水有没有这个积极性。"

郝东水说："市长尽管吩咐，不用跑两个小时，当面就答应。"

夏清河一脸严肃地说："这可是你说的，说到做到。"

郝东水说："一定。"

夏清河这才说："平信书记从省上调来后，有个大胆的想法，就是启动滨河新区，发展汉江两岸，使上水这个水乡，变成不是江南而胜似江南的水乡。这些年，市委一直有这个想法，但鉴于大环境交通，以及资金等诸多因素，没有动手，这次平信书记下决心启动，打造一张上水市的名片，拉动对外招商引资。由于汉江的上游，是南水北调工程中线的水源地，国家下拨了保护资金，规划对汉江上游的河道、湿地进行一次彻底的治理，这对上水市的发展，是一次重大机遇。西成高铁项目也已经启动，五年后高铁通车后，从省城到上水只需一个多小时，加上其他两条高速公路的交叉，上水市会形成一个南北交通交会点，这必然快速加大人流物流的聚散，就会快速推进上水市的经济社会发展。"夏清河最后说："这是一块硬骨头，要有劲头的人来啃，我向平信书记推荐了你。其实，平信书记早就对你有所了解，全国小城镇建设现场会在江源召开时，当时他作为省发改委副主任，不但亲临现场，而且在私下多次强调江源经验的重要性。所以，我一提你，他马上就说这是个合适的人选。后经市委常委会研究通过，我今天来是通知你的。任务很急，只给你一天的交接时间，后天早晨十点，参加市委常委扩大会议。"

郝东水一听，有些惊愕，说："我哪有那样的能力？在江源这地方折腾，还是你带着我，勉强可以，跑到上水市绝没有那样的胆量。"他又解释说，"我有位跑到沿海地区工作的同学，一次在微信朋友圈里说，他们那个市里，来了个落后地区的市长，到他们那里当书记，老百姓就说新书记誓把城市变成县。这样重大的工程，必须是有大眼界的人，像我这样童年少年一直长在穷山沟里的人，只不过在省城读了几年大学，毕业后又回到了这里，能有什么眼界，不行不行，绝对不行。"

夏清河说："这可不是你说了算，平信书记是经过慎重考虑了的。从北上广深要人？上水市太小了，按经济排名，勉强算个四线城市就不错了，先不说有没有人来，即使有人来，完全可能水土不服。而你在大学里学的就是城市规划专业，又有这些年的实践经验。"夏清河站起来，走了几步，说："我可告诉你东水，平信书记连你生活的事情都安排好了。你爱人不是在江源一小教书吗？平信书记让教育局征求你爱人的意见，愿去哪所小学就去哪所小学，说为创业者解除后顾之忧。"

夏清河的话，使郝东水为之一振，倒不是受宠若惊，而是万万没有想到。不等他反应过来，夏清河又说："平信书记说，能把江源县城区做成花园城市，就一定能把唱河渡新区做成一个现代化城区，不就是放大了吗？当然不仅是面积放大，更重要的是见识和精神的放大。"

市委书记已经把话说到这个份儿上，对于郝东水来讲，已经没有退路了。他不仅感到压力巨大，更让他深受感动。他想一个小县城的一个科级小公务员，能得到这样的重用，不能说三生有幸，至少是很难遇到。不用说，夏清河在其中起了巨大的作用。郝东水知道，平信书记去发改委任职之前，在省政府办公厅当过副秘书长，和夏清河是同事，他们的相互信任是由来已久的。能够猜想得出来，这对曾经的同事，如今又成为搭档，他们对上水市的发展下了怎么样的决心，才会做出这样的决定。想到这儿，郝东水从凳子上站起来，长出一口气，说："服从组织安排，后天一定按时报到。"

夏清河说："东水是明白人，这就对了。不过你明白，组织也明白，关于职务，副县长的设想就撤销了，任唱河渡新区管委会常务副主任，主持工作，主任一职空缺。因为干部任用的规定，就先定副处级，工作一段，经组织考察，再担任主任一职。"

谈话到此结束，夏清河说他还要赶回去参加会议，连中午饭也没有吃，就离开了……

这些往事，如同一部电影，一个又一个镜头，在眼前闪过，有远景，有特写，有喜悦，有忧愁，情节起伏跌宕，细节曲折复杂，超过了任何他看过的反映当代生活的电影和电视剧。可惜自己不是作家，如果是，他一定会把自己的真实体验，写成一部大书，留给后人，看看这一代人是在怎样的剧情里，扮演自己的角色的。

他站了一会儿，汉江慢慢起雾了，不过太阳并没有隐去，半空突然出现一道彩虹，一端与文化公园的红飘带连接，另一端则伸进河中心，像彩色的龙头，噙住了回心石。雾气沿着水面漂浮，半空却是明媚的阳光，天空的乌云正在退去，呈现出瓦片一样的云彩，与高深湛蓝的背景，相映生辉，展开了一幅无边无际的古老彩锦。

郝东水知道明天是一个晴天。

按照平信书记给他的时间，第二天晚饭后，郝东水给平信书记打了电话，就到市委办公大楼书记的办公室，当面谈了他的想法，一进门，和上次一样，书记给他泡好了茶，他坐在书记办公桌对面的椅子上，书记关切地问："想好了吗？"

郝东水没有回避，说："谢谢市委和季书记的信任，但我回去认真想了想，还是觉得我不适宜承担这份责任。一个是，对于城市建设我虽然懂一些，但城投集团所承担的几项大工程，从规划到招投标，再到实施，用了三年多时间，涉及多家单位和部门，情况复杂，很难在短时间内搞清；第二个是，我和刘亦仁同事过，知道刘亦仁是一个很有能力的人，如果连他都解决不了的问题，在我认知范围内，我更没有办法解决；第三个是我的私心，既然刘亦仁出了问题，势必涉及其他关联的人，这些人也许我认识，也许我不认识，但都与刘亦仁有千丝万缕的联系，从工作的角度讲，我必须配合调查，严肃处理。但从私人的角度讲，刘亦仁和我关系不错，在新区开发过程中，几次给我解决过资金周转的问题，应该算是很好的朋友，我替代了他的位置，无论怎么做，都会产生各种说法，极有可能被别人骂。何况新区目前的工作确实繁杂，我实在没有更多的精力做别的，如果接了这个担子，两边都做不好，那就耽误大事了！"

郝东水说话时，季平信一直认真听着，没有插话，等郝东水讲完了，季平信仍然看着他，既没有表现出吃惊，也没有表现出不快，好像他早就料到了郝东水的态度。过了一会儿，季平信才问："还有吗？"

郝东水说："书记，我的想法就这些。"

季平信说："第三条是实话，我相信。前两条和最后的尾巴，是为了做铺垫。不过你不怕被人骂，而是怕得罪人，我理解。"

季平信一下点破，郝东水也不做辩解，等着书记的下文。

季平信说："尊重你的选择，这件事就过去了。"

郝东水赶忙说："谢谢书记的理解。"说着，他看看表，已经晚上九点了，要起身告辞，他怕影响书记休息。

季平信摆摆手，示意他坐下，说："谈话并没有结束呀。"书记接着说："市委关于加快开发建设旅游城市打卡地的决定，唱河渡生态文化公园无疑是一个重要的游客集散中心，对于怎样发挥它的辐射作用，从而带动整个上水市的旅游产业，你有什么想法可以大胆地提出来，希望你在半个月内拿出一个比较可行的方案，参加市委、市政府关于这一议题的联席论证会。"

说完，季平信站起来，说："现在你可以走了。"书记把郝东水送到电梯口，拍了一下郝东水的肩膀，说："我相信你有好主意。"

第三章　新官上任

　　夏清河被省纪委带走两天后，各种传闻满天飞，主要有三条说法：一是说夏清河出事，是因为十几天前被监察机关带走的钱黎青牵出来的。钱黎青是唱河渡生态文化公园商业项目商水长街的开发商，是唱河渡新区最大的投资者。二是说夏清河的问题主要有两条——一个是涉及终南违建的整治，一个是唱河渡新区大项目中涉嫌受贿。第三个说法有点牵强附会，说他涉嫌为黑恶势力提供保护伞，不过传闻说得有鼻子有眼，似乎也不能排除。

　　郝东水知道，终南违建别墅案由来已久。在二十年前的房地产开发热潮中，城市规模不断扩大，靠近省城的终南山，成为房地产开发商眼中一块不可多得的肥肉。

　　对十三朝古都而言，终南山成为皇都的一块风水宝地。由于终南山特殊的地理位置，历史上，有无数的帝王将相、皇亲国戚、达官贵人、巨贾富豪，死后葬于终南山。终南山群峰连绵，山高林密，水系发达，生态完美，环境幽静，神秘莫测，大熊猫、金丝猴、朱鹮、羚牛在这里繁衍生息，是中药材的宝库，是隐世修道的圣地。数千年来，无数的文人墨客，走进终南山，访仙探幽，借景寄情，以诗明志。有的干脆在终南山结庐而居，远离尘世修身养性，以致唐宋时期有终南捷径之说，如同今日海外留学，终南结庐而居的经历，成为入朝为官的敲门砖。

　　由于天然的生态环境，和极高的文化传承密码，使其在当代房地产开发的热潮中，具有了巨大的商业价值。随着经济的高速发展，富人的快速增长，城市的楼房已经无法满足有钱人的需求，他们追求更为豪华的住宅，更为舒适的环境，更为天然的氧吧，更为独特的造型，而具有广阔背景的终南山，成为首选之地。于是，在各种利益的驱动下，秦岭北坡的终南山，成为权力纷争、各显神通的角斗场。而当时身家已过亿的钱黎青，自然成为这群纷争者中的一员，在秦岭南坡十八峪中，拿下两处黄金谷地，借助缓坡地形和山溪，沿山体开发了二百多栋连体和独栋别墅，另一处则以别墅和花园洋房为主体，开发成为一个休闲养老中心。他的财富四年间翻了十几番，跻身数十亿元富豪之列。正因为他的实力雄厚，唱河渡新区商水长街商业项目招商时，经夏清河介绍，钱黎青最终成为唱河渡新区最大的投资商。

　　终南别墅案大曝光，一批官员纷纷落马，一些开发商也受到严厉查处，完工交房的，被拆除，没有交工的立即停工，等待的结果仍然是拆除。钱黎青还未出售的终南别墅被叫停，加之唱河渡新区商水长街的商业销售与营运均处在关键时刻，需要大批资金注入，一时资金链断裂。这时各家银行对房地产开发的贷款几乎停办，对与终南别墅项目有关的开发商，更是避之不及。无奈之下，钱黎青紧急采取民间集资的方法，高息揽钱堵住了资金黑洞。在解决资金链断裂问题时，他以投资商水长街项目为条件，要求上水市配套的巴山别墅用地，同样受到了查处。传出有人举报他非法集资后时间不长，钱黎青毫无悬念地被监察部门控制。

钱黎青之所以能来唱河渡新区投资，而且拿下了商水长街这个目前上水市最大的商业项目，当然是夏清河极力促成的，人们传闻其中有重大利益交换，是可以理解的。目前在中国的商业及地产开发中，很少有开发商敢于声称自己是干净的，所以，人们把夏清河的出事，与钱黎青联系起来也就显得正常。

可是，对郝东水来说，事情并不会像人们传说的那样简单，以他对夏清河的了解，其中必有缘由。何况，无论夏清河出事还是不出事，在他的眼里，夏清河是一位良师益友，是一个对他成长产生了重大影响的贵人。

童年和少年，给郝东水的记忆就是饥饿，那些青山绿水、高山密林，在他从书本上、电视上明白了山外世界之后，统统变成了消耗体力的障碍。十岁那年，他读小学四年级。每天凌晨五点，母亲就做好早饭，将他从熟睡中推醒，他匆匆忙忙喝完几乎能照见人影的一碗糊糊，吃一块蒸熟的红薯，算是一天中最好的食物。糊糊有时是包谷磨成的面搅拌的，有时是麦面加了红薯粉做成的，有时就是山里挖来的蕨根磨成的粉做的。吃了这顿饭，他要翻过一座山，去乡上的小学上学。两个小时后，当他坐在课桌前听课时，肚子已经饿了，但他必须忍着饥饿，听完老师的两节课，然后去学校的开水房，打一碗开水，就着带到学校的两块蒸熟的红薯，算是解决了一顿午饭。再上四节课后，他会一路小跑赶回家，因为那时肚子已经饿得叫唤了。只要回到家，无论是熟红薯，还是生红薯，抑或是一把炒豆子，总能找到一点吃的，抵挡住饥饿。在黄豆收获的季节，遇到母亲做豆腐，一碗豆浆加块豆腐，那是天下最好的美食。一天中午，他路过乡政府，看见一个人手里拿着白蒸馍，他大吃一惊，童年和少年给他的关于蒸馍的印象，只是农历五月初五那一天，家家户户才吃蒸馍。那是麦子收获的季节，农人们割下麦子，一定要在这一天敬天地敬鬼神，以庆贺夏粮的收获，祈求神灵保佑来年丰收。家家的蒸馍，都是将麦子淘洗干净，在太阳下晒干，然后在石磨上反复研磨，直至剩下少量的麸皮才肯罢休。这样的麦面，无论是搅拌糊糊，还是蒸馍，都是浅棕色的。后来当磨面机传进山里，农人们更不舍得丢掉麸皮，几乎将麦子全部磨成粉。所以，在他的眼里，从没有见过蒸馍是雪白的。即使读大学时，他知道全麦馒头的营养价值更高后，他仍然不能接受儿时关于全麦馒头的味道，更向往那个在他的记忆里，留下不可磨灭印象的雪白蒸馍，尽管他不知道那是什么味道，但他相信那一定是世界上最好吃的馒头，他想自己什么时候才可以吃到这样的雪白馒头。

那天他回到家里，给母亲说了自己的想法，母亲说："要想吃到白米细面，就得好好读书，将来进城做公家人，想吃啥有啥。"

听了母亲的话，他问："学习好就行了？"

母亲说："当然身体好是第一重要的，不管当兵还是进城考干、当工人，都得检查身体。"

母亲的话给他以极大的鼓舞，可学习好他能办到，因为他在班里学习数一数二，从来没有排过第三名。只是身体有些弱小，听父亲讲，母亲怀他时，那一年天旱，庄稼收成大减，每天吃不饱，所以造成他营养不良。他想，该怎么才能使自己的身体强壮起来？偶尔读到一篇故事，说深山里一支游击队，由于没有盐巴吃，所以体力不行了，最后派出神枪手，秘密潜入城里，从盐商那里搞到了大批盐巴，才解决了游击队的吃盐问题。这个故事激励了他，放学回家，他打开家里的盐罐子一看，竟有些激动，家里虽然粮食不足，但盐罐里的盐还是不少的。于是，他决定，从当日起，每天睡觉时，吃一小勺盐。

每天睡觉时，他都会避开父母和妹妹，先舀半碗凉水，再悄悄舀一勺盐，放进碗里，轻轻摇一摇，多数时候，由于时间太短，没有摇均匀，盐粒并没有完全化开，一口喝下去，前味虽然有点咸，总是可以忍受的，当喝到后面没有化的盐粒，进口的一刹那，苦涩的口感难以描述。第一次他把冲好的盐水倒进口里时，口腔立即感受到从未有过的痛苦。他从来就没有想象过，高浓度的盐水，居然是如此的味道，完全超出了他的承受力。但为了强壮身体，他每次强忍着告诉自己，要活人上人，先吃苦中苦，毅力是这个世界上成功最重要的保证。可是，他坚持喝了一个月，没有明显效果，身体依然是过去的样子，扛的行李重了，就会直不起腰。

有一天，吃罢晚饭，母亲突然对父亲说："盐快没有了，给东水点钱，让他放学回来时带点。"

父亲瞪眼看着母亲，说："你做饭是吃盐哩吗？上月我赶集刚买的，至少也得吃三个月呀，咋能没有了呢？"

母亲极不高兴地说："看你说的，谁光吃盐不成？"

父亲起身，拿过盐罐子看看，果然见罐子里的盐快要见底了。他摇摇头，双眉紧锁，一副难以置信的表情，很不高兴地说："以后做饭少放点盐，淡了吃不死人，咸也吃不壮身子。"

他吓得不敢吭声，第二天上学，他和一个同学聊天，那位同学的爸爸是乡里的一个干部。他问那位同学："你家的人，喜欢吃咸还是喜欢吃淡？"

同学看看他，回答："我妈过去爱吃咸，我爸爸常说，吃咸了对身体不好，容易得高血压、心脏病。吼了几次，我妈做饭就开始少放盐了。"

他听了吓一跳，同学的爸爸是公家人，说法一定不会错。此后，他不再晚上睡觉前吃盐了。后来他想想，自己把盐糟蹋了，还让爸爸生气，是自己的不对。于是，他把这件事告诉了妈妈，妈妈一听，不但没有怪他，反而一把搂住他，连说："我娃懂事，是妈妈不好，没有照顾好你。"

此后，他每晚回家吃饭，母亲总会把稠的给他，而母亲常常喝稀的，碗里能照见影子。逢年过节，家里如果改善伙食，母亲总是让他第一个吃饱。他推辞不要，母亲总会说："娃吃好，身体好，长大进城做事，爸妈全家跟着娃享福。"

这样的日子让他感动，激励他更加努力地学习，可时不时，他的脑子里会冒出一个令他向往的念头，就是饱食一顿雪白的蒸馍。

十六岁那年，他终于实现了吃到雪白蒸馍的愿望，因为他考入了县城的高中，同宿舍有位城里长大的同学，他家富有，经常带些零食，和同宿舍的同学共享。有天下了晚自习，同学见他饿，就从箱子里掏出一块白馒头，对他说："就是有点凉，倒杯开水泡着吃。"

在看到那块白馍的瞬间，他的眼睛立时放光，像看到了一块稀世之宝那样，死死盯着不动，生怕它会转眼消失。那块白馍，虽不及十岁那年看到的那个白馍大，但雪白的样子是相同的。他倒吸一口气，恨不能立即塞到嘴里，立刻尝到诱惑了他六年的味道。他激动得有些词不达意，连忙说："凉的好，凉的好。"

他之所以这样说，完全是出于一种未经思索的心理暗示，他不想增加任何别的味道，哪怕是白开水，他要彻底地、完全地尝尝雪白的馒头味道。同学当然不会体会到他的心情，以为他客气，就给他倒了一杯水，放到了他的面前，他十分感激地连声说："谢谢！谢谢！"

他从同学手中接过白馍，为了顾及面子，他终于控制住了贪婪的食欲，没有立即向嘴里塞，而是轻轻地掰了一块，送进口里。可是，当那块白馍进口后，根本不由他说了算，未经细嚼就囫囵吞下，白馍的味道一点也没有尝到，而是在喉咙里打了个弯，立即咽到了肚子里。他想这样太窝囊，如果一个白馍吃完了，仍然尝不到味道，那不是白吃一个白馍吗？自己不能就这样浪费了六年才得来的机会，于是他端起同学给他倒的白开水，猛然喝了一口，以平静处在恍然隔世状态下的心。还好，同学并没有在意他拿到白馍时的反应，而是到门口刷牙去了。身边没有人了，他的心终于平静了些，也不再考虑吃相，直接将整块白馍递到了嘴边，急不可耐地咬了一口。不过这次他注意到了品尝，而不是急火火咽下肚子。这一咬不要紧，他立即闻到一股新鲜麦面的味道，像河滩早晨芦苇荡里的气息，充满了清净无染的香甜味道。这种味道，是如何贮存在他的大脑里的，他根本没有记忆，只是在白馍挨近舌尖的一刹那，从灵魂深处迸发出这种记忆，似乎在久远之前的某一天，他曾经遇到过这样香甜的味道。

吃过这块白馍隔了一天，他才在课间休息时问同学："你给我的那个馒头怎么那么白呢？"

同学说："那是六五粉做的。"

他不明白，又问："难道不是麦面做的吗？"

同学说："是麦面做的。是六五粉做的。"同学看他疑惑的眼神，突然明白过来，解释说："就是一百斤麦子，只出六十五斤面粉，而我们学校食堂里的馒头，是八五粉做的，所以就显得黑一些。"

他终于听明白，原来面粉白的程度，是以一百斤麦子出多少面粉区分的。想想自己村子里的人家，哪一家不是几乎把麦子统统变成了面粉，粮食对于山里人而言，比任何珠宝都值钱，谁家舍得浪费呢？突然他想起母亲说过的话："要想吃白米细面，就到城里当公家人。"

同学的白馍，给了他城里生活的直接体验，母亲的教言，给了他一定要到城里生活的决心。这件事情，在外人看来可能很小，但对他郝东水而言，无异于遥远前方的一个目标，一盏黑夜里远处闪烁的光亮，给他以诱惑，给他以力量。正是在这个目标和光亮的指引下，高考时他毫不犹豫地报考了工业大学的城市规划专业。因为，那时邓小平南方谈话不久，中国已经开始房地产市场化，人们预计到中国的城镇化住房建设，将是未来几十年最火爆的行业。城市规划专业，不但就业前景广阔，而且直接在城市里参与建房，那样的话，城市必将成为他工作和生活的地方。

正因为他选对了专业，作为最后一批毕业包分配的大学生，他从省城大学毕业回乡，顺利地进入江源县土地规划部门，几经部门名称、编制调整，五六年后，他成为江源县城建局副局长。他被提拔为副局长那一年，他和高中同学、省师范大学毕业当小学老师的妻子结了婚，政府也在县城给他分了一套八十多平方米的住房，他的城市梦想可以说已经实现。生活对他来说，展开了一个美丽的前景。那时，他虽然还没有能力将父母接到县城居住，但对于已经进城的他，让父母和家人过好日子，成为他奋斗的目标。

老父亲曾说："千里路上来做官，就是为了吃穿。"他也认为，父亲所说的这句古话，是千百年来无数人人生的总结，是一个颠扑不破的真理。

可是，在他遇到夏清河之后，他的观念发生了巨大的变化。江源城区的改造和移民搬迁项目，对夏清河来说，可能是小事，但对他郝东水而言，绝对是大事。这件事的成功，使他突然明白，小人物在遇到机会时，经过努力，可以给更多的人带来生活质量的提升，也许这就是作为吃官饭的人，天下为公的内涵。而唱河渡新区的基本成功更使他明白了，在合适的环境下，小人物可以成就大事业，这种事业给更大范围内的民众，带来了巨大的生活变化，在一个时期，改变了一个地方一段历史，这也许就是历史书写的记忆，也就成了若干年后的历史。

郝东水想到这里，长吁一口气，不管夏清河有没有问题，即使有问题，是违纪还是违法，其结论并不能抹杀他曾经做过的事情。作为夏清河的同乡和同事，他不会忘记夏清河对他的赏识和提携，更不会忘记他们之间的真诚合作。

他记得很清楚，一切犹如昨天。

夏清河和他谈完话的第二天，上午十点钟，他准时赶到了市委二楼会议室，正在召开的市委常委扩大会上，市委书记季平信宣布第三项议程，即公布了关于他的任命：经市委常委会研究通过，决定郝东水同志，任上水市唱河渡新区工委书记兼管委会副主任，副处级待遇，主持全面工作。

这是他第一次见到季平信书记，一米八左右的个头，显出魁梧、壮实的身板，一副泰山压顶不弯腰的架势，可脸上的表情却显得可亲可爱，并不像难以接近的人。会议结束后，季平信叫住了夏清河和郝东水，请他们到自己办公室再聊聊。

到了办公室坐下，季平信直截了当地说："东水呀，咱们虽然是第一次见面，但我和清河副市长是老熟人，在省政府机关工作多年，对他很了解，他推荐的人，又经过组织考察，我相信不会有什么问题。客气话我就不说了，唱河渡新区这个活，肯定不好干，是块硬骨头，正因为是个硬骨头，才要找好牙齿的人。组织既然选了你，就会百分之百地相信、支持你。我也了解江源县城区改造和移民搬迁工程，成绩是有目共睹的，我相信你一定会像在江源工作一样，拿下这个硬骨头。有什么想法和困难，可以毫不保留地说出来，我们共同应对解决。"

郝东水本来还有点紧张，新区所占万亩土地，眼下只是一片荒地、荒滩，工作千头万绪，从哪里下手都不知道，能提出什么想法？不过经历过江源的硬仗，他知道要害在哪里，就直接说："谢谢书记和组织的信任，不过我连办公室也没有进去，两眼一抹黑，只知道有一片荒地和荒滩，人在哪里，钱在哪里，我一概不知。"

季平信听了哈哈大笑，说："看来东水知道要害是什么。不过，东水，副手和总工，组织已经为你配好了，两天之内到岗，其他的人，由你挑，各个部局看上的都可以要，江源县的干部也可以，只要你看好了，组织负责给你协调调动，保证随选随调，编制十九人，半个月内全部到岗。不过经费除了人员工资财政负责外，开办经费你自己想办法。只要坚持三个月，中央拨付的上水段汉江保护资金，和市政府筹措的一笔贷款即可到位，给唱河渡新区的第一笔资金三个亿，就可以拨付。最难就是这三个月，无米之炊你也得盛宴开席，你只要想出办法来，只要办法可行，市委、市政府肯定支持。"

郝东水知趣，既然领导这么说，肯定是没有别的办法了，好在他在江源县已经经历过这样的事情。江源的旧城改造项目，半年后上级资金才到位。当时提了个口号叫空转起步，开办经费各部局先自己想办法。再说，他什么情况都不了解，工作的方向和思路，更是个未知数，这种情况下，向领导要政策或条件，都是极不严肃和极不慎重的。他刚要表态，说一番一定尽快熟悉情况、尽快拿出工作方案的客套话，季平信却打住了他的话，说："不过，我倒建议你，目前抓三件大事，一是尽快拿出一个规划，要借鉴全国创建新城区的经验和教训，这个规划市委、市政府只是一个粗略的设想，规划要落实到具体建设项目，重要节点要有所突破，坚决杜绝诸如盲目追求高大上、不计成本向发达城市看齐。而是要结合实际，以保护自然生态环境为前提，以历史文化为灵魂，以现代商业模式为基石，打造一个真正的符合现代城市发展的新区域。未来的新区，应是一个提升和带动上水市发展的经济文化中心，说白了，就是让外界重新认识上水市，重新定位上水市在全省经济文化中的坐标。二是充分重视招商引资，招商从现在就开始，国企、民企同时进行，让投资商介入规划的前期工作，以保证商业营运的市场可行性。三是从现在开始，就要调研拆迁方案，到底以怎样的方式，处理村民与新区发展的关系？发展的目的，是为了提高、改善、带动所有人的生活质量，而不仅仅搞出一块城市名片，证明我们的政绩。新区拆迁，有两大难题，唱河渡村和军用飞机场，前者是上水市有名的烂河滩、梁山泊。后者则是军产，国家虽然有相关的规定，但一切在于和军队协商。我提两条要求，不是为了日后推卸责任，而是我们的基本原则，这就是面对村民，坚决杜绝暴力拆迁；面对军队，不但要尽快办成，而且坚决把成本降下来。"

郝东水完全听明白了，书记是在作指示，大政方针、工作要求都提了，而且很具体。但是执行起来可不是一件容易的事，与军队打交道不怕，再难也能想到办法，可唱河渡的烂河滩，是一个复杂的历史问题，不要说坚决杜绝暴力，就是允许使用暴力，也不一定能拆得动。关于拆迁，在中国有太多的血案，像唱河渡这样社情复杂的村庄，比那些引起暴力对抗拆迁的事件的地方，更难以对付。郝东水一时不知道该如何表态，稍作思考后，他避重就轻，说："规划是不是请市规划局牵头，新区配合，这个规划太重要，我这个山沟沟里出来的，上大学也就学了个皮毛，缺乏大见识，承担这样重要的任务，力不从心。"

季平信听了笑了，说："东水，我们就不绕弯子了。规划根本不是问题，这个事我和邹市长、清河副市长早就议过了，找高手啊！向全球招标，设计团队不限于国内，只要眼界到了，高手自然会来。有抱负的设计师，谁不想在一块空白的地方创作出一部杰作？拆迁倒确实是个问题，军用机场的搬迁咱先不说，唱河渡的拆迁才是重中之重，解决了唱河渡的拆迁，其他一些零散的搬迁户就会水到渠成。"

郝东水觉得季平信说到他的心里了，他瞅着书记，看他如何解开这个包袱。季平信看看夏清河，又把眼光移到了郝东水的脸上，说："我和清河同志，了解过终南别墅区、外省市多个区域大项目的开发，也请有关研究机构研究整理过全国拆迁的案例，产生暴力拆迁的原因，无非是把项目的商业利益放在了第一位。为了拉到大项目、大投资，政府过多地答应了开发商一些过分的要求，譬如时间、配套、税收返还、配套费减免等优惠政策，这些条件里面，有相当一部分和拆迁直接相连，一旦拆迁延缓，时间不能兑现，开发商成本就会加大，政府就得动用执法手段，如果执法手段不能尽快实现目的，开发商就会以各种借口，利用黑社会的力量，采取各种恶劣手段，对付所谓的钉子户，暴力拆迁的血案必然发生。我们这一次，绝不能使用任何暴力手段，作为一条纪律，写进新区的工作守则。不要认为别人可以搞得，我们也就搞得。能不能在自己可控的范围内，创造出一个新局面呢？明明我们所为，与老百姓的利益是一致的，怎么会搞成水火不相容，大打出手、流血流泪呢？说白了，就是我们的屁股只坐到了开发商一边，没有充分考虑拆迁户的利益，把老百姓当成压缩成本赚钱的资源，彻底卖给了开发商。我们承认现代社会，商人促进了社会的繁荣与发展，但我们得同时看到，商业以追求利益为第一要义，唯利是图是资本的本质，这就告诫我们这些决定社会发展方向的管理者，屁股坐到谁的凳子上，是屁股决定脑袋，还是脑袋决定屁股？"

秘书进来添了茶水，季平信站起来，走了几步，回过身又坐下，喝了一口水，接着说："商人的利益必须保证，如果不能保证商人的商业利益，也就不会有人来投资，没有人投资，社会的发展就会受到制约。可我们得明白，所有的社会活动，当然包括商业活动，必须在正常、合理、诚信、法治的框架下进行。不管我们看到过什么，遇到过什么，至少在我们可控的范围内，把这件事做好，做成一件经得起社会舆论监督、人民评说、历史检验的事情，这样我们就无愧于自己的职责，无愧于我们的一颗天心。"

季平信慷慨陈词，在郝东水听来有些高深，好像过去他从来没有思考过这样的问题，这些逻辑与他的工作范围，也不在一个频道上。不过他还是听明白了，他正在考虑如何回答书记的这番话，夏清河开腔了，他说："请平信书记放心，东水在处理江源移民搬迁中，积累了比较丰富的经验，没有出现一户强行搬迁的事件，这个政策界限他会把握住的。"

夏清河的话一下子提醒了他，郝东水立即说："我也是农村出来的，很清楚农民为了小利益的心思，我尽快摸摸底，给书记一个满意的答复。"

季平信笑着说："东水呀，可不仅是摸个底，给我个满意的答复，而是必须做到及时推进，不误工期，不亏一户，不伤一人，平安无事，皆大欢喜。"

季平信表情丰富，语气平和，郝东水虽然感到了压力，但他完全放松了心态。他也笑着说："当年清河书记赶鸭子上架，今天季书记可让我光着脚板走钢钉。"

季平信笑着不说话，夏清河说："没有那么严重，我和平信书记做过调研，唱河渡村的拆迁，只要搞定了村子里的老人渡爷，就解决了大半问题，细节你回去研究。放松身心，做好功课，方案得当，正确把握，不抱私心，敢于担当，有市委、市政府支持把关，一步一步推进，不会有大问题。"

谈话到此，郝东水还能说什么呢？他立即表态："尽心尽力，坚决照办。"

郝东水表态后，按理说这场谈话应该结束了，可季平信并没有让郝东水离开的意思，他说："不妨说点题外话，"他站起来，指着夏清河，对郝东水说，"说是题外话，也是题内话。我和清河同志交流不止一次两次了，就是怎样保护我们的干部。这个唱河渡新区，如果按照前期调研的设想，要建成一个真正的生态化、现代化，集商业、文化、教育、居住、休闲、旅游于一体的新城区，少说投资也得二三百个亿，这样一个大项目，要在五到八年内完成，这块土地上会诞生多少财富？会给上水市经济和社会生活带来多大的变化？怎样估计也不为过。可是，东水呀，你坐的这个位置，既是提款机，也是火山口，发展是我们的目的，安全也是我们的目的。不要说对组织负责了，就是对我们个人而言，做成一件事，倒下一批人，值得吗？不值得！所以，我们首先要把好自己这一关。新区的建设，我对市委班子、对参与新区建设的干部提个要求，就是当我们庆祝成功时，每个人要从内心深处告诉自己：我们是干净的！只有我们干净了，这片土地才会干净，我们才能无愧于这个时代，无愧于这片土地上的人民，才能对得起上水这片孕育了丰厚文化的土地！"

季平信说完这段话，回到办公桌前的椅子上坐下，脸颊仍然微微发红，他显然是激动了。而郝东水更为激动，这是今天谈话中，对他而言更为亲切、更为打动人心的话语。因为他是江源人，也是上水人，这片土地是生他养他、血脉相连的故乡。于是，他毫不犹豫地说："请书记放心，别的我不敢保证，这一点我绝对保证！"

季平信再一次站起来，说："我让你全部保证！出征之前，要有必胜的信念。"

夏清河站起来，说："没有问题，请书记放心，既然我分管新区，会和东水一起把好这个关！"

这场谈话到此才算结束，季平信说得明明白白，郝东水听得清清楚楚。

郝东水从季平信的办公室出来，走到电梯口等电梯，夏清河也从书记的办公室出来了，他跟上来说："咱俩出去走走。"

于是，郝东水跟着夏清河下了楼，夏清河的司机已经把车停到了门口，他们上了车，夏清河对司机说："走108国道，到2号桥头。"

司机答应一声，汽车开动。

夏清河对郝东水说："我给你个电话号码，如果开办费解决不

了，你直接和他联系，向他借，你就说我说的。"车沿着上水大道一直向南开，从市政府到江边是一条直道，夏清河接着说："这个人叫钱黎青，是省城一个资产几十亿的大开发商，他在省城有不少产业，在终南山有两个旅游地产大项目，和我熟悉。准备启动唱河渡新区时，我就想到了这个人，一是对他了解，二是他确实有实力，三是这个人虽是农村出身的，但格局比较大，只要我们能把好方向，他一定会把事情做好。招商引资，引这样的人，便捷、高效、节省成本，关键是有把握。"

郝东水把钱黎青的手机号码存到了自己的手机里。

说着话，夏清河一看时间，十二点过了，就说："找家小吃店，解决午饭。"

司机答应一声，车转了个弯，折过头向西北方向开出一截，停在了一家米皮店门口，他们下车进店，要了三碗菜豆腐、三碗热米皮，另加一碟小菜。郝东水要付钱，夏清河说："你今天刚到，我请客，不过让你吃了顿热米皮，不要嫌我抠门。"

郝东水说："我就好这一口，如果出差去了别的地方，三天不吃家乡的米皮，心里就痒得慌，吃啥啥不香。只要回来，一进上水的地界，第一件事就吃米皮。这东西好呀，黏而不粘，柔而不腻，软而不绵，有味道，好消化，别处还没有。"说着笑起来。

夏清河说："上水人谁不是这德行？这说明上水人有家乡情结，爱自己的家乡。"

说话间，三碗热米皮就上了桌，前后不到三分钟，接着菜豆腐也上了桌。郝东水说："不要说我们上水人好这一口，外省的人，吃过也难忘啊。我一个福建同学到西部出差，专门到上水来看我，他问有什么特别好吃的，我就介绍了米皮和菜豆腐，他吃了米皮，连说了三个香，问这是怎么做的。我就介绍了方法，说把大米在清水里泡好，用打浆机打成浆，然后在特制的蒸笼上，铺上纯棉织的衬布，再把米浆倒上去，蒸上三分钟，揭锅即熟，然后在案板上切成条，或者用筷子直接挑起来放进碗里，调上姜蒜盐醋，再添一勺油泼辣子，美味立刻到嘴边。他听了回去居然亲自操作，结果一张也蒸不成形，他问我怎么回事，我说只有上水的大米和水，才能蒸出米皮。他说服了，米皮确实是上水一宝，别的地方的米皮都不正宗。"

　　吃完，他们很快到了2号桥头，下车后，他们站在桥头向东望去，一大片荒滩立即映入眼帘。这个季节，是汉江的枯水期，沿河北岸，是一片又一片叶子发黄的芦苇荡，间或是一个又一个大小不等的水潭。有些干涸的汉江，已经没有了夏天洪水来临时的气势，倒有几分青藏高原星星湖的情景，整个江面的水流，成了一个又一个水潭串起来的糖葫芦，水流似乎停滞了，像俯卧在河道里的一头毫无生气的水兽。沿着江岸向北看，是一大片杂草丛生的荒地，只有零星的地块经过整理，种上了冬小麦，在整片的荒滩里，反而显得异样。汉江的这些地段，在唐代至民国的上水志记载中，每到夏天发大水的季节，都会被洪水淹没，给两岸民众带来或大或小的损失，几乎一年一次，很少间断过。二十世纪五六十年代，国家在上游拦截了两条支流，修筑了水库大坝，缓解了洪水来临时肆无忌惮地横冲直撞，这一带的水灾才大为减少，但终因财力有限，流域面积过大，过去的河滩一直没有得到全面治理，只有极个别的段落，由于其他工程的需要，做了一些小的局部改造，但对于整个汉水上游的流域来讲，面貌改变不大。在这些刺眼的乱石滩中间，凸显出一截极不规则、由破房烂屋组成的一溜排开的村庄，这就是唱河渡村。那个昔日声名远扬的唱河渡口，已经彻底被废弃了，只有顺着河心的回心石，在河道背弓的低洼处，隐约能看到当年渡口的遗迹。如果背对汉水，眼光从远处收回，只看眼前的这一片地域，根本想象不到它是汉水上游的米粮仓，以为是西部高原盆地的戈壁滩，只是多了些树木和杂草。

夏清河对郝东水说："这些天，我没有少来这个地方，站在这里一看，多么好的一个地方，却长期荒芜着，人们司空见惯，见怪不怪，习以为常，认为这地方就应该这样，因为历史上是这样，从来都是这样。我们都是历史的过客，好像看见一片空地，觉得愧对历史，想要改天换地，都纯粹是自作多情，所以，谁都不会当回事。"

一辆大卡车从桥上风驰电掣而来，卷起一阵大风，夏清河向前走了几步，躲过汽车掀起的气流，说："过去没有条件，这么大的地方，靠地方财力确实无法解决，这是历史现状，我们不能怪任何人，但眼下有了这样的机缘，既然国家南水北调给了一大笔治理经费，说得好听些，叫历史给了上水一个重要的发展机会，说得私人些，命运给了我们一次改变这片土地的机遇，如果我们干不好，不要说给上水的人民交代，给上级交代，就是我们自己也过不去呀，那将是天大的遗憾。东水呀，你要知道市委是下了大决心的，调你来的分量，你自己能够掂量出来的。"

过去，郝东水到市里开会，或者来市里办事，经常路过2号桥，但他从没有停下车来看看这片土地，在他的意识里，他从来就没有在意过这个地方，无论是从他个人的经历，还是工作的角度，这片土地离他太远，与他的人生旅程，不可能产生任何瓜葛。直至今天看了，才知道这里原来有这么大的一个河滩，从城市建设的角度看，无疑是一片可称为黄金地段的闲置土地。让他想不到的是，当他知道这片土地，关注它的同时，他的工作经历、个人命运，突然之间将与这片土地密切相连。特别是夏清河的提醒，使他一时处于梦幻和现实交错之中。说梦幻，是来得太突然，昨天得到来市里报到的通知，今天就站在他将要付出巨大努力，但不知道结局的岗位上；说是现实，因为夏清河此刻就站在他的身旁，他说的每一句话，都是清清楚楚的。郝东水虽然不谙官场事理，也谈不上在为自己的官场生涯赌博，但他懂得知恩图报，何况此刻对他而言，没有任何退路，他只能按照上级指定的战场，冲锋陷阵，别无选择。

郝东水看着夏清河，说："市长，我明白，我会尽最大努力的。"

夏清河只说了三个字："我相信。"

他们上车后，夏清河说："到你的办公室去看看。"

郝东水不解，夏清河说："已经有三个工作人员在那等着你。"说完，笑了笑说："我这个挂名的管委会主任，总得做点事情，等会儿也算是移交工作，以后就是你的事了。"

很快，司机把他们拉到了离河滩最近的几间平房里，说近，开车也得六七分钟。夏清河说："这儿原来是一家小的手工编织厂，倒闭了，刚好空着，又在唱河渡的地盘上，就租过来重新收拾了一下，条件有点差，但我相信很快就会改善的。"

郝东水说："总不会比当年在江源最偏僻的乡上搞搬迁时条件差吧？"

夏清河说："你有这个思想准备，就不用说了。"

郝东水进了工作人员给他准备的办公室，看了看，房子很干净，桌椅沙发都是新的，文件柜也已经摆好，看着挺满意的。他对夏清河说："不错了。"

站在旁边的一个小伙子说："这都是夏市长亲自安排的。"

夏清河指着小伙子说："这是从市政府办公室抽调来的小范，刚开展工作时，他上下都熟悉，好协调。"

小伙子赶紧自报家门，说："我叫范小迪。"

郝东水说："谢谢市长这么细心安排。"

夏清河说："你我客气什么。"接着，对范小迪说："把其他两个人叫来，我们开个小会。"

范小迪答应，跑出去喊了一声，一男一女，手里拿着扫把，从后面的一个屋子里出来。他们洗了洗手，就进了郝东水的办公室。夏清河看看大家，说："我给你们把领导请来了。"接着，他宣布："经市委常委会研究决定，郝东水同志任上水市唱河渡新区管委会副主任，主持日常工作。"

接着，夏清河又说了几句鼓励的话，就离开了。

郝东水问了问在座的几个人，除了范小迪有过两年工作经验，女孩是刚经过公务员考试录取的硕士研究生，是从市土地局抽调过来的。而四十多岁的刘建磊，是今年上半年刚从部队转业的副团职军官，在部队一直从事军事工作。这样一来，除了范小迪可以承担起办公室的工作，其他两个人干什么都得从头学起。面对这个局面，郝东水说了句"以后在一起，互相学习干好工作"的客套话，就宣布散会。他需要坐下来冷静地想一想工作头绪。

几个人离开他的办公室后，他把自己认识的可能的专业人才，在脑子里过了一遍，选好了几个急需的人后，把名字和他们现在的工作岗位一一写下来，准备晚上抽时间交给夏清河。

做完这件事，他起来走了几步，这才想起要赶紧解决办公经费的事，没有钱，一切无从谈起。他赶紧翻出夏清河给他的手机号码，打了过去，铃声响过三遍后，手机被接起来，对方问："请问哪一位？"

郝东水说："是钱黎青钱总吗？我是上水市新区管委会的郝东水，清河副市长让我给你打个电话，有事需要你帮忙。"

那边钱黎青十分热情地说："郝主任好！夏市长已经给我打过招呼了，是需用钱的事吗？你说需要多少？"

刚才郝东水大概估算过，就说："需要三百万。"

钱黎青马上说："没有问题，这两天我正想去上水看看夏市长哩，我明天就把钱给你带过去。"

郝东水说："那倒没有这么急。"

钱黎青说："去上水是我提前计划好了的，顺便。"

郝东水没有再说什么。放下手机，他突然想起季平信的交代，立即给自己提了个醒，钱黎青这么痛快，商人一定有他的企图。这样的事在江源城区改造时，同样遇到过，商人给你提供了帮助，一定会加倍索回，天下绝没有免费的午餐。

晚饭后，郝东水把需要调动的人员名单，给夏清河送到了办公室。因为夏清河的爱人依然在省城工作，所以，晚饭后他一般会到办公室，再处理处理白天没有处理完的工作。进门后，郝东水就把钱黎青明天要来上水的事情，告诉了夏清河，并说了借钱的事。夏清河说："他是冲你来的。"

郝东水不解："冲我来的？他明明说是提前安排了，要来看夏市长。"

夏清河说："他是来拜码头，他要在这个码头上停船做事，他知道找谁管用。这就是商人。如果他单是见我，抽个星期天我回省城不就行了？"

郝东水说："我想到了，但没有想这么多。"说着，郝东水把需要调动的人员名单，放在夏清河面前的办公桌上。

夏清河一边看着名单，一边说："这个钱黎青，做事有魄力，胆子大，精算账，会来事。所以，他在政商界朋友很多。恰恰这一点，不能不防，只要有利于工作，不违法、不违纪的事，可以给他提供方便，能办则办。但触及红线的事，无论如何不能办。前提条件是，我们必须清廉，刀枪不入，只要有空隙，这个飞虫就一定会在里面产卵，蛾子一旦飞出来，就说不清了。"

郝东水说："我明白。"

夏清河摇了摇拿起来的名单，说："这个我一会儿就找平信书记，立即给组织部打招呼，明天上班碰头，没有什么问题的话，三天之内全部人员到岗。"

第二天下午三点，钱黎青果然到了上水，他并没有去找夏清河，而是给郝东水打了个电话，直接把他的奔驰600开到了管委会临时办公的地方。

和郝东水见面后，双方握了握手，各自报了家门，钱黎青就把一张三百万的支票，拿出来放在郝东水的面前，笑着说："见面礼。以后有用得着的地方，只要郝主任招呼一声，小弟我一定随叫随到。"

范小迪进来给客人泡了茶，郝东水也就有话直说："钱总痛快，我也就不绕弯子了，钱总有啥想法？"

钱黎青说："夏市长多次给我说，上水是一个好地方，下一步有大的发展潜力。我也来了两回，确实看好了。但既然要来，就不能小打小闹，那样没有意思，无论对公对私都不划算。如果上水市政府这次引我进来参与开发沿江生态文化公园，我当然来实的，在合同规定的时间内一定完成，但我有个条件，希望在汉江南岸的巴山山下，划出一片医养、休闲地产项目，作为对上水生态文化公园商业投资的补偿。"

郝东水说："规划还没有出来。招商引资是我们的工作，你来我们当然十分欢迎，具体怎么参与，得等规划出来后再细谈。"

钱黎青说："提前介入，可能更符合市场规律。"

说着，钱黎青从公文包里掏出一个大信封，笑着说："没有什么东西做见面礼，这是一位著名画家的一幅画，不值多少钱。"说完，把信封放在了郝东水的办公桌上。

郝东水也笑着说："你这个就是最大的见面礼！"说着，把银行支票拿起来，摇着说："三百万啊，可是我今生收到的最大的见面礼。"

郝东水把信封推到钱黎青面前，说："我就是一个学规划专业的，根本不懂艺术，有了这东西，别人会说，你葱根上长出宽叶韭菜——装蒜！"

　　钱黎青还想说什么，郝东水做出一副坚决拒绝的样子，钱黎青只好作罢，笑着说："来日方长。"

　　接着，钱黎青给夏清河打了个电话，说要请夏市长吃饭，夏清河在电话里说："你到了上水，难道我们穷得连一顿饭都请不起吗？"

　　钱黎青连忙说："听市长的。"

　　夏清河说："中午我请你吃饭，郝主任陪同。"

　　每每想起这些事，郝东水感到恍如隔世，时间过得真快，转眼已经五年过去了。可有时想起来，如同眼前发生的，一切都那么真切，犹如刚刚经历过。

第四章 百岁渡爷

渡爷的百岁寿宴，已经进行了三天，可郝东水还是没有来喝寿酒。渡爷催问社区主任白大强，白大强告诉渡爷，说郝主任这几天忙，抽不出时间。渡爷一听不高兴，说："除非天塌下来，郝东水一定会有时间来喝酒，你打电话让他来，他是我们唱河渡村的贵人，这杯酒不喝不行！"

白大强本来不想让渡爷知道，免得他生气，一看渡爷的架势，瞒不住了，只好把自己听到的告诉渡爷："出大事了，夏清河副市长在市委常委会开会的现场，被省纪委突然带走，连平信书记也吓坏了，立即往唱河渡新区派出五个审计小组，要彻底查清新区建设过程中的腐败，跟郝主任肯定有牵连，你老说他能不忙吗？"

实际上这几天，外界传闻比白大强告诉渡爷的消息严重得多。有说夏清河是半夜从睡梦中被叫醒抓走的，老婆也被当场带走了。有人问："他老婆不是在省城吗？"说的人立即补充说："夏清河在上水市抓的，他老婆是在省城的家里被抓走的，两边同时进行，还抄了家，听说搜出满满一保险柜金银首饰，还在席梦思床下抄出二百多万现金。"说的人一板一眼，好像亲眼所见，令听者不得不相信。更有甚者说，夏清河在商水长街老板钱黎青投资的终南别墅项目中，持有百分之八的股份，受贿金额已经超过一个亿，商水长街有没有他的股份，正在调查。

渡爷听了白大强的说法，雪白的眉毛一抖，说："放屁！我还看不出夏清河是啥人，郝东水是啥人?! 你给东水打电话，就说我想他，叫他来喝酒，寿宴最后一天了。"

白大强一看，没有办法，只好当着渡爷的面，给郝东水打电话。手机通了，却没有人接听，响了几声后，提示音说："用户正忙，不方便接听。"白大强摊开双手，对渡爷说："你看看。"

渡爷耳聪目明，根本不像百岁老人，手机的响声和提示音他当然能听清，但他依然说："再拨！"

不过这次拨通了，白大强还没有说话，郝东水说："大强兄弟，稍等一会儿，我正在和审计局的同志说事，一会儿再打过去。"

白大强连忙说："好的好的。"说着挂了电话，不过他给渡爷重复了一下郝东水说过的话："郝主任正在和审计局的同志说事。"

言下之意，正好合了外界的传闻，唱河渡新区正在接受审计。

不过渡爷并不在意，说："东水肯定会来的！"

渡爷觉得他老来能认识郝东水，不光是他的福气，也是唱河渡人的福气。渡爷前半生，大部分时间在唱河渡渡口摆渡，渡过共产党的伤员，渡过美国飞虎队的伤员，渡过国民党的败将，无数的男男女女，从南岸到北岸，从北岸到南岸，生生死死，爱恨别离，他见多了，也就麻木了，世事如此，人生也不过如此。可是自从见了郝东水，他年轻时的性情被唤醒，他说："郝东水是菩萨再世，是可以改变一方天地的人。"

第一次见郝东水，他并没有在意。事先村主任白大强告诉他，说市里唱河渡新区的主任郝东水要来见他，他问："我只是一个会吃饭会说话的死人，他找我有啥事？"

白大强说："还能有啥事呢？唱河渡村的拆迁，对他们来讲，火急火燎，那个投资商钱黎青，已经忍不住了，说如果再不动手拆迁，他就要撤资。"

渡爷问："你们咋想的？"

白大强说："不瞒渡爷，村民们没有一家配合的，那些负责拆迁的工作人员，提着水果、礼物来，还带病人去医院看病。有个叫刘建磊的，说是新区拆迁办主任，听说是部队转业的，在部队上还是个副团职军官，跑到村东头老王家，说如果老王家答应拆迁了，他个人在部队上有战友，可以让老王家的孙子明年冬天去当兵，干两年可以转成士官。在孙子两年义务兵期间，老王家每年可以拿到政府一万块钱补贴。多大诱惑呀！但大家明白，无非是小恩小惠收买大家，先攻一点，然后分头瓦解，再全面拿下，以达到他们的目的。村子里几个难缠的人家，早就看透了，给老王家出主意，说你们不能相信那姓刘的话，这是公家的事，他个人答应，没用！到时办不了找谁去？所以，老王家拒绝了刘建磊的条件。这样一来，没有人买他们的账，几批来人，都被村民赶走了。"白大强把缸子里凉温的茶水，递给渡爷，继续说："他们一计不成，就让镇政府压我们，村委会已经被上面逼急了，只有把事情向村民身上推。看看我们这破地方，能五年变成一座花园？哄鬼去吧！村民们担心的是答应了他们的条件，安置房没有建好，人搬出去了，不能按时兑现，难道长期住在旧厂房改建的临时安置房里吗？说老实话，这样的事情在不少地方发生过，还上过报纸和电视台呢。"

渡爷说："那你们提的条件是啥？"

白大强说："交了地，农民以后吃饭咋办？按现在的家庭分房，娃们长大了结婚咋办？这些事情捆绑在一起，提高赔偿标准。所以，村民们提了两条，一个是安置房建好了再搬；一个是，虽然不能像沿海那些发达地区的农村，一户人家，拆迁成为百万、千万富翁，但至少也应该和省城周边的农民拆迁补偿差不多。"

渡爷问："有结果吗？"

白大强说："他们说，没有这样的政策，拆迁是根据各地的消费标准，依据实际情况制定标准。"

渡爷没有说话。白大强说："郝东水肯定是为这件事来的，渡爷你可要一口咬定。"

渡爷说："我一个孤寡老人，拆也好不拆也好，只要一个容身的地方就可以了，这件事与我何干？还是听听大伙的意见。"

白大强急忙说："这就是我来找渡爷的目的，大伙的意见，渡爷是我们唱河渡的主心骨，渡爷只要坚持，村民就不会尿。"

渡爷从二十一岁起，在唱河渡度过快八十年，生是唱河渡的人，死肯定是唱河渡的鬼，他不为唱河渡人说话，替谁说话呢？所以，他经不起白大强的劝说，答应只要郝东水提起拆迁的事，他就让开村民大会，听大伙的意见。

可是郝东水第一次、第二次来找他，只字不提拆迁的事，似乎唱河渡村根本不存在拆迁这回事。他只带了市电视台的女记者来采访。说要制作节目《上水故事》，当他第一眼看到女记者时，大吃一惊，难道是轮回转世的沈山灵吗？当郝东水介绍了女记者的名字叫沈山灵时，他像做梦，一下子回到了七十多年前，眼前的沈山灵不就是七十多年前的那个沈山灵吗？

郝东水带了一堆用的、吃的，有毛巾、坐垫、按摩椅，还有蔬菜、瓜果、粮食，只说："渡爷呀，我们来看你，来听你的百岁传奇，这可是不可多得的享受，给后代留下难得的精神食粮。电视台做节目用得着，我们新区的文化广场创作艺术作品时用得着。请渡爷多支持呀！我们以后会常来看你的。"

用不着郝东水动员，在看见沈山灵的一刹那，瞬间勾起了渡爷的记忆。所以，渡爷很爽快地讲起了他的故事。

渡爷姓李，出生在汉水中游的一个小镇上，父亲有点知识，给他起名李万昌。那个地方天高皇帝远，出门只有一条水路通往汉江，村民们生活在方圆几十里的山区坝子里，但水美田肥，物产丰富，自给自足，生活秩序靠乡民自治。渡爷的父亲叫李农吉，是当地最大的财主沈德福家的管家，不过他这个管家，不仅仅管理账目之类的家务，更重要的是保证沈家的安全，所以，他领着几十人的一个乡团，乡团里有长矛大刀，也有从省城买来的枪支。渡爷小时读过几年私塾，年纪稍微大一点，父亲说动乱的年代，单单识文断字不行，还得有点身手。于是在渡爷九岁那年，被父亲送到县城一个镖师那里学艺，其间大多时候，除了习武练功，还学点四书五经，十四五岁时就跟着师父押运商船，护送货物。有时也拉纤撑船放木筏，给一些散户运货。后来师父年迈，镖局解散，便回来跟着父亲看管沈家的家产营生。

改变渡爷命运的事件，发生在渡爷二十一岁那年。渡爷随父亲李农吉押解一批粮食和盐巴去县城交货，在省城读书的沈家二小姐沈山灵，刚好放假在家，就跟着车队一起去县城看同学。为了保证沈家小姐沈山灵的安全，李农吉让儿子李万昌陪着沈家小姐坐在倒数第三辆马车上。大白天，山道虽然有些险，但李农吉多次通过这条山路向县城运粮和茶叶，算得上轻车熟路，这也是通往山外的唯一一条车道。渡爷第一次陪父亲出远门，当然兴奋，只是陪着一个丫头片子，不能坐在前面的马车上尽情地看光景。不过山灵一路上不断指着路边的树木，告诉李万昌那一种树叫什么名字。万昌有些不以为意，在山里长大的孩子，难道没有见过树木吗？可是慢慢地万昌不说话了，因为许多树万昌叫不出名字，山灵却说得明明白白，还能说出这种树的生长特点和用处，有些树的用处山里人只知道盖房子、做凳子。山灵却说城市里的楼宇必须用它，因为这种硬杂木的硬度很高，百年不腐，也不生虫。山灵还告诉万昌，这些知识城里的书本里就有。走出几十里路后，万昌居然不反感山灵了，而且佩服起山灵学识渊博。

人说天有不测风云，人有旦夕祸福，果真是这样的。运货车马行至半道，正遇一处大峡谷，突然从山崖的树林里冲出一伙人，有二十多个，与李农吉带领的民团人数相当，但这些强人手中的家伙，明显高出一截，显然不是一般打家劫舍的土匪。李农吉大声问道："请问豪杰，哪路兄弟？"

对方领头的答道："接到命令，到此筹粮！"他指着长长的粮队，说，"等的就是这批货。"

李农吉觉得奇怪，说："老爷给我们说的，是到县城交货。"

那领头的说："不用劳驾，这里就行。原先说好了到县城交货，事情有变，我们只好迎到半路。放下粮食和盐巴走人，保证大家绝对安全。"

那家伙话虽说得好听，可他的口气明明是威胁，李农吉立时觉出这是一帮强盗。可他不能断定，这批粮食、盐巴，是不是与这帮人有关。因为那个领头的口气，倒像熟悉这粮食和盐巴。但老爷交代得很清楚，说到县城钟楼北侧的米行，交给一个姓洪的人，半道截车显然不合情理。

李农吉估摸了一下，本想带手下人一搏，但是，看到这帮人手中全是黑洞洞的枪支，自己兄弟手中，一半是长矛大刀，李农吉胆怯了。但他仍然想和这群人谈判交易，因为在李农吉经手沈家营生的多年里，路遇抢劫的强人，只要分给他们满意的东西，他们一般会放行，而且会把大半的东西留给主人，他们说这叫养路，抢过头了，没有人再走这条路，强人就不再有生意。这叫盗亦有道。所以李农吉说："兄弟的话我听明白了，不过各为其主，山里人虽然见识不多，但见面不能空手这个道理还是明白的。"李农吉用商量的口气说，"这样好不好，按以往的规矩，我再放大一些，留给兄弟们一半，另一半我运走，这样我也好给老爷交代。以后兄弟们有用得着的，只要来找，一定会给兄弟们一个满意的交代。"

领头的是一个身材高大的人，站在李农吉面前就像一座山，他听了李农吉的话，没有领情的意思，说："都得留下，你们全部撤离，这些车马都归我们，我们得尽快运到巴山红军基地，支持红色政权。需要的话，我们可以留下字据，等我们夺取政权后，新政府加倍偿还。"

听他这么说，确实有点姓红，可是看他们的衣服不像，姓红的一般都穿着一身灰衣服，戴着红五星帽徽。可他们纯粹就是杂牌，穿什么颜色衣服的都有。李农吉当然生疑，但看他们的架势，人多势众，虽不像正规的军队，但也有几分威武，如果硬来，无论如何也抵挡不住。李农吉盘算如何应对，才可以保住一部分东西。他突然想到儿子陪着的沈家二小姐，如果处理不当，小姐的安全会受到威胁，那可是无法向老爷交代的。为了万全起见，李农吉对那个领头的说："车队后面押车的，是个拿事的兄弟，我去和他商量一下，马上回来。"

领头的没有为难他，事情明摆着，就是李农吉插上翅膀飞走，也带不去半点东西，他点头同意。

山里人把土匪、大盗之类的强人，称为棒客，或棒老二。李农吉快步赶到车队后面，喘着气对儿子说："八成遇到棒客了，要拿走所有的货，你快带着二小姐藏起来，等事情结束了，你们再出来。"李农吉交代后，又说："听见我吹三声口哨，你们才能出来。"

听了这句话，万昌有些紧张，可山灵似乎觉得遇到了一个千载难逢的机会，可以看热闹。因为在她的意识里，在这座大山里，她爹从来都是说一不二的，她从小就见惯了父亲办事的坚决，四周根本就没有人不买她爹的面子。

中午的日头，光线很强，视线很好，天底下一清二楚，好在车队转了个山头，山头的阴影，挡住了视线，前面的人看不见这边的动静，万昌拉着二小姐的手，从马车的一旁下来，走出一截，弯腰躲进路边山洼的密林中。

李农吉见儿子藏好，转身离去。回到强人的面前，他说："后面拿事的兄弟说，咱们还是商量一下，多少留一点，我们也好回去交差。"

对方一听，居然大骂起来，说："给脸不要脸是吧？那就不要怪我不客气。"说着喊了一声，几十支枪对着李农吉。

正在这时，突然从山道的一条沟里，冲出另一队人马，为头的一个端着枪，说："哟呵！这不就是马王山的刘老大吗，怎么变成红军的队伍了？开春的日子不好过，我本来想向沈家老爷借点粮，想不到遇到了刘兄。"他晃了晃手中的枪，说，"咋样？见面分一半。"

李农吉立马认出冲上来说话的人，他是盘踞在沈家镇五十里路外飞水潭的牛铁峰，他可是一个强悍的土匪，与沈家打过多次交道，不过拿了想要的东西就走人，只要不遭到反抗，不会干杀人放火的勾当。

刘老大当然也认识牛铁峰，一个道上混的，只是地盘不同而已。他看了看牛铁峰手上晃动的枪，视而不见，一副凶悍的表情，笑着说："好久不见牛大兄了。不过告诉牛兄，我如今已经加入红军的队伍，正在给巴山红军根据地筹粮，现在可是一个堂堂正正的团长。接受这些粮食，纯粹是公干，不是打家劫舍，分给牛兄怕你拿不得。"

牛铁峰听了冷笑一声，说："休拿冒牌的招牌吓唬我！老子只认东西不认人。"说着喊了一声:"兄弟们,扛走一半,回家!"

在牛铁峰的喊声中,黑压压冲过一群人,看来姓牛的早有准备,说不定跟了李农吉一路,只是找个机会。牛铁峰一声招呼,那群土匪纷纷上前,抢了车上的粮食和盐巴。这时,不知谁先开了枪,总之一时枪声大作,山道上响起了连续不断的黄豆爆炒的声音。

树丛中的沈家二小姐,开始还镇静,与万昌保持着半尺的距离,突然响起枪声,她受了惊吓,扑过来抱住了万昌,整个身子像女人舂米时手中的筛子,抖个不停。那时万昌是一个年满二十一岁的成熟男人,母亲早亡,跟着父亲十几年,女人只是眼里的异物,何曾有过接触,突然一个漂亮的女孩扑到怀里,那股突然而至的从未闻过的女人的气息,胜过了世间所有的美食,立即将万昌的心神搅乱了。他一把搂住山灵,开始只是一种强烈的保护欲望,因为习武期间,师父告诉他,习武的目的是安良除暴,如果不能安良除暴,至少要保护身边的亲人不受伤害。父亲是沈家的管家,自己吃的也是沈家的饭,沈家二小姐当然是身边的亲人。可是,不多一会儿,万昌就感到周身火辣辣的,有一种强烈的欲望,由身体的下方向上拱。

沈家二小姐在蜜罐里长大,上小学被送到省城,在姑父家里生活,接受洋学堂教育,对山地的土匪只看作故事,突然相遇,而且枪声震天,立刻吓得不知所措,看热闹的念头顿然而飞,像林间奔跑的小松鼠,受了惊吓,不知所措,样子十分可怜。为了安慰她,万昌紧紧搂住她,在她的耳边轻轻说:"不怕不怕,有我哩。"万昌这么一说,山灵更加搂紧了万昌,生怕万昌在她面前突然消失。

枪声一时半会儿没有停下来,万昌就和山灵紧紧地搂在一起。不知过了多久,外面的枪声慢慢静了下来,万昌只感到山灵的心跳和他的心跳,一起发出巨大的回响,两颗心像受了什么力量的感召，同一个时间，发出同样的节奏，忽然间，两颗心似乎融到了一起，一个声音、一个跳动，那一刻，女人的体香，流遍了万昌的全身，万昌突然希望路上的枪声不要停下来，这样他就可以更长时间地抱着往日做梦也不敢触碰的女人。

万昌兴奋自己成熟了，成了大人们口中的男人。

正在万昌沉迷于幻想之中时，李农吉的口哨声突然响起，万昌猛然间被惊醒，一把拉住山灵站起来，望了望四周，看见路上的父亲，四周一点动静也没有，知道棒客已经退去了。于是，他拉着山灵从树丛中钻了出来，就在上路的时候，山灵突然亲了万昌一口，轻轻说声："谢谢！"万昌的脸上一热，像有蚂蚁爬上来，痒酥酥的。万昌赶紧用一只手捂住了脸，生怕被父亲看见。

万昌拉着山灵的手，把她拽上了山路的石坎。上路一看，地下淌了几摊血，显然有人受伤。李农吉的脸色蜡黄蜡黄的，说："还好，死伤的不是自家人，赶紧回家。"

车马不见了，粮食、盐巴也不见了，只有运粮、盐巴的二十几个人。李农吉指挥兄弟们砍了两根直溜的树，拔了些藤条和茅草，做了临时担架，对山灵小姐说："二小姐，上轿吧，委屈您了。"

二小姐不从，非要拉着万昌的手一起步行。李农吉说："这怎么使得，累坏了身子，老爷会怪罪我的。"

山灵看看老管家为难的表情，只好答应，但她要万昌紧紧跟在她的身边。

天黑的时候，他们终于到家了。山灵下了轿，李农吉招呼大家跟着，到了中堂，老爷正在那里等着。李农吉慌忙报告说："路上遇到了棒客，而且是两帮，东西都被抢去了。"

老爷并没有怪李农吉，只问："咱们有人伤着了吗？"

李农吉回答："没有。枪声一响，我就让兄弟们躲开了，牛铁峰和马王山的刘老大各死了一个人。"

老爷说:"没有就好。"然后在昏黄的油灯下盯着父亲,说:"赶快行动,把人手撤到后山做准备,省城的姑爷出事了,我们前几次给红军送粮、送盐巴的事已经暴露,我正在托人打点,看能不能把姑爷救出来,花再多的钱,只要息事宁人就好。牛铁峰和刘老大,就是一伙趁火打劫的,无碍大事,剿匪的国军来了,这才是大事。"

老爷还吩咐,这几天就让万昌跟着二小姐,如果军队一旦来了,混乱中跑散了,一定要保护好二小姐。老爷的脸色紧张,屋里的油灯晃了几下,站在老爷面前的几个人,面目模糊,影子晃动,万昌突然感到阴森森的,后背直冒冷汗。母亲去世早,长这么大,在父亲的疼爱下,没有怕过什么,沈家老爷见他也总是乐呵呵的。可这时,他突然感到手心出汗了,转头一看,山灵的手拉住了他,眼睁睁地看着他,他一下子明白过来,他担心保护不了山灵,山灵拉住他的手,给了他胆量和信心,他突然啥也不怕了。

第二天半夜,突然响起枪声,万昌一骨碌从床上爬起来,首先想到了山灵。他三下五除二穿好衣服,就向山灵住的上房跑去,到那一看,山灵已经起床,她母亲拉着弟弟,递给山灵一个包袱,说这里面有干粮和银子,叫她跟着万昌,万一跑散了,包袱里的东西可以暂时度日。说完,就把山灵交给万昌,说马上向后山转移,部队很快就要打进来了。

万昌拉着山灵正要向后山跑,李农吉突然带着几个人,扛着行李,从旁边冒了出来,叫了一声万昌,说:"来者不善,看样子八成要在这里住下来,与红军的部队较量,人数比老爷估计的多得多,分头跑,不然聚在一个地方,万一跑不脱,更危险。"

李农吉说完,朝后山方向跑去,说是得照顾老爷太太,交代万昌一定保护好二小姐。万昌见人们都向后山跑,突然灵机一动,向大路的方向跑去,因为那是一条通往上水和汉中的马车路,比起在荆棘丛中爬山，好走得多。万昌突然想起不知在哪本书上看的，说有时候，最危险的地方是最安全的，所以，他选择了大路的方向。这时的山灵，根本没有选择，只是紧紧拉着万昌的手，生怕跟不上他的步伐。万昌大口喘着气，精心照看着山灵，生怕委屈了她。

天很黑，不见月亮，万昌一算日子，刚月初，不是月亮该出的时候，只有微弱的星光。小路两旁的树梢上，有一层淡淡的雾气，微光反射到路面，眼睛能勉强辨出高低。万昌拉着山灵，拼命地跑，只要上了大路，不但跑得快，路边的树丛可以随时躲起来，又能辨别方向。因为脚底下看不清，山灵有几次差点摔倒，好在万昌紧紧抓着她，才没有摔倒。大约跑了两袋烟的工夫，他俩终于上了大路。这时，突然枪声大作，万昌一听方向，是从后山的沟里传出来的。再看身后的老宅，火光冲天，半个山峰都被映红了。而向后山奔跑的人群，好像突然受到了枪声的阻击，人群瞬间慌乱起来，尽管还有一段距离，但万昌清清楚楚听到了小孩的哭声。

但当时他俩并不明白情况，几个月后，万昌和山灵才从逃亡的红军将领何青山的口里知道，为了保护老爷全家安全，李农吉带着几十人的民团，与剿匪的部队遭遇，逃到后山沟里的人，和父亲带领的民团，在交火中全部被打死。

万昌和山灵上了大路，并没有走太远，就在林密的地方躲了起来，想在天亮后看看动静，如果没有危险，最好和家人团圆。晚上的树林里气温很低，冷风从山口刮过来，钻进树丛，周身很快冻得发抖。为了相互取暖，像上次一样，万昌和山灵抱在了一起。因为这次熟了，山灵也不像上次那样紧张，而是半躺在万昌的怀里，像个听话的小兔子。山灵越是这样，万昌越感到责任重大，他在心里发誓，一定要保护好她。

天终于亮了，他俩吃了点干粮，万昌站在高处望了望，听不见任何动静，他让山灵藏在原地，自己准备出去打听打听动静。可是山灵也要跟着去，她说她一个人待着害怕，她更想快一点见到爹和娘。带着她出去，万昌又怕一旦遇事，怎么对得起老爷的托付，更无法向自己的父亲交代。两人争了一会儿，最后达成一致，万昌一个人可以出去，但必须站在山灵能够看见的地方。于是，万昌到了大路上，找了一个山灵既能看见又能看得远些的高处，那里正好是一个山嘴转弯的地方，地势高，向上能看得很远，向下能看到河流。山灵正好在他视线的三分之一处，山灵在树丛中，也能很清楚地看到万昌。

万昌在那儿站了很长时间，眼睛把四周的山峰和能看见的山洼，都扫视了一遍，没有看到任何人影，天底下静得没有一丝声响，平日里满山鸣叫的鸟儿，竟然没有半点踪迹，就连过去稍有微风就能听到的松涛声，此刻也无声无息。天底下充满了压抑的气氛，似乎过不了多久，天就会塌下来。万昌等了好久，终于等来一辆马车，车夫是个留着白胡子的老人，万昌拦住老人问，昨晚有枪声，不知道发生啥事？车夫问万昌是谁，万昌说是沈家的亲戚，来老爷家走亲戚，不料踏了夜路，听到枪声，没有敢下去。车夫睁大眼睛，说不下去是对的，不然这会，肯定没命了。万昌问咋回事，车夫告诉万昌，剿灭红军的部队，要征收沈家老爷的大院子，做进山剿匪的司令部，沈家的看门人放了一把火，想让国军扑空，国军救得及时，没有烧多少。可这惹怒了剿匪部队，长官大怒，新账旧账一起算，说沈家老爷暗通红匪，半年多时间，给红匪送了几万斤粮食和上千斤盐巴，这次又违抗军令，我行我素，应该严惩。所以，整整一个营的兵力，把后山包围起来，最终把沈家老爷全家都抓了起来。那个领着民团弄枪舞棒的管家，指挥民团企图救人，结果两挺机关枪一阵扫射，沈家老爷和全家，包括民团被当场打死，那个指挥民团的管家，当场没有死，被吊在树上活活勒死。

万昌一听，几乎喊出声来，难道父亲真的被他们打死了吗？恐惧、愤怒像潮水一样涌上心头，他一时不知如何是好。

车夫见万昌愣在那里不说话，就催着万昌说："愣着干啥，赶紧跑，离这儿越远越好，这里怕马上就要成为战场，听说一部分撤退的红军要从这儿过，围堵的国军不会放过他们，这儿随时会大开杀戒，成为一个战场，不知有多少人将成孤魂野鬼。"

车夫说罢，赶着空马车，一溜烟消失在山嘴转角的地方。

看不见马车了，万昌才流下了泪，他分明感到泪珠顺着眼眶流到了嘴里，他感到了冰凉的苦涩，他知道自己唯一的亲人死了，而老爷全家也丧生了。他希望车夫说的这一切都不是真的，可他没有任何其他信息来源，证明父亲和老爷全家还活着。他想，他不能把这些告诉沈山灵，如果她知道自己的亲人都死了，肯定承受不了这么大的痛苦，万一发生点啥，他会更加内疚，无法向死去的父亲和老爷交代。他必须隐藏悲痛，如车夫所说，一场大难，即将降临在这块土地上，尽管万昌不明白这一切的起因，但要死人是真实的。他必须把山灵带到安全的地方，而后送她回省城姑父家，即使老爷全家真的全部死了，至少山灵还有姑姑这家亲人。

万昌想好了说辞，装作轻松的样子，回到山灵身边，对他说："遇到了一个车夫，向县城送货。他说剿匪的部队包围了镇上，要在这里建立剿匪司令部。说沈家老爷一家，趁昨夜天黑，逃到了飞水潭牛铁峰那里，牛铁峰念及沈家多年的照应，何况前天刚拿了沈家的粮食和盐巴，答应让沈家老小在飞水潭住下来，等剿匪的这场仗打完了，再送沈家老爷回去。沈家老爷也答应日后一定加倍答谢牛寨主，愿意把沈家一半的家产分给牛铁峰。"

山灵一听跳起来，知道了家人的去向，当然高兴。她说："我们也到飞水潭。"

万昌一听，怎么敢去飞水潭，忙说："车夫讲了，说剿匪的队伍已经封锁了所有山道，一律不准进出，以防红匪趁机逃跑。"

山灵眼睛一转，说："那我们就在近处找个地方躲着，找机会去飞水潭见家人。"

万昌一听没辙了，编不出下一句，只好说："待到天黑再说吧。"

山灵表示同意。

这样，万昌和山灵就在树丛中坐下来。不一会儿，天空开始阴沉下来，秋风吹来，有了寒意，他俩就依偎着，相互温暖。为了打发时间，山灵就给万昌讲省城的事，说着说着，说到了她的姑父，她说她有一个惊天秘密，没有告诉过任何人，今天告诉万昌哥哥。万昌的心里本来很乱，耳朵听她讲话，心里想着父亲和沈家老爷，听山灵叫他万昌哥哥，他一愣。万昌哥哥，连姓也不带，在民俗里，只有亲家门和相好的恋人才这么叫。山灵的亲切，一时让万昌激动，就盯着山灵看，山灵见万昌盯着她看，突然明白了什么，脸一红，不过她并没有停下来，而是对万昌说："哥哥可不能告诉别人。"

万昌赶忙点点头，说："一定。"

山灵这才说："有一天晚上，我半夜醒来，听见客厅里有人说话，趴在楼梯口一看，原来家里来了个陌生人，读书人的打扮，虽然离得远一些，我还是看清了他的面目，他身材高大，一双眼睛很有神。姑父对陌生人说：'我已经给沈家镇的大舅哥说好了，这次一定送去五万斤粮食，这件事情有保证，还不到他每年收入的一半。'陌生人说：'向沈家老爷表达敬意，就说共产党说话算话，帮助红军渡过这次难关，我们一定不会忘记他们，革命胜利后，江山是人民的，当然也是我们的，也就是你们的，也是沈家老爷的。'听到这里，我吓了一跳，这时姑父正好站起来，我怕他发现，慌忙退回屋子里，躺到床上，可我一晚上没有睡着，心想我们家跟这位陌生人是啥关系呢？姑父每天睡得这么晚，好像有干不完的事，他不是在省政府里做事吗，下班后又在干啥呢？"

山灵的眼睛看着天上，好像要追索出一个答案。万昌一听可吓坏了，把山灵说的和上午听到的车夫的话，连到一起想，立即吓出一身汗，证明沈家老爷暗通红军，给红军送粮食盐巴是确切的。既然国军直奔沈家镇，一定是冲着老爷的家来的，沈家老爷一家遇难八成是无疑的。

万昌越想越害怕，如果他听到的车夫和山灵的信息无误，那沈家老爷的行为，必定与官家结了大仇，他早就听父亲说过，与官家成为对头，官家是不会放过的。这样想来，山灵此刻也是危险的。万昌终于不敢往下想了，拉起山灵，口气坚决地说："走，我们得赶快离开，走得越远越好。"

山灵睁着一双大眼睛，疑惑地看着万昌，说："为啥?"山灵一副坚决不离开的样子，说，"我也等着回家。"

万昌哭丧着脸，只好把真实情况告诉了山灵，说："刚才我是骗你的，我爹已经被剿匪的队伍打死了，老爷他们根本没有出得去，生死不明。"尽管他告诉了山灵实情，但他还是隐瞒了老爷全家已被打死的消息，他怕山灵接受不了这个残酷的事实。

山灵突然站起来，大吼一声："你骗人!"

看看山灵憋得通红的脸，万昌只好把上午车夫的话，告诉了她，说："你也知道，老爷私通红军的事，剿匪的队伍是有备而来的，你姑父很可能在省城也出事了，你想想，我们不逃离这地方，还有别的出路吗?"

山灵冷静下来，看了看万昌，两滴硕大的泪珠，从眼眶中跌落下来，在她扬起的手背上，粉碎成一片。万昌的眼睛也模糊了，觉得那滴泪水，穿透了她的手背，到达了手心，因为她的手，在泪水下跌的一刹那，紧紧握成了拳头。

山灵抬起头看着万昌，说："现在你是我唯一的亲人了，你走哪我就到哪。"

天已经黑下来，好在只有阴沉不见雨。他俩吃了点干粮，起身沿着马车大道向东而行。爹曾经告诉过万昌，遇到灾年，人们一定会沿着河流向上游走，因为朝东四百里之外，有一个叫上水的地方，那里是一块很大的盆地，土地肥沃，山清水秀，又是一个天高皇帝远的地方，东西南北四面都是大山，易守难攻，历来官家只把它当作一个驿站，当作一个粮仓，从不驻扎军队，所以世事太平，民情祥和，逃难的人们都会往那儿跑。万昌和山灵商量后，决定先到那儿躲藏些时日。

马车大道是顺着河流的走向修的，古训说只要有河的地方，就饿不死人，所以古道都是顺河而修。说是马车大道，实则只能过一辆马车，如果真有来去两辆马车对头，只能在山洼里专门留出的一块地方错行。不过大山深处，很少有两辆马车对面来的时候。马车大道是历史的遗迹，道路过不去的地方，就会在山崖上嵌木搭桥，形成栈道，尽管多年失修许多地方坍塌，但只要沿着遗迹向前，总能找到过往的路线。

他俩沿着这样的路线，走走停停，停停走走，饿了吃点干粮，渴了喝几口河水，每当天黑，总能遇到山里人家，说几句好话，在人家的床上，或者院子里的草垛里，将就一晚上，走时给人家留一点小钱。由于母亲的提前准备，加上山里人家忠厚老实，并没有遇到太多的难处。第五日黄昏，终于出山，看到一块很大的坝子，汉江在这个地方，由于从秦岭泻下的褒水汇入，河面忽然拉宽了许多，成了一条巨河。河的对面，是一个更大的望不到头的平川，在落日的黄昏中，天空很净，望出很远的地方，才见模糊的山形。路口遇到一户人家，一问才知，对岸的地方就叫上水。万昌问怎么过河，对方告诉他说："再向上走几里地，有一个渡口，叫唱河渡，从那里过河就可以到对岸。"

他们终于松了一口气，可赶到渡口一看，河水浑浊，巨浪滔天，涛声像山崩地裂一样，发出震耳欲聋的吼声。面前似乎是一条天河，根本无法逾越。河边的水湾有一棵大柳树，大柳树下站着两个人，一位白胡子老人，一位年轻人，年轻人不停地搓手，一副焦躁不安的样子。柳树上拴着一条渡船，船头旁站着一位老者，口里叼着一锅烟，看着水面发呆。搓手的年轻人一副哭腔，问："渡爷，到底能不能开船？老爹在家里等着郎中救命哩！"

老者头也不回，说："就你狗日的王三娃事多，马上天黑了，我也想早点过去。"

被叫作王三娃的年轻人说："救命如救火！摆了四十年渡船的渡爷，这点水性还能难得住你？"

老者回过头，提高声调说："就是渡了一百年，也不能和老天爷作对。"

万昌给被称为渡爷的老者鞠了一躬，问明了缘由，原来河水是刚刚涨起来的，大约是上游的江源突降大雨，河水半天时间就冲到了唱河渡。渡爷和这位王三娃，都是北岸唱河渡村的人，因为汉江发大水，本来要停渡的，突然来了几个官家，说要进山办公事，刻不容缓，渡爷不得不渡他们过江，可过来回不去了。王三娃是一大早河水没有涨的时候过江的，去几十里外的山里，请了一位大夫，给自己的老爹看病。想不到半天时间，山洪暴发，汉江发怒了。王三娃在这等了几顿饭工夫了，急得几乎跳起来。渡爷指着前面的滔天巨浪说："平河两岸，从没有见过这么大的水，谁不知道救人一命，胜造七级浮屠，是我不想渡你王三娃过河吗？！"

王三娃哭腔说："不怪渡爷，是我不孝。"

万昌壮壮胆子，问渡爷："我们一起奋力，能过去吗？"

渡爷看看万昌，说："比刚才的水更大了，回心石只剩一点头了。"

渡爷指给万昌看，江心有一块礁石，四周翻滚着巨浪，在浪头漩涡的中心，可以看到一尺高的石顶。翻滚的浪头，掀起一个又一个浪头，形成水雾弥漫、水沫横飞的撼人心魄的情景。渡爷告诉万昌，这块石头上刻有三国曹操写的"衮雪"两个字，一旦浪头淹没了"衮雪"两个字，就说明水流已达过渡的极限，绝对不能过河，否则有船毁人亡的危险。

这时下山的太阳，剩下最后半个，四周像烧红的炉膛，发出最后的炙热光芒。河面突然间被强烈的晚霞染成金黄色的奔涌的泥块，一道刚直的光线，越过水面，打在回心石的石顶，划出一道彩虹，万昌在彩虹中看到了恢宏的庭院、玄幻的水境，像一处似曾相识的故地，猛然间，沈家大院的情景出现在万昌的脑海里，居然和彩虹里的幻境有几分相似。这应该是一种吉兆，万昌似乎看见了父亲在院子的门口等着他。万昌的身体内，突然爆发出一股无法抑制的力量。他鼓足勇气，对渡爷说："我从小在河边生活，撑船过渡、拉纤摇橹本是家常便饭，我帮忙，咱们一起努力，兴许能过去。"

山灵站在万昌身边，一直没有说话，这时拽了一下万昌的衣角，手有些发抖，意思是让他不要冒险。万昌回头看看山灵，用眼神告诉她，让她放心。

渡爷看着万昌，有些吃惊，但没有表态。王三娃从柳树下跑过来，扑通一声跪在万昌和渡爷面前，哭着说："给渡爷和这位大哥磕头了，大恩大德终生不忘。"

渡爷没再言说，一扭头上了渡船，对万昌说："我撑船头，你们两个年轻人摇橹。江心如果渡船失控，立即向回心石抛锚。"

锚就放在第三个船舱里，正是万昌摇橹的地方。万昌说："渡爷放心，没事的！"

万昌把山灵扶上船，在她的耳边说："放心，这点浪，我见得多了。"小时候，山灵看过万昌在大水中渡河的场景，万昌的话是给山灵安神。

白胡子郎中面无表情，径直上了船，坐在船舱正中的一块挡板上，似乎这滔天巨浪与他的生死无关。

渡爷刚把船头掉向，船身立即不稳，像一匹脱缰的野马，向下游奔去。由于激流回旋的原因，船头像箭一样冲向下游，渡爷跃身一跳，身体腾空，用力将撑杆向深水处扎去，一杆子别过之后，船头立即朝向江心，在一股巨大的激流包围下，向回心石方向冲去。可是，就在渡爷没有站稳之际，有一股大浪冲来，船体激烈晃动，几乎翻船。渡爷的身体落地，稳住阵脚，又是一杆，万昌用力摇橹，借助渡爷摆正的方向，渡船飞出几丈之遥。渡爷别过三次之后，船已飞进河心，这时的浪头排山倒海，渡船只是浪头上的一片树叶，毫无招架应对之力。渡爷刚把撑杆甩起准备下扎时，一个巨大的浪头横冲而来，渡爷厉声喊道："抛锚！"

渡爷的声音瞬间被涛声淹没，但渡爷的意思万昌明白，生死关头，不能有半点闪失。万昌抓住船锚，站稳脚跟，准备抛向回心石，可是由于水流过急，船身不稳，已经错过最佳方位，如果抛得不准，船锚无法在回心石上钩住，船体将会跌进回心石激起的漩涡，卷入下游，船毁人亡不可避免。正在渡爷绝望之际，万昌一只手紧紧抓住船锚，一只手在空中用力一挥，借助气流的力量，纵身跳进江流，将船锚迅速抛向回心石。山灵见状，大叫一声"万昌哥哥"，昏倒在船舱里。就在其他人惊愕之时，船锚精确地落到回心石顶端，随着船体一阵剧烈晃动后，停在了两股回流的中间，船身虽然还在摇动，但已经被回心石牢牢固定。

当铁锚落在回心石上的同时，万昌腾空的身体朝后猛力回转，在落水的刹那，一把抓住了铁锚的绳索，双手紧紧握住绳索。看到这一幕，渡爷大叫："好身手！"

万昌顺着绳索，爬到了回心石的顶端，双手抱住石顶，暂作休息。船上的人急忙摇醒山灵，她爬起来看见万昌还活着，突然撕心裂肺地哭喊。万昌知道，这些日子对山灵而言，亲人毫无音信，又一路奔波，见到的都是陌生的环境，加上刚才的惊吓，完全超出了她的承受能力，只有大哭一场，才能排遣她心中的痛苦。

当一股旋流飞过之后，回心石下方水流减弱，渡爷大喊一声，让万昌准备拔锚上船，只见他用力一杆，船头便冲向了回心石，就在船体靠近的瞬间，万昌用力拔起回心石上的船锚，奋力一跳，身体轻轻落到了船舱，渡爷没有叫好，而是再一次大吼一声："用力摇橹！"

听到渡爷的喊声，王三娃奋力摇橹，万昌也迅速爬起来，抓住橹用力摆动。渡爷一杆接一杆，不停矫正方向，向北岸靠拢。

经过奋力搏斗，渡船终于顺流靠岸。

船一靠岸，王三娃说声大恩大德以后再报，扶着白胡子郎中上了岸，飞一样融进暮色中。渡爷把船锚拉上岸放好，又将船头的绳索套在岸边的一块礁石上，这才转身问万昌："年轻人到哪里去？"

万昌忙说："叫李万昌好了。"

渡爷又问："到哪里去？"

万昌说："没有地方去。"

渡爷不解，看着万昌。万昌就简述了这几天的遭遇，只是隐去了沈家老爷为红军送粮食和盐巴的情节。因为刚才渡河时的一幕，渡爷已经被深深打动，如果没有万昌的加入，这一趟能不能活着过来还不一定，本来就有感激之心，一听是逃难的，就说："上岸是一个乱河滩，穷乡僻壤，没有住的地方，你俩今晚就住船上吧，明天白天再说。"渡爷又说："船上有干粮，暂且充充饥。"

万昌说："正愁没有地方去，太感谢渡爷了！不过渡爷你住哪？"

渡爷说："村子里还有个狗窝。"

渡爷离开后，天色完全黑下来，整个大地迅速沉入深渊，不见一丝光亮，只听见奔涌的巨流，掀起一阵又一阵震天的涛声，像要毁灭整个世界。万昌拉着山灵，钻进船尾狭小的木屋。木屋很低，直起腰就转不过身来，但铺了稻草和草席，还有一床薄薄的被子。尽管地方狭小，毕竟有了一个封闭的空间，关住小门，木屋里立刻暖和起来。渡爷的干粮，是两块烤好的红薯，味道不错的，他们吃了，肚子很快不饿了。他们躺下，山灵紧紧依偎在万昌的怀里，小船像一只摇篮，在涛声中摇晃。

后半夜，月亮的光线从缝隙里钻进木屋，像几条银线在流动，木屋里充满了灵动，身下有一种难舍的温暖。随着河流的晃动，山灵把自己的身子给了万昌，她紧紧搂着万昌，像一只流浪已久的小猫，终于找到了家。她在万昌耳边说："从此我是你的女人了。"

万昌说："我的心，我的肉，我的骨头，我的血，我的一切都是你的，我和你生死相依。"

天亮前，他俩沉入梦境，直至渡爷上船敲小木屋的门，他们才醒来。撩着河水洗了脸，渡爷拿来一瓦罐米汤，还有两个蒸红薯。

万昌和山灵匆匆吃过早餐，渡爷说："昨夜受凉了，今天浑身痛。我已经六十五岁了，我应该交班。你们甭到哪儿去了，天下一个样，哪里都是吃饭过日子，唱河渡的人，都是从四面八方来的，不欺外。这条渡船跟着我四十年了，中间换过几次舱板，船帮却一直是原来的。它是上一辈渡爷传给我的，可他已经死了多年了，我也会死的，不过我可以放心了，昨天之前，我还不知道未来渡船的归属，昨晚我就想好了，渡船传到你手里，这个新的渡爷是合格的。"渡爷不等万昌回话，又说："不过，我说了还不算。渡船是这个穷乡僻壤唯一可以有点微薄收入的营生。唱河渡的渡口，是一个交通要道，南来北往办事的人，十有八九得从这里过渡。有收入就会有人抢，所以从过去的回心渡到后来的唱河渡，大伙立了规矩，全村庄的人都有权利报名竞争，比力气、比跳高，胜者接替原来的渡爷，成为下一个摆渡人。当然人品要经过上一个渡爷考察认可。唱河渡的人不但过河不要钱，只要有人叫船过河，除非天灾人祸，都得出船，这是唯一的要求。"

万昌压根儿就没有想过，自己会在这里落脚，更没有想过有人会把一条渡船交给他。可是，渡爷的话好像容不得推辞。看看身边的山灵，再想想眼下的状况，似乎在这个地方落脚，并接受这条渡船，是最为可靠的选择。于是，万昌答应了渡爷的安排。

十天后，在唱河渡村的河滩上，九个人进行了竞争，万昌只认识王三娃，其他的人一个也不熟，所以比起来没有顾忌。考项很简单，就是看你能把多重的沙包扛起来，能从平地上蹦多高。因为这两项与日后渡船遇险时摆渡人的能力密切相关。经过多轮竞争，最后只剩下万昌和王三娃。万昌正要上前扛起二百五十斤的沙包，王三娃突然上前，跪在了万昌的面前，大声说："恭喜新的渡爷诞生，谢谢渡爷的大恩大德，因为郎中到得及时，我爹挺过来了。"

众人见状大惊，不知何故。老渡爷站出来，说了缘由，大声对现场的人说："新渡爷不但是个摆渡的高手，而且是一个仁义之人，唱河渡人有福啊！"

听了老渡爷的话，四周的人喊起来，表示认同。万昌扑通一下跪在渡爷面前，说："谢谢渡爷的托付！"

渡爷扶起万昌，说："从现在起，你就是真正的渡爷了，我已经成了过去的渡爷了。"

谁也没有想到，这场竞争渡爷的比赛，以这种场面结束，在唱河渡人的记忆里，从回心渡到唱河渡，没有一个渡爷的产生这么简单，大家的意见又这么高度一致。

万昌跟山灵回到了船上，望着眼前奔腾不息的河流，知道从此时起，他真的成了唱河渡的渡爷……

渡爷讲到这里，感到累了，就说："一堆陈谷子烂芝麻，浪费大领导和记者的时间。"

女记者沈山灵，完全被渡爷讲的故事吸引了，渡爷已经停下来了，可沈山灵仍然沉浸在故事里，录音笔照常开着。渡爷又说了一句："今天就说到这里吧。"

她这才发现渡爷不讲了，不由自主地问："山灵呢?"

看她的眼神，还在刚才的故事中，渡爷笑着说："也许转世回来了吧。"

沈山灵一听，哈哈笑着说："渡爷是个情种!"

这个心直口快的疯丫头，直说得众人一时惊愕。不过渡爷并不恼，说："谁不是呢? 有情来下种，因地果还生，无情亦无种，无情亦无生。"

山灵一听，更疯，说："渡爷这么潮! 佛系老顽童。"

实际上，渡爷自有渡爷的心思，看见山灵，当然如同看见了当年的山灵，八十年前的那个山灵复活了。他说："别忘了渡爷上过私塾，是个知识分子。"

郝东水笑了，说："渡爷是唱河渡的活神仙。不过今天渡爷真的累了，好故事不能一次听完。"

山灵说："我喜欢您渡爷，可以上去抱抱吗?"

渡爷大笑，说："当然可以。"

山灵站起来，走到渡爷跟前，伸开双手，紧紧搂住了渡爷。这一抱，让渡爷一下子又想起了八十年前山灵的怀抱，他的眼睛潮湿了。

郝东水说："沈山灵今天可占了大便宜。"

沈山灵放开渡爷，回头说："渡爷是真男人，如果我生活在渡爷那个时代，我绝对嫁给渡爷。"

郝东水说："看看今天的九〇后。"

众人大笑。

渡爷问郝东水："大领导，没有别的事吗?"

郝东水说："就是来听渡爷讲故事的。"

……

渡爷想到这里，不由得有些激动，正是因为夏清河、郝东水他们的良苦用心，兢兢业业，无私无畏，不辞辛苦，才有了唱河渡的今天，他离开这个纷繁人世的时间不会太久了，在他三天的寿宴结束之前，他想念老来有幸认识的这几个人，可夏清河出事了，他多么希望见到郝东水。

就在他坐在人堆中发愣的时候，白大强的电话响了，他一看号码，高兴地喊起来："渡爷，郝东水电话来了。"

渡爷喊道："接呀。"

白大强接起来，郝东水在手机里说："刚忙完，马上就去，请渡爷等等。"

第五章 渡口生死

　　郝东水赶到唱河渡社区，渡爷的三天寿宴已经接近尾声，他倒不是非得赶来说几句话，给喜庆一个完满的结局，而是他必须来和渡爷喝杯酒，渡爷在他心中的分量无人可以替代。

　　五年前他第一次见渡爷时，之所以叫上了电视台的沈山灵，完全是想用采访这种方式，与渡爷拉近关系，然后瞅机会做渡爷的工作，让他出面带动唱河渡村的拆迁，啃下新区开发遇到的第一块硬骨头。他这种自认为高明的手段，在事后看来是多么地幼稚，事情的发展，完全在他的预想之外。

　　渡爷的故事，给他以极大的震撼，不仅因为唱河渡村的拆迁顺利完成，就是以后每当遇到纠结或不顺时，甚至取得阶段性成绩时，他都会在夜深人静时，想起渡爷的百年人生。就单个生命而言，人无法选择自己的出身，同样无法选择时代，在茫茫无际的世界上，在一个特定的时空里，无论经历过什么，最终都将化为看不见摸不着却实实在在的心灵依托，那些过去的或者过不去的坎，都会成为生命中不可再重复的细节，这些细节，构成了喜怒哀乐，构成了不同时段生命的体悟，答案就在过程之中，不必刻意追求预设的结局。如果没有这种依托，只会在走近人生终点的时候，或者遇到重大挫折的时候，生命无处安心，必然在恐惧和慌乱中找不到出口。正是渡爷的故事告诉他一个真理，世界不是用功利来解释和存在的，有一条看不见却永远存在的轨迹，如同一条预设但不断变幻的道路，通向了生命的终极，这也许就是命运。郝东水不能说渡爷对他的人生产生了多大影响，但至少在他面对一些棘手的问题时，渡爷的人生经历，给他以启发和思考，使他变得从容和淡定。所以，他必须来敬渡爷一杯酒，以表达自己的敬意。这种敬意是发自内心的，与任何功利的交换或者纯粹面子无关。

郝东水的车刚进院子的停车场，白大强就迎了过来，随着过来的还有沈山灵和唱河渡生态文化公园创意运营公司的老总侯山川。握过手后，他们穿过人群，直接到前排渡爷坐的位置。渡爷早早就站了起来，郝东水快步冲上去，扶住渡爷，让他在特制的藤条椅子上坐实在，然后握着老人家的手，说："渡爷，我来晚了，开席的时候就应该喝你的酒，可到了结尾差一点赶不上了。"

渡爷说："我知道你忙，事情我听说了，天不会塌下来，我活了百年，没有别的本事，但知道天永远不会塌下来，荣辱只不过是过眼烟云。"

郝东水说："渡爷每一句话，都是至理名言。"

山灵插话问："渡爷您说说，人这一生究竟是怎么回事？"

渡爷还没有回答，侯山川笑着说："人生像啥？有个段子说，人生就像蹲在茅坑用了很大的力，原来是个屁！这个总结无比精彩。"

众人大笑，山灵说："侯总是文化大咖，可话语里没有半点文化。"

侯山川说："这个金钱至上的时代，最有力量的是脏话，好听的都被记者说完了。"

众人又笑，郝东水说："渡爷的人生，就是一部大书，读懂了渡爷，人生一目了然。今天给渡爷祝寿才是最重要的。"说着，端起酒盅，说："敬渡爷一杯，祝您老返老还童，是一棵常青树！"

渡爷端起酒盅，手一点也不颤，说："这话我爱听。可古话说得好，老而不死是为贼！"

郝东水忙说："渡爷是大德之人，活着就是对唱河渡这片土地的庇护。"郝东水的话，既不是面子上的恭维，也不是场面上的祝词，而是发自内心的。

郝东水第二次来渡爷住的地方，不但带着记者沈山灵、新区拆迁办的负责人刘建磊，而且把侯山川也叫来了，他对侯山川说："唱河渡生态文化公园，渡爷是一个很好的创作题材，从渡爷的身上，很可能挖掘到一个震撼心灵的主题。专家们一再强调要做足地域文化的题目，并把这种地域文化，与中华文化密切地结合起来，才有可能创造出真正的艺术精品。"

侯山川笑着说："郝主任高明，看看这些年，中国的街头雕塑、城市公园的景观，都是些什么东西，有手有球，没血没肉；有头没脸，身体半边；地上跑虫，墙上挂钟；古人还魂，死人聊天。"

沈山灵听了说："侯总的嘴巴就是大数据，说说你那些谬论的具体内容，也让我们长长见识。"

侯山川说："沈记者有的是才华，如果能好好写篇中国现代化进程中，城市公共艺术现状的反思文章，绝对功德无量，比你们天天说那些美丽的谎话值钱得多。至于内容，不用我解释，你随便找个城市看看，几只手捧着一个球，寓意众人撑起新世界，老百姓可不这么看，一句话总结：除了扯淡还能有什么！再看看，几个石人弄枪舞棒，就是没有面目，创意者说留下充分审美空间。老百姓还是一句话：要脸干什么？有权就行！再看偌大的草地上，爬满了甲壳虫，说是生态的最高境界是万物和谐相处；建筑物走廊的墙壁上，雕刻了大小不等的古人确定时间的晷和现代时钟，说是从晷到钟，表现了中国人最早的智慧。老百姓扑嗤笑了，敢情草地里生满了虫子就叫生态；从晷的一根针，到时钟的三根针，走了几千年，这针也太值钱了！更有邪乎的，让孔子、老子、释迦牟尼、唐宗宋祖，还有李时珍、张衡站一起，说穿越时空，说把中国的思想、权力、科学汇聚在一起，构成了中华文明不可或缺的元素。老百姓一看来气，说：原来有些专家是官员，官员是专家，自古就有传统的，怪不得如今的官员热衷捞文凭。"

对于侯山川和沈山灵的斗嘴，郝东水只是笑笑。对于侯山川的鉴赏力和创意能力，郝东水是绝对看好的。唱河渡生态文化公园是新区确定的中心项目，其目的是以文化公园和湿地公园的建成，彻底改变汉江北岸广大地域的面貌，提高土地利用价值，促成整个城市南移，打造汉江两岸的新城区，真正提升上水市的现代化水平。这是上水市决策者的战略定位，也是郝东水从季平信书记那儿领受到的工作目标。

郝东水开始工作时，真的是两眼一抹黑，所有参与者都不知道未来的新区是个什么样子，即使决策者也只提出了原则思路和想法。是夏清河的一句话提醒了郝东水。第一次唱河渡新区管委会例行会议上，夏清河说："是呀，我们是不懂，在座的大家谁也没有做过。但中国改革开放三十年了，做过的人多了去了。我们比先行者幸运，因为我们是站在他们的肩膀上开始的，起点一定会比他们高。所以，前期的工作，不是做什么，而是看什么。希望大家分兵多路，不光要到北上广深这样的一线城市，而且要到青岛、大连等沿海城市，看看他们是怎样成片开发，以一片带动整个城市的发展的。要学到最成功的经验，拿到最成熟的模式，形成最精粹的项目组合，希望建成后的新城区，达到最佳的社会效果和最有潜力的商业效果。"

郝东水听明白了，思路打开，他在这次会议上表态："有难度，但不是不可逾越的。"

半年时间里，新区和市政府相关部局组成五个考察小组，每次考察，形成详细的考察报告，提出新区规划的建议。最终形成了关于新区大规划和唱河渡生态文化公园的设计思路：公园由文化公园和生态公园两部分组成，文化公园以表现上水市历史文化元素的人文景观创作，打造一条文化景观带，形成集观赏性、文化性、教育性、互动性于一体的旅游路线；湿地公园则在保护原有地形地貌的基础上，优化生态和自然景观，由水面水景、滩涂岛屿、植被花卉、桥梁栈道构成；商业线路则以地标建筑上水楼为中心，建成一条由购物、饮食、休闲、文化、教育、娱乐等多种元素组合而成的商水长街。最终达到以文化生态带动人流、以人流带动商业消费的模式，带动商业体之间的良性运营，从而形成新的城市中心。

生态文化公园设计方案，面向国内外招标。为了使商水长街的营运更加具有针对性和可行性，在设计方案招标时，就以概念性规划为依据，对商业投资和营运进行提前招标，使投资商介入前期规划，以便使商业规划设计部分更符合市场要求。钱黎青正是在前期招标中，由夏清河副市长推荐介入的，钱黎青在投标前与管委会正式谈判时，重申了他给郝东水提前说过的条件，不但要求在汉水以南的巴山脚下给他一块康养项目用地，而且说，如果让他投资，希望把和他长期合作的侯山川也拉进来，让他负责商水长街的营运。钱黎青说："我投的是真金白银，而且不是仨瓜俩枣，是几十个亿，如果前期销售和后期的营运，不能按时回款和保证商业营运的理想利润，那对于商人来说等于自杀。"

关于钱黎青要一块康养项目用地，郝东水一眼看穿了他的目的，无非打着康养项目的旗号，搞房地产开发。在政策严控别墅用地、大力提倡康养产业的情况下，是有实力的开发商打擦边球的通用方式，许多地方政府乐观其成。在当时，钱黎青的要求是合理的，只是在给多少、在哪里给的谈判中，费了很大周折才达成一致。但在对待侯山川介入的问题上，谈判进行到最后，郝东水出面，对钱黎青说："尽管你提出的有道理，但我们还是希望两者分开招标，因为商业部分，不仅仅是钱老板一家，管委会也有自持的一部分，我们希望再考察考察，下一次招标时，再确定侯山川以什么方式参与。"

钱黎青毫不客气地说："这个项目对我来说，在可做与不可做之间，面子可以给一次，但商业项目最终看效益，请郝主任理解我的苦衷。我只管建成，但运营和我的目标紧密相连，用一个我不了解的人，万一出了问题，我承受不了后果。"

钱黎青口气虽然还算客气，但郝东水完全听得出其中的威胁。管委会对包括钱黎青在内的十几个投资商进行过考察，最后一致认为钱黎青最有实力，也最有能力，他投资这个项目，等于解决了生态文化公园商业项目投资的最大难题。郝东水有底牌，笑了笑，说："钱总你看这样怎么样，我同意你的条件。不过我得把话说明白，我们对侯山川团队没有进行过考察，严格说，这不符合我们的工作程序，但既然是你提出来，而且销售、营运与你的投资密切相连，我们也相信你不是随便提出来的。所以，我附加一条：如果在项目进行过程中，侯山川团队工作没有达到事先约定的要求，管委会可以换人。"

钱黎青一拍桌子，说："听郝主任的，干不好当然换人，我投的钱不是请一个人来玩的。"

合作协议达成，不过郝东水对侯山川抱着几分怀疑，但是这种怀疑，很快打消了。因为在随后不久的文化景观招标中，侯山川的创意策划设计方案，击败多家竞争者，获得专家和业内人士的一致认同。中标后，郝东水问侯山川："我说侯总，你到底是个满身铜臭的商人呢，还是一个流淌着高尚基因的文化使者？"

侯山川说："别，郝主任既不要骂我，也不要给我戴高帽子，我就是一个用文化大旗包裹的小人物，既想使自己变得高尚，又想用老祖宗的文化命脉赚点钱花。谁让我生在这个高不成低不就的文化贬值的年代。"

郝东水听他这么一说，反而对他刮目相看，至少侯山川不是那种故作高深、卖弄知识的文化掮客。他笑着说："侯总，这样问题来了，我是百分之百地相信你的高尚，还是不那么相信呢？因为这关系到文化景观群的品位和情感，我不想五十年后被人骂。"

侯山川说："这你就放心，尽管我不是一个高尚的人，但我有我的文化情怀和对待艺术的底线，这就是在每件作品创作中，都会保持初恋般的感情，初吻和初夜都是生命的一次突破，谁在这个时候玩花招，谁就失去了做人的起码的自尊自爱，变成了一堆不齿于人类的狗屎。再说，有那么多招标条款和专家团队以及监理把关，甲乙双方的合作不就是要求程序合法吗？"

在讨论商业运营模式时，钱黎青提出，可以先行卖一部分楼花，按统一规划设计，自行建设，自主经营，这样可以很快收回一部分资金，缩短资金周转期。侯山川坚决不同意这种方法，他说："现在商业的运营模式，正在走向有规律的整体化、集约化，同时在向专业化回归，一个新市场必须依靠前期的合力打造，统一营销，从而引导并做活市场。它和住宅别墅等产品销售不同，住宅别墅的性质决定了只能一个个卖，但商业地产则不同，如果商水长街各自为政，各行其是，必然带来饮食一条街、文化教育板块、院线娱乐等区域的经营混乱，造成的后果可能是市场萧条，半死不活。"

论证会上，各有理由，也各有附和者，最后侯山川和钱黎青争得面红耳赤。相持不下时，侯山川说："如果按照我的方案执行，两年建成后，先租后售，第一年免租，第二年第三年租赁，三年内将整个市场做活，第四年开始销售，价格可以提高百分之五十以上，甚至百分之百，增长的等于是纯利润。达到这个目标，我得提点比例，翻一番，达不到最低百分之五十的增长，我分文不取。"

钱黎青基于对侯山川过去业绩的了解，采纳了侯山川的方案。

五年后看，侯山川的目标完全达到了。只是在当时，人们对他的这种叫板，看作是一种赌博。不过郝东水看上的恰恰是侯山川这种毫不含糊的承诺，敢于承诺，说明他胸有成竹。

因此，他让侯山川来听听渡爷的故事，一定会深化出一组精湛的人文景观作品。

这次见渡爷，担心房屋空间有限，郝东水提前给白大强讲了，白大强征求渡爷的意见，渡爷乐意到村委会的办公室，虽然条件还是差些，一张桌子，几个沙发，毕竟比渡爷的一间屋子大多了。

郝东水给渡爷一一介绍了来的人，沈山灵和范小迪不用说了，他指着钱黎青说："渡爷，这是投资咱们新区商业一条街的钱总。"

钱黎青马上说："渡爷，我叫钱黎青。"

渡爷看看，说："是位大老板！"

钱黎青说："渡爷，不敢，我只是个小辈。"

渡爷说："我在唱河渡摆渡五十多年，见过各式各样的人，大老板也见过，不过过去的有钱人，不想让人知道。我也是有眼不识泰山。有一次，有人来过渡，问我：渡爷，你还记得上次过渡，戴着一顶礼帽的人吗？我说：每天过渡的人，多则几十上百人，少则十个八个，我又不是神仙的脑袋，咋记得住。说话的人，略带几分神秘，说：渡爷，那可不是一般的人，他是上元观的大财主，铜钱多得用马车装。我说：我只是个摆渡的，只知道渡人，从这边渡到那边，从那边渡到这边，别的一概不知。"渡爷又看看钱黎青，又说："人这辈子，就在不停地过渡，无论过去还是过来，过渡的是人，那些钱财只是随身携带的东西，人没有过去，东西过去了有啥用呢？人只要过去了，没有东西又何妨？我这辈子没有啥造化，唯一的体会是：渡人首先渡己，连自己都没有过去，咋撑船渡别人呢？"

钱黎青有些不解，侯山川却赶紧拿出手机，说："渡爷的话，充满人生哲理，是对人文景观创作主题再好不过的升华。"说着，他把渡爷的话录入手机记事簿。

渡爷的两撇胡子有些翘，似乎是他的笑容带动的。他说："我只上过几年私塾，几十年前在渡口得到过一本书，没有你说的那么高深，一个摆渡五十年的人的胡言乱语，钱老板当作笑话听听就行了。"说着，他那只有几颗牙的嘴巴咧开了，这次真的笑了。

钱黎青脊背冒出一阵冷汗，好像渡爷的话语里带着寒气，但他终不能理解渡爷话中的意思。

沈山灵把茶杯端过来，递到渡爷嘴边，渡爷喝了一口，看看沈山灵，开始讲述他的故事。

我这一辈子，不能忘掉的就是山灵呀！从老渡爷的手中接过渡船，成为新的渡爷后，日子就这么一天天地过。山灵自然想她的父母和家人，可路途遥远，只能从过渡的人口中，听些只言片语。一次，从镇巴过来的一个挑杂货的说，政府的剿匪队伍很密集，镇巴和洋县华阳的红军都在匆匆撤退，双方打过不少仗，死了不少人，周围的老百姓也死了不少。山灵就问有没有听过沈家镇沈家的事情。挑杂货的人说，那个仗义疏财的沈家吗？山灵点点头，那人说，可惜了，听说全家死于非命。山灵早有思想准备，可听了还是几乎晕倒。那人说不出更多的细节，我说，也可能只是传说。那人下船走了，山灵整整一天没有吃东西。不过缓过情绪之后，此后，不再打问过路的人。

日子就这么过着，夏天的夜晚，我们常常不会在房子里住，大多数的夜晚，我们回到船上去过夜。天气晴朗的月夜，半月或满月挂在遥远的天空，明亮得像炉膛里即将化成水的镰刀或银盘，泛着的不是炽热的火光，而是清凉的白色的光芒。那些如虚空般的光芒，无形无相，似乎并不存在，只有月亮挂在空中。万里无云的天空，在月光里瓦蓝瓦蓝的，比起白天的蓝天，更加清凉和明净，汉江南岸的巴山，在夜色中，呈现出坚硬的水墨色彩，在模糊和清晰之间，像少年梦中的情节，在细节的跳动的过渡中，留下巨大的空白。河面上凉快，完全退去了夏天的炎热，微微的凉风吹来，月光下，平静的河面，就会泛起一阵阵波浪。每当这时，山灵就会坐在船头上，看着满河的银光，说："汉江到哪儿了呢？"我说："出过远门的老人知道，说汉江在一个叫汉口的地方，流入了长江，然后跟着长江一路小跑，很快就到了吴淞口，再走一截就到大海里了。"

山灵说："我跟二叔去过汉口，可惜我那时不懂，没有到汉江的入口去看看。二叔说过带我去看大海，可如今只能想想了。"月光下，山灵的脸色还是那么漂亮，和天空的月亮一样，泛着一层亮亮的光，我看着她那好看的模样，想着她如果真的见了大海，会高兴成啥样子。那张圆圆的脸蛋，一定会泛起薄薄的红晕，那是我看到她高兴时常有的样子。我说："再过一些年，等世事消停了，我们就去大海边，看看汉江经过长江到达海里的样子。"

山灵看看我，又仰头看看半空的月亮，痴痴地说："我生长在汉江边上，小时候，娘经常带着我到河边，接船上从城里送来的吃的，可那时只知道汉江里能走船，却不知道河水会流进大海。"她回过头，问我："万昌哥，你知道吗？"

我看看山灵痴痴的样子，说："大海与我们太遥远了，小时候也听大人们说，汉水终会流进大海，可大海对我们有啥用呢？"山灵说："万昌哥呀，大海的用处可大了，省城学校的地理课本上说，大海孕育了万物生命，给人类提供了湿润的生存环境，如果没有大海，人类将生存不了。我们内陆的人，虽然看不见大海，可大海每时每刻，都会给我们送来暖风或冷风，天上的雨水就是来自大海。而且课本上说，大海占地球表面面积百分之七十，想想我们不是都在海洋里漂着吗？"

我听了吓了一跳，海洋之大怎么也想象不出来。可山灵继续讲着大海的故事，我从来没有听过。山灵讲得入迷，我也听得入迷，我们的对话，像一个断断续续的梦，有一处没一处，时间就悄悄流逝了，很快就到下半夜了。天气已经彻底地凉快了，这时，我们才会钻进船后面的小木屋里睡觉。

有了少许积累后，我们在唱河渡最东边的河滩上，盖了两间小草屋，每当大风大雨天，无法摆渡时，我和山灵就住在草屋里。摆渡的时候，如果山灵没有其他的事，就和我一起到船上，人手少时，或者单个人过渡时，客人又不会划桨，山灵就去船舱划桨。刚接渡船的那年初冬，本来汉江应该到了少水的季节，可由于天气很反常，不断下雨，河水就涨了起来。过渡的人告诉我，说往年这个季节，只有河中心的几个深潭需要划桨，其他地方，撑杆轻轻一伸，就碰着河底了，只要稍微使点力气，渡船就会像蜻蜓那样，飞过脚下清澈的水流，再一杆下去，又飞出一截，不需要别人帮忙，摆渡人很快会把过渡人送到对岸。可是，那年的初冬季节，竟然阴雨不断，而且一下就是半个月。可能上游的雨水更大，十月下旬，汉江的水流，出现了暴涨，岸边的芦苇荡都进水了，只有南北两边渡船靠岸的地方，有几块石头露着头。河心的回心石，水面之上也只剩下一尺多高。这种水流，应该很少有人过河，可那个季节，正是唱河渡周边的人挖红薯的时候，那些粮食短缺的年份，红薯是最好的充饥的食物。河南边坡地多的人家，收成好一点，就想把多出自己口粮的部分，挑到河北卖几个钱，换点油盐。尽管唱河渡人住在河北，渡船的归属权属于唱河渡，在这样危险的时候，渡船可以不开，但唱河渡的渡口，有个传下来的规矩，渡船虽然是唱河渡人的，但过河这件事，是为周边所有的人共同设立的，只要有人过渡，摆渡人就不能拒绝，除非洪水大到无法开船。每当这种时候，过渡的人心里明白，这是摆渡人在拼命，他们就会多给点东西，如平常留两三个红薯，这时多给两个，有身份的人过渡，也会多给点钱，那些没有钱也不挑红薯的，会用布袋子多装上一把粮食，作为过渡的答谢。这种时候，摆渡人看重的当然不是这点报酬，而是一种责任和脸面。如果这个渡口不通，过渡人会绕一段路，到另一个渡口去过渡，唱河渡上下近百里范围内的渡口就有：下游的尖角渡口、龙嘴渡口、蒙家渡口，上游的城固渡口、上元渡口、上水渡口、白水渡口，每个渡口相隔也不过十几里地。如果过渡的人到了别的渡口，说唱河渡口没有开船，唱河渡的渡口，就会被人看不起，不但会影响唱河渡人的声誉，而且也会影响正常季节渡口的人流量。尽管那时，人们并不懂得人数的减少，会制约渡口周边的繁荣，但觉得渡口少了人，等于这个地方不被人重视，这是一件被人看不起的事。

何况我是一个好强的人，所以渡船一天也不能停。山灵怕我一个人有危险，一定要到船上帮我，她说："我俩在一起，总比一个人强。"我说："人常说，水火不留情，万一降不住，你让我能放得下心?"山灵说："你一个人在船上，万一降不住，我能放心吗? 咱俩在一起，至少是个帮手，也互相放心。"我无法说服她，只好带着她一起上船。就这样，我俩晚上回到小草屋睡，白天拿点干粮，就在渡口等人，只要有人过渡，不管是干啥的都及时送过去。时间倒过得挺快，天终于晴了，久久不见的蓝天，突然之间很敞亮，回心石的上空，还出现了彩虹，像一条飘带，一头拴着回心石，一头甩到了天上。这情景使我和山灵激动起来，因为半年前，我和山灵到唱河渡时，也看到了彩虹的景象。

看着这样的天气，心情好了许多。不过天虽然晴了，但江水的下泻是需要一个过程的，这时的江水比昨天更为凶猛。好在整个上午，没有一个人过渡，我们就在船舱里休息。一直到下午时分，仍然没有人过河，我就感到奇怪了。正在这时，一股风刮来，从停泊渡船的洼地里，吹出一阵风声，随着河面扩散开来，我听得清清楚楚，像一把二胡拉出的歌声，呜咽中带着悲愤，又夹杂着难以判断的凄凉。这不是传说的河唱吗？老渡爷曾经告诉过我，唱河的来历由此而得，每当渡口有大事或怪事出现时，大河就会唱歌，或悲愤，或喜悦，或凄凉，或活跃，河水总能用声音告诉人们即将要发生的事。我不敢告诉山灵，怕她担心会发生什么不祥的事，我只愣愣地看着江面滚动的水流，说："可咋没有人呢？"山灵说："没人不正好歇歇。"我愣愣地说："没有人过渡，好像渡爷没用了。"

我这句话刚落音，背后有人叫船家，我回头一看，是一个魁梧的大个子年轻人，浓眉大眼，下身穿着一条蓝色的染布裤子，上身穿着一件灰色衣服，身上背着一个口袋，看打扮不是一般的过渡人。那人匆匆忙忙赶到岸边，说："快点送我去南岸。"我见过拿枪的人，看他的腰里，鼓囊囊的，棉衣被顶出一块，肯定是带着枪。这样的人不好惹，我就装糊涂，说："小伙子，快吃晌午饭了，急个啥？"那人说："肚子里想，脑袋不敢呀，后面有人追。"说着就跳上了船，自己拿起了撑船的撑杆。我一听有人追，知道他遇到了大事。我说声"我来"，上去接过他手中的撑杆，用力一别，船就离开了岸边。可是，河水毕竟太大，船一离岸，就像失去缰绳的野马，飞一样向下游奔去，我一杆又一杆，仅仅咬住船头的方向，山灵则用尽力气摇动船桨。而那个小伙子，看着江水发愣。我大叫一声："帮忙划桨！"小伙子一下子明白过来，冲上去抓住另一侧的桨，奋力划动。一袋烟工夫不到，船就到了河心。常过渡的人知道，船到江心，就难以回头了。这个时候对年轻人来说，已经安全了，即使真的有人追到了河边，也只能望河兴叹。靠南边的水流比北边的水流缓一些，船的速度慢了一点。那个小伙子一边划桨一边说："我是镇巴的红军，接受任务，到华阳红军住的地方联络，被敌人发现，到处追捕。我到洋县念佛崖的寺庙里住了三天，庙里的和尚告诉我，说沿着汉江的北岸走安全。"

我虽然没有去过念佛崖，但听当地的人说过，那里唐代出过一个高僧，叫法照法师，是净土宗的四祖，说他在念佛崖下念佛，京城长安的皇帝都能听到，后来他被皇帝封为国师。念佛崖的寺庙，和尚说话历来很灵，几十上百里外的人，经常去拜佛问卦。我吃惊，既然念佛崖的和尚说了走北岸，他为什么要去南岸呢？我就说："方向不对吧？"小伙子说："管不了那么多，沿线都布了岗哨，四处搜查，根本躲不过。"我一想，是的，这几天风声很紧，县保安队的人，还到渡口打过招呼，问我见没见过持枪的人，我说从这里过江的人，咋敢持枪弄棒？保安队的人笑笑，说是啊，凭渡爷的拳脚，恐怕拿枪也掏不出来。不过他们还是叮咛我，万一碰见红匪，及时拿下，有重奖。我嘴里没说，心里想，关我屁事！我一个摆渡的，只管渡人，我咋能分出红军还是白军？想不到真的被我遇到了，我就没有再说什么，只管用力撑船。

小伙子一上船，山灵就一直觉得面熟，好像在哪儿见过，看他的身板和眼神，突然想起来，他不就是在省城姑父家见到的那个陌生人吗。山灵突然问："请问一下这位红军大哥，你认不认识省城的王虎林？"红军小伙子一愣，问："他是你什么人？"山灵说："他

123

是我姑父，我在姑父家里见过你。我是沈家镇沈福德的女儿。"那人睁大了眼睛，看着山灵，说："你是说给红军送粮食、盐巴的沈福德?"

山灵紧张地说："就是的。你知道他们的下落吗?"红军小伙子停下手中的桨，说："沈福德全家包括民团几十口人，都被反动派杀害了，由于叛徒的出卖，红军在省城的联络点负责人王虎林，也以通共的罪名被捕，一个月前被杀害了。"

听到这个消息，我腿肚子忽地一下软了，只因河里的水流，拉紧了我手中的撑杆，我才没有跌倒。我想山灵肯定受不了这个打击。我一直对那天赶马车人说的话半信半疑，即使偶尔从过渡者的口中听到一句半句传闻，也觉得不足为凭，可从这位红军的口里说出来，就确凿无疑了。我急忙看山灵的反应，怕她有啥过激举动，可山灵偏偏冷静，几乎没有反应，她狠狠地摇着桨，说："记住这段世仇!"

红军小伙子愤怒地说："一个靠杀人维护的政权，怎么能长久?迟早要被老百姓推翻。这个仇一定会报!"

这时，船到岸了，水流已经平缓了，山灵放下桨，跳上船头，拉起拴船的绳子，跳下船去套在了石头上。客人正准备下船，我们同时发现下游模模糊糊有一群人，沿着南岸的河边，快速向唱河渡口赶来，可能他们看见渡船靠岸，就连放几枪，接着有模糊的喊声。猜也能猜出来，一定是冲着过渡的人来的。红军小伙子见状，就要上岸逃跑。山灵突然说："别下船!"说着，跳上船，一把将站在船头的小伙子推进了船舱，接着，又跳下船，把套在石头上的绳子取下来，用力一把将船推开。我大声说："山灵，你要干啥?"山灵对我说："万昌哥，如果红军哥哥自己跑，肯定跑不出去，我把他们引开，你带他往下水渡开，让他给我沈家报仇!"说完，扭头就向远处的芦苇丛跑去，我立刻知道凶多吉少，山灵是在用自己的

124

生命，保护红军小伙子脱险。我大叫一声，想制止她，但已经来不及了，如果我下船去追，追捕的人已经越来越近，可能我们一个也跑不掉。我就大喊了一声说："藏好！等我回来接你！"

随着我的喊声，我一杆将渡船撑离了岸边，随着我一杆又一杆用力，加之小伙子奋力划桨，渡船在巨浪中飞一样地向北岸靠近。这时响起了密集的枪声，追捕的队伍分成两组，一组追向芦苇丛，一组向渡口迅速靠近。

尽管枪声大作，子弹密集，我听到子弹从耳边飞过的声音，但我们无所顾忌，拼命将渡船向北岸划去，快到岸边时，我的小腿一热，有鲜血流了出来，我低头一看，发现是子弹落在铁锚上弹过来击伤的，我来不及处理伤口，一直把船撑到了下水渡。把船停稳后，我对小伙子大喊："下船快逃！"小伙子毫发未损，他听了我的话，放下手中的桨，抓起船上的包袱，跳下船，大喊："记住，我叫何青山，我一定会给刚才的姑娘全家报仇，也一定会回来的！"

尽管水声很大，我还是牢牢记住了他的名字：何青山。当我把渡船拉回来，拴在北岸，才觉出左腿疼痛，低头再一看，棉裤已经被血浸透了，我从内衣上扯下一个布条，扎住了流血的地方，做了简单的伤口处理后，我想的是赶快过河去救山灵。但又不敢撑船，我就潜水到了南岸，在夕阳落下的血红里，在芦苇丛里找到了山灵，但她已经身中数枪，没有呼吸了。她睁着眼睛，侧卧着，面部向着北岸的方向，我知道她在等我过来接她。那些打死了她的人，已经无影无踪了。我紧紧抱住她，对着滚滚的河流，大声呼喊："山灵，我来了，跟我回去！"任凭我哭天喊地、泪如雨下，山灵在我的怀里一动不动，我的山灵，就这样匆匆离开了我。

晚上，我把山灵抱回家，给她擦洗了身子，放在床上，然后找到王三娃，让他替我撑三天渡船。我知道山灵不会离我而去，她一

定在我们住的房子里陪着我，我不能让她一个人在屋子里独守。何况我的老家有守灵三天的规矩，说三天之后亡者的灵魂才会真正离开身体。三天里，我躺在山灵的身边，一遍又一遍讲我们的相遇，讲我对她的爱，我给她发誓，会一辈子陪着她。第三天夜里，我在离我们住处不远的地方，挖了一个坑，找了几块旧木板，把山灵埋了。由于我懂些医术，三天里，用草药糊了我的伤口，第四天早晨起来，伤口已经止血不疼了，我就回到了渡船上。

从此之后，渡船上永远只有我一人，可我分明感到山灵没有离开渡船，她时刻和我在一起。每当夜深人静的时候，我会在河水的涛声中，听到山灵的呼唤声，在突然而至的暴雨天，芦苇荡里就会传出山灵让我注意安全的叮嘱。忙完，一有空闲，山灵的音容笑貌就占据我的心头，每天除了渡人，其余时间，我都在自言自语地和山灵说话。

就在我痛苦难忍时，一天傍晚，渡口来了个上了年纪的僧人，我问他到哪里去，他说无去无来。我纳闷了，你无去无来，上我的渡船干什么？他说，难道你不渡人吗？我说渡人也得有去的地方。他说，你知道我们在船上就行了。老和尚又说，你和老衲有缘，你救的那个红军何青山，跑出上水搭了一辆马车，当晚就赶到洋县念佛崖的念佛寺，说了你救他的事，还说渡爷的女人为了救他，把官兵引开了，不知道是死是活，他让我有时间一定来替他看看，如果活着，就说他何青山永世不忘救命之恩，一定会来报答的。如果死了，请老衲给那位姑娘烧炷香，下一世再报答她的恩情。老衲就是为这件事情来的，今天晚上老衲就和你住在船上。老和尚说，这儿多好呀，本来就在这里，为啥要过去过来呢？我听了老和尚的话，悲愤地对老和尚说，我的女人当场就被追赶的官兵打死了，之前官兵还杀了我女人的全家，她的心里抱了多大的冤仇呀！死得憋屈！老和尚说，老衲当晚就念经超度了，你不必伤心，世上的人既有来处也有去处，救人一命胜造七级浮屠，何况为救人搭上了性命，这功德还不够大吗？她已经到了她应该去的地方，一定比人间好。我有些疑惑，问，老师父知道我的女人死了吗？老和尚说，那么紧急的事，遇到那样的对手，他们怎么会放过她呢？我一想，是那么回事。

那晚老和尚和我聊了一夜，老和尚还给我传了静心的方法。老和尚说，你在这儿摆渡，要渡南来北往多少人，什么人和事都可能遇到，可是，天下事无外乎一颗良心，无愧良心即契入了生命的本来面目。活着的时候就好好活着，死了一切都放下。第二天下船时，老和尚送我一本《六祖坛经》，说，你识字，就好好读读这本书。几十年里，我把那本书读烂了，所有的文字都记在心里了，隔个一年半载，我也会去念佛崖看看老和尚，向他老人家求教，一直到他圆寂。多年后，我终于明白了老和尚说的话。

山灵去世的第二年夏天，一场暴雨引发了山洪，当我撑着渡船，在巨浪中接近回心石时，半空突然出现一朵巨大的云彩，我分明看见山灵坐在上面，向我招手，那双美丽的大眼睛，映出了河水和渡船，直到渡船到了对岸，那个情景才消失。就这样，我没有一天不想山灵的，我会想起与她在一起时她的每一个细微的眼神和动作，和每一句她曾经说过的话。人们说我孤单，劝我找一个伴，可他们哪里知道，我的心里装不下任何一个其他女人，山灵占据了我的心，她从来就没有离开过我。这样我一待就是五十年。开始，人们觉得奇怪，怎么不见山灵了呢？我说生活不习惯，回娘家去了。村里的人热心，劝我找到她娘家，领回那个姑娘，多好的人哪！王三娃有一次真来劝我，说他给我看一段渡口，收的东西两个人分，让我一定到山灵的娘家，把山灵领回来，说时间长了，就是别人的老婆了。我只能告诉他，该回来她就会回来。一年、两年、三年、五年过去了，人们习惯了，就不再提说。有人提亲，见我没有响应，时间一长也就算了。他们哪里知道，无论我在船上，还是在茅草屋里，每晚我都会和山灵说说话，然后才倒头睡觉。

那些年里，人们并不知道，山灵就埋在离我住处不远的地方，直至共产党的大军到达陕南。一天，一位师长带着一队人马，到了唱河渡，说要找当年的渡口。尽管我们只见过一面，在渡口再次见面的那一瞬间，我们还是认出了对方。当时，我刚好把渡船拴在石头上，他走过来，说："你就是当年的渡爷李万昌吧?"我叫一声："何青山!"他就扑了过来。

他紧紧握着我的手，问："那位沈家的姑娘呢?"

我说："她为了让你脱险，被抓捕的乱枪打死了。"

何青山的眼里突然涌出了泪水，说："她是为革命死的，他们全家都是。"接着他问："沈姑娘埋在哪儿?"

我没有说话，因为当时身边还有唱河渡的农会干部。他见我有顾虑，说："她是因救我而牺牲的，是革命的烈士，应该进烈士陵园，受到人们的尊重。"

在何青山的动员下，我说出了真相。何青山十分吃惊，让我带着他到了埋葬山灵的地方，那儿看不出任何迹象，只有一块埋得很深的石头，是我做的记号。何青山站在那儿，向山灵鞠了三个躬，说："沈姑娘，我来晚了，让你在这儿受了这么多年委屈，我这就把你请到烈士陵园。"随后，他指示他的部下，与当地政府联系，把山灵的遗骨迁入了刚刚修建的上水市革命烈士陵园。因为部队要在攻占兰州前，在上水休整一段时间，何青山赶在他离开之前，在革命烈士陵园给山灵举行了一个简单的仪式，放好遗骨盒封住墓后，何青山还洒了一杯酒，他说："我不知道沈姑娘喝不喝酒，但我何青山喝酒，如果沈姑娘能喝酒，我何青山就敬沈姑娘一杯，以表达我对沈姑娘救命之恩的深深感谢，也表达我对沈姑娘为革命牺牲了自己生命的敬意!"接着，何青山鞠了三个躬，说："沈山灵同志，你可以安息了！你的仇我们已经替你报了，革命已经胜利，全国马上就要解放了。杀害你们全家的凶手已经就地正法。当年供出你姑父的叛徒，十年前也已经被我亲自带人处决了。"

何青山还叮咛当地陪同的官员，让他们保护好山灵的墓地，逢年过节来洒杯酒。他说："革命胜利了，但我们要记住为革命死去的人。一个忘恩负义的人会遭人唾骂，一个忘恩负义的群体更会遭人唾骂。"他还要我随他跟部队一起走，我说山灵在这儿，我哪都不去，再说这渡口也离不开人。他没有再勉强，还交代给大家说，唱河渡口的船工李万昌对革命有功，他父亲也是为革命牺牲的，应该重用。并当场把我介绍给了身后站着的要人，他们都是上水市刚刚成立的新政府的官员。

不久，上面要我在农会里担任职务，我赶忙说，我撑船几十年了，对河水、渡口都熟悉，还是让我在渡口当个摆渡人吧。上级领导见我留恋渡口，以为可以不种庄稼，不卖力气也有些收益，就在筹备会上说："李万昌既然是革命积极分子，放在渡口上可靠，就让他继续当渡爷吧。"

听得人们呵呵一笑，这事就这么定了。

不久后，政府给我发了一块"革命烈属"的牌子，我把它挂在了船上。

由于唱河渡是个很穷的地方，四处来的流民聚合，没有大片的土地，只有河滩上一小块一小块荒地，被勤快些的人开垦出来，但收成并不算好。虽然在河边居住，一年四季仍然靠天吃饭。所以，只有穷人，没有富人，也就没有地主，也没有富农。土改和镇压反革命时，只抓了两个小流氓枪毙了事。

在新社会的急风暴雨中，由于唱河渡的特殊位置和村民构成，没有发生大规模的运动。我在渡口上，随着水涨水落，春夏秋冬，过着贫穷简单的日子，我想就在这样的岁月里，慢慢变老，直至死去的那一天，再把渡口交给别人。这一生没有啥大的喜悦，没有啥大的遗憾。作为一个外乡人，唱河渡给了我生命的全部，死了就在唱河渡做鬼，与我的山灵一起在汉江里相会。

可是，万万没有想到，这样的日子过了没有几年，突然有一天，我早晨起床准备去渡口，挂在老槐树的大喇叭，传出广播电台的新闻，说在轰轰烈烈的运动中，省内最大的走资派副省长何青山，已经被革命群众揪了出来，等待他的将是历史的审判。开始我以为我听错了，接着，广播里播放了何青山的简历，没错，说的就是副省长何青山。我脑子一时混乱，不知道发生了啥大事，整整一天没有精神。又过了大约半个月时间，村子里那个好吃懒做的吴小二，突然领了一群戴红袖章的年轻人，冲进了唱河渡破庙前的广场上，破庙已经改为生产大队的办公室，庙前的广场也成了开群众大会的地方。吴小二高站在一条凳子上，大声说："这些战斗队的娃娃，是我从上水大学请来的造反派，专门帮助我们造唱河渡那些反动派的反！"

接着，吴小二宣布："唱河渡的渡爷李万昌，是长期隐藏在唱河渡革命队伍中的一个大坏蛋，是一个漏网的阶级敌人。立即把他押到广场上，接受革命群众的批斗！"

那天，天气炎热，晌午头没有人过渡，我正想在渡船上躺一会儿，忽然有人在岸上叫我的名字，我以为有人过渡，还是一群人。我正要拿起撑杆撑船，岸上的人喊我下来。我不知道啥事，就从船上下来了，这时，那群人已经冲到河边，二话不说，上来就揪住了我的领口，其中领头的正是吴小二，他说："今天你威风不了了，你的靠山何青山已经被革命群众打倒，你这个隐藏在革命队伍里的阶级敌人，只能老老实实接受革命群众的批斗。"

本来论我的力气，吴小二根本不是我的对手，眼前那些娃娃更不是我的对手，可他们戴着红袖章，那是一种权威和革命的象征，我只好忍了，没有出手。这群人像疯了一样，四个人分别拧着我的两个胳膊，另外两个人卡着我的脖子，把我押到了广场上，吴小二宣布："隐藏在渡口的历史反革命分子李万昌，曾在一九三二年冬天，将混进革命队伍的阶级敌人何青山，秘密送过汉江，使何青山长期隐藏于革命队伍，最终成为省级走资本主义道路的当权派。而且，李万昌还救过美国鬼子，还渡过国民党败将！"

吴小二的话音刚落，就有几个人上来，开始对我进行拳打脚踢，我知道这是一群中了魔的年轻人，他们正被魔鬼的力量裹挟着不能自已，所以，我没有反抗，他们把我踢翻在地，接着就是一阵惊天动地的口号声。就连那些长得很漂亮的女娃们，也振臂高呼，尖利的声音，穿过唱河渡的上空，像妖怪在鸣叫。我的心里打了个寒战，并不是他们把我踩在脚下，我感到疼痛而害怕，而是那些女娃的奇怪声音，猛然间使我想起了昨天半夜听到的河唱，很久没有听到唱河渡口的河唱了，那声音尖利而冷峻，像寒冬腊月的西北风，唱过河面，发出嗖嗖的叫声，似乎要把汉水卷入其中，带着巨流吹毁整个世界。正是因为半夜听到了河唱，我从昨晚就担心会发生什么不祥的事情。就在我心神不宁的时候，在巨大的口号声中，我听到一个悲痛欲绝的消息，大会主持人宣布："何青山为了感谢救他而死去的大财主的女儿沈山灵，将沈山灵的死骨，从野地里挖出来，迁入革命烈士陵园。这是对革命神圣性的严重亵渎，这是对革命群众的漠视，为了净化革命烈士陵园，经革命群众组织上水市红卫兵第一战斗队研究决定，已将沈山灵的罪恶遗骨，从革命烈士陵园挖了出来，现在把她交给她的同伙李万昌。他们不是臭味相投吗，他们不是从一个地方跑出来的吗，就让这两个历史反革命分子生死在一起吧。"

随着又一波巨大的口号声，一个包裹着的麻袋，被扔到了我的身上，本来已经倒地的我，刚爬起来，又被重重地砸倒。但我知道她是我的山灵，我爬起来，紧紧抱住了麻袋，生怕一旦松手，他们会从我手中将山灵抢走，那样的话，不知道他们会将山灵扔到什么地方，也许我今世再也见不到山灵了。他们见我被砸倒，纷纷大笑起来，好像这个历史反革命分子不堪一击，打倒后再无斗争的必要，就哄笑着散去。他们离开后，广场上没有一个人，破庙的两扇被漆了红色的门，也不知道被卸下扔到了什么地方，门口洞开，空空荡荡。破庙前的广场，平日里热热闹闹，此刻却冷冷清清，像一个墓园寂静得可怕。我爬起来，抱着麻袋，一步一拐地回到渡船。渡船上的"革命烈属"牌子也不见了。王三娃的儿子王孝存在那儿等我，给我提了一罐汤，拿了一块红薯。他说："我知道你受苦了，可这是没有办法的事，谁让何青山成了走资派呢？"

我解开麻袋一看，就几根骨头，他们是为了砸我，又往麻袋里装了几块石头。我怕有诈，就让王孝存照看着渡口，我摸黑到了革命烈士陵园，来到山灵的墓前，月光下只有一个坑，墓碑也被砸成几块。我确信麻袋里装的是山灵的遗骨，我就用几个晚上，做了一个木盒子，把山灵的遗骨装进去，然后把盒子放在我的床头，每晚睡觉的时候，我就会对山灵说："我的女人，我们睡觉吧，没有娘，没有爹，可这儿有我李万昌，我会陪着你终老，到死。"山灵似乎能听懂我的话，每当这时，我就听到门外有轻微的风声，那是山灵的声音，清澈而明净，像汇入汉江的溪流，轻轻地奔跑，轻轻地歌唱。

这期间，有人提议，废掉我这个渡爷，重新选一个摆渡人。可是，那时过渡已经不允许收钱了，无论本村还是外村的人，一律不准收过渡费，摆渡的人每天只记十分工，一点补贴也没有了。而且谁都知道，摆渡没有时间规定，只要有人叫船，就得摆船渡人，每天在渡船上的时间，至少得十几个小时，即使没有人过渡，也得守在船上。这活显然是个苦差事，如果没有点补贴，绝没有人愿意干。况且，撑船是个技术活，不是谁都能行。推来推去，最终还是没有换人，住队干部说："就让李万昌干这个苦差事，也好监督改造。"这样，我就一直在船上。直至唱河渡大桥贯通，已经没有人过渡了，渡口自然停了下来，那是后话。

从我把山灵的遗骨放在我的身边，山灵就一直跟着我。何青山官复原职后，曾指示人落实过，让我把山灵的遗骨再葬入革命烈士陵园，我说："不麻烦政府了，就让山灵跟着我吧，她是我李万昌今世的女人，我不能再让她受委屈了。"

至于说我渡过飞虎队的飞行员，也渡过国民党的败将，也是真的，那是后话，以后再讲吧。

渡爷结束了他的述说，一旁一直录音的沈山灵，早已经泪眼婆娑，深陷渡爷的故事之中。

郝东水说："渡爷的心思可以了了，我们准备在渡口原址，建一座纪念碑，把一个曾经为世世代代两岸的人们服务，又在特殊的历史时期，为中国社会的进步做过特殊贡献的渡口，作为历史遗迹保护起来，传给后人。底部做一个小型纪念馆，把沈山灵的遗骨放进去，入土为安。渡爷百年之后，和前辈沈山灵的遗骨安放在一起，以表达我们对历史的尊重，对汉江在漫长的历史中，为我们唱河渡人所提供的养育之恩，表达我们的深深感恩！"

渡爷的两眼有了泪花。他问郝东水："你就是来听我讲故事的？"

郝东水说："渡爷的故事，就是唱河渡村的历史，就是我们这些晚辈所要传承的精神血脉。我们要把它记录下来，将来还要在建成的唱河渡新村，办一个村史馆，把这些故事，用文字和图片的形式保存起来，再在即将建设的唱河渡生态文化公园，用艺术的形式表现出来，让五十年后、一百年后、一千年后我们的子孙知道，二十世纪及二十一世纪，生活在这片土地上的人们，是怎样生活过来的，人类的文明，就是这样地苦难辉煌。也许单个生命，在一个大时代的面前十分渺小，有时犹如秋天的一片落叶，随风飘荡，不能自持，但当一个时代选择了一群人，这群人在当下的时代洪流中，选择了担当，选择了跟进，创造了新的生活，改变了一个区域甚至一个时代的面貌，这就是辉煌，这就是时代不负有心人。人类任何进步，不就是这样一代代传承下来的吗？"

渡爷说："高深的道理我不懂，但我知道大领导，绝不仅仅是来听我故事的。如果郝主任果真要为唱河渡人办事，那就请到王三娃的后人王孝存家里去一下吧。"渡爷说："自从我到唱河渡，第一次在渡口南岸遇到王三娃，我们俩的命运就连在了一起。我对他们家再了解不过了，他们不就是一户老老实实、普普通通的农民吗？可王三娃就是因为贫穷，才去偷人家的东西，结果连命也丢了。而王三娃的儿子王孝存，因为营养不良全身浮肿，得了尿糖的病，如今躺在床上成了活死人。"

郝东水说："渡爷说了，我们现在马上就去。"

渡爷说："我的腿脚还能走，陪你们去。"

说着，大家出了门，跟着白大强，往王孝存家的方向去。

王孝存的家，在河滩上一个土坎的上边，周边是些杂草和芦苇，自从一百年前，王三娃的父亲逃荒来到唱河渡，就住在这里，一百年的变化，就是草屋漏了扒掉屋顶再盖一次，或者泥巴墙倒了清出地基再垒一次，一次次倒塌，一次次重建，泥墙依然是泥墙，稻草屋顶依然是稻草屋顶，只是到了二十世纪八十年代，土墙改为破砖墙，屋顶改为牛毛毡。三间小屋，像一个无人居住的破庙，屋顶的土缝里生了野草，屋檐下的墙体，被做饭的炊烟熏得乌黑。

郝东水弯着腰钻进屋里，一股腥臭味道扑面而来。大白天，屋子里却一片昏暗，即使大开着门，也只有中间的屋子有点光线，左右两间房，只在后墙的屋檐下一尺的地方，留了一块透光的地方作为窗户，为了防寒，上面钉了厚厚的塑料纸，所以光线根本无法透进来。渡爷在堂屋喊了一声，说："大领导来看你们了。"

屋子里一个妇女，见有人进来，就拉开了电灯，这是屋子里唯一的电器。灯泡吊在一根椽子上，拉开关的绳子，则在支床板的凳子腿上拴着。白大强说："躺在床上的是王三娃的儿子王孝存，今年快八十岁了。"

郝东水走到床边，问床上躺着的王孝存得的什么病。渡爷在后面说："尿糖，二十年了，腿肚烂了。"

范小迪和侯山川上去，揭开了被子，立刻露出了已经溃烂的一条腿，更大的恶臭气味随即在屋子里散开。

郝东水问："为什么不去医院？"

渡爷说："哪来的钱？"

郝东水立即说："马上叫救护车。"

站在郝东水身边的范小迪愣了，拆迁款里可没有治病这一说。他们来的目的是为了做通渡爷的工作，促进工作进度，尽快拆迁，以免影响新区的建设，可不是来给村民治病的。

郝东水见范小迪没有动静，说："没有听见吗？"

范小迪清醒过来，说："这就叫。"说着，拨通了120，报了地址。站在后面的刘建磊，一直没有说话。

郝东水走出屋子，对跟着出来的刘建磊说："你负责拆迁，这件事情你清楚吗？"

刘建磊说："我清楚，但拆迁赔偿里没有这样的规定。我们来过四次，带了水果，也买过治疗糖尿病的保健品。可他们根本就不收，两次我们都是被王孝存的儿子赶出来的。"

郝东水看看钱黎青和侯山川，说："拆迁款里没有这一笔开支，你们也知道，国有资金一笔归一笔，专款专用，不能挪用。我个人捐一万，看看钱总和侯总的表示。"郝东水又说："我这不叫杀富济贫，是唤起大家的慈悲心。"

钱黎青说："好吧，既然郝主任出血，我们不出不像话，向领导学习，我捐五万。"

侯山川笑笑说："对钱总而言，不叫杀富济贫，对我而言，可是真正的杀贫济贫，我捐三万。"

沈山灵说："我捐五千。"

范小迪说："我也捐五千。"

刘建磊说："我捐三千。"

郝东水说："谢谢各位！如果王孝存动手术不够，缺的部分我想办法解决。以后的治疗还得用钱，靠一个唱河渡的农民之家，是负担不起的。我们可不是激情行动，回去商量一下，联合各种力量，成立一个救济小组，专门筹款解决新区遇到的类似的问题。"

郝东水说话的时候，山灵从屋子里拿出一个凳子，让渡爷坐着。一直没有说话的渡爷突然说："郝主任带头，我老汉不能没有表示。"说着，从口袋里摸出一张皱皱巴巴的五十元。郝东水赶紧说："怎么能要渡爷你的钱呢？你是唱河渡的五保户，又是革命的功臣，你的钱一分都不能要。"

渡爷有些生气，说："别忘了我与王家有三代人的交情了。你们不出手，我拿出几十块，没有用，你们发心了，那我也就凑个份子，算是尽心。"接着，渡爷说："郝主任，拆迁的事，你让我做啥吧？你说，只要为了唱河渡的人好，我一定照做。"

郝东水示意范小迪把渡爷的钱收下，说："谢谢渡爷，你老人家的心意大于天。"

范小迪接过渡爷的五十块钱，小心地夹在笔记本里。郝东水这才对渡爷说："我们等的就是渡爷这句话。渡爷说说话了，唱河渡的改造我们就有信心了。"郝东水接着说："新区已经充分考虑到村民搬迁后的生活来源，不但要让大伙住好，也要让大家以后生活好。建设新区，是给包括唱河渡在内的所有上水市人建的，不是给一部分人建的，家家过上好日子，人人不愁生活来源，这才是我们建设新区的目的。"

渡爷说："我今天碰到了真神，唱河渡真的要变了。"

第六章 终南别墅

　　钱黎青被放出来的第三天，与侯山川通了个话，侯山川告诉钱黎青，夏清河被省纪委带走了。钱黎青一惊，两条腿打了个哆嗦，他知道夏清河躲不过这一关。他没有多说什么，嗯了一声，说了一些商水长街项目上的事后，侯山川说："渡爷过百岁生日，要连续摆三天宴席，你能回来参加吗？"钱黎青十分清楚，这种时候能去吗？他怕见到郝东水，更怕见到渡爷。世上没有不透风的墙，夏清河之所以被带走接受审查，与他的供述密切相连。无论如何，不说夏清河、郝东水对他有恩，就是单从商水长街这个项目来说，毫无疑问，成功来源于这两个人的巨大支持。可是，他在最关键的时候，把他们供出来了，说到底，他用的那些套路手段，并不是夏清河或郝东水要的，而是自己给人家设的局，如果没有他，这两个人也许会清清白白做人。尽管他可以给自己找出一百条理由，说明他做那些事是没有办法的选择，可真的让他面对过去的那些合作伙伴和朋友，他还是感到羞于见人。所以，他让侯山川代他向渡爷祝寿，并送了两万块钱的寿礼。过去十几天的经历，对于钱黎青来说，度日如年，所有的经历，历历在目，不堪回首。

他被抓进去六天后，被带进一个新的房间，这里比前几天的地方明亮得多，至少背后有窗户，上午的阳光可以射进来，使屋子里变得微暖起来，使他的心情一时轻松了几分。因为他决定今天把要说的说出来，可能他们等的就是他要说的，不然要想走出去，恐怕是痴心妄想。尽管在他进来前，有人告诉他，能扛住就是真英雄，扛不住只有认倒霉。社会上还流传一句话：坦白从宽，牢底坐穿；抗拒从严，回家过年。说这些话的人，肯定没有进来过，即便轮番审讯、夜不能寐可以承受，可心理的压力没有一刻可以缓解，最初你联想到奋斗得来的一切，瞬间可能化为乌有；进而想本来要给家人创造一个幸福的生活，可瞬间把他们推进了地狱；再想多少朋友亲人要受到连累。这样，一天两天扛过去了，说了一些并不重要的，或者估计他们已经掌握的，态度之认真，语言之恳切，自己都被自己感动了，自认为说服了他们。殊不知最严厉的还在后面，心理攻势不断加码，从心灵鸡汤说到社会现实，从完全理解说到积极配合，从党纪国法说到社会公平正义，从事件本身说到社会不良风气，说着说着，你以为他们和你在平等地交流对社会问题的看法，他们还会时不时地赞成你的某些观点，说你看问题透彻、有深度。最终你以为谈话者完全理解了你，他们只是希望你早点放下包袱，把一切都说出来，这既是给自己一个出路，也是给相关的当事人一个出路。如果再不醒悟，只好让法律介入！突然之间，他们口气之强硬、态度之严厉，简直像换了一个人。终于使你的心有了漏洞，一道强烈的烈火攻进来，再强硬的钢条此时也会变形，你已经招架不住了，该说的和不该说的都说了出来。

钱黎青进来已经六天了，人家提示的，他该说的都说了，从他们的问话中，他知道多个终南别墅项目遭到了查处，进去的已经不是一个两个人，而是很多人。查处的目标很明确，这些项目是怎么拿到土地的？规划是怎么审批的？哪些官员打过招呼？得到了什么好处？抵赖无用，他进去前三天，就把自己做的终南地产项目拿地规划的过程说了一遍，有关的人和事他认为该说的都说了，当然他隐瞒了一部分重要的不该说的。实际上他不说，那些相关责任人中的多数，也逃不脱被追究的命运，他的交代，只不过增加了追责那些人的证据。但是，关于夏清河、郝东水，他一句都没有涉及，一来人家是在查处终南山违建，没有提到别的事，他不想把商水长街项目扯进来；二来夏清河、郝东水对他不薄，给他在上水的投资项目以巨大的支持，人家从来没有为难他，要说使的那些手段，无论色贿还是钱贿，夏清河、郝东水都没有索贿，而是他绞尽脑汁做的。如果他把这两个人卖了，实在有点内心过不去，他也吃不准说了这两个人，能不能让他出去，人家到底还掌握了什么线索，等着他的什么口供，他根本猜不出来。所以，这几天，他一直是人家问什么，他就回答什么，尽量把情节讲得细一些，以证明他在积极配合。昨天是个星期天，人家说给他一天的休息时间，让他好好想一想，说想通了把该说的说出来，不要有什么侥幸心理，实际上落实这些证据，并不是要把他怎么样，而是及时挽救那些犯错误的同志，惩治那些危害党的肌体的腐败分子。人家明确告诉他，只要他说清楚了，不追究他的责任。人家还关心地说：你不及时回家，正在进行的项目怎么办？如不及时处理，完全可能破产，如果那样，你奋斗了三十年的结果，可能什么也不会有了。再说，你企业发展得好，效益好，就会解决更多的人就业，于私于公都是好事呀。人家特别提醒他，反腐没有死角，有事就一定说出来，说出来不追究，隐瞒的话，一旦查实，决不放过。听口气很吓人，他想人家一定掌握了他的线索，只是等他说出来相互印证。

昨晚，他没有睡着，一直在想这些年的经历，尽管他采取了不少手段，让政府官员给他办事，但他不承认自己是一个奸商，作为一个商人，他的职业是赚钱，衡量一个商人成功与否的标志，当然是赚钱的多少。赚的钱越多，证明他越成功。他做的那些事，是基于对商业利润最大化的追求，无可厚非。周围的商人或者说中国的商人，谁不是这么干的呢？最后他认为，自己虽不算一个绝对的好人，但是一个男人，出事了就得自己扛着，不要害别人。特别是对于夏清河、郝东水两个人，他们对他情分不薄，没有为难过他什么事，能办的一定尽力办，有困难的只要擦边能办一定办，除非政策明确不允许的才不会办。商水长街的项目，本来是可以赚大钱的，最终出现资金链断裂问题，并不是商水长街的问题，而是巴山康养项目被查处，他把本应该用于商水长街项目的资金调了过去，想尽力挽救这个项目。说老实话，他在巴山康养项目上，动了大心思和大资金，在他看来，终南山用地已经被分割殆尽，连骨头也没有剩下几根了，所以，终南山以南的巴山脚下，将成为本省下一个地产开发的战场。问题出在有人举报，说他的巴山项目，是以康养的名目拿的地，最后却变成了别墅和花园洋房开发。由于有重要领导批示，省上成立了检查小组，专门到上水市调查这件事。巴山康养项目的做法，本来是这些年同行和地方政府心照不宣的通行做法，在房地产受到国家政策的限制后，到处就出现了打着康养的名目拿地的热潮。猪脑子的人都知道，以国人目前的收入和消费水平，所谓康养项目，动辄一个人一个月七八千的收费标准，有的超过了一万，哪有那么多的有能力的老人去集体养老？几乎所有的康养项目，都采取建个像样的活动中心，再建一些类似中医、养生之类的配套项目，其他的用地，统统以度假村或休闲养老的名义，开发成房地产销售。一般这样项目用地的位置，都是离城区有一段距离，但生态环境极好的地段，建成的别墅、花园洋房，满足了一部分有钱人和炒房者的需求，只要市场营销做得好，第一轮抛售，就可能把成本全部赚回来了。他当然也是按照这个套路来的，只是因为他是巴山这个地段第一家，比较扎眼，也可能动了别人的利益，所以被举报了。但他不怕出事，任何一个大项目，出事是正常的，哪里有漏洞哪里补，在他看来，如今的中国，没有堵不住的洞。所以，他不惜一切代价，想保住巴山康养项目，他甚至提前预付了建筑商一大笔钱，因为这个建筑商是省城一位很有权势的人物的亲戚，他想利用他的关系，摆平这件事。开始说得好好的，眼看问题就要解决了，突然终南别墅案升级了，由此引发了连锁反应，一切违规违法用地，特别是一些生态环境保护区域，成为查处的重中之重，他的巴山康养项目未能幸免。他不但挪用了商水长街大量资金，而且无法救活康养项目，建好的不但不准销售，而且立即拆除。这样才连累了商水长街的资金链。最终害得唱河渡新区不得不二次招商，直至唱河渡新区注入了不少资金，才使商水长街项目进入正常状态，也才保住了他的部分利益。所以，面对夏清河、郝东水时，他可以当面叫屈，说商水长街把他栽进去了，但他自己不能骗自己，事情的由来，只有他自己清楚。所以，六天的审讯中，他只字未提夏清河、郝东水的名字，他断言他俩绝不是贪官，完全称得上两袖清风。可是，他在很长一段时间里，不相信眼下官场，特别是手握重权者却分文不取给人办事，他绝对不相信，他认为夏清河、郝东水是高手，是在等待最佳时机和最大利益。所以，他给他们上了一手，只不过做得巧妙，他们似乎心安理得地接受了，不过他们的表现，令他不解，因为贪官的规则是一事一议，即办一件事得一次好处，一次结清，互不相欠。要办第二次事了，重新计算，再次结清。那些初入商场的傻帽，以为一次送了，就和办事的官员成为朋友了，第二次办事，心里想着少花点，或者事后再答谢，结果总有各种新情况不断出现，看似很简单的一件事，只要搞定一个人，即可办妥。可是人家话虽说得好，却总是出岔子，一个人变成两个人，两个人变成三个人，最终钱花了，事没办成。人家还说："对不起呀老板，这件事太棘手，政策规定得很死，不好办呀，请多理解，下次有事再说，我会尽力的。"你看钱花了，事没办成。如果这件事非得办，只好再求人说："领导再想想办法，这件事办不妥，这个项目就砸了，损失可不是一个小数目。"人家问："损失多少呀？"说出一个数，对方故作惊讶，表现出无限的同情，说："这么多，是得想想办法。"一看有戏，经朋友点拨，吸取上次教训，该出手的一次到位，这次不走弯路，不用找别人，时间不长，事情办妥。初出茅庐者成熟了许多，以后就不走弯路了，直接上手，皆大欢喜。

可这些套路，在夏清河和郝东水那儿好像并不好使，或者说完全在他的意料之外。一次，商水长街一处地块出了问题，按事先约定，这块地的一半，他建好了交给管委会，用来做美术馆，可他谈了一个外资合作教育项目，校舍由他建，外方出资金和管理，合作办一所旅游专业培训学校。他很看好这个项目，前景十分广阔，经济收益也十分可观。但校舍按设计要求面积不够，必须占用美术馆的至少二分之一面积，才能够用。他想找夏清河，希望用另一个地块，以同等面积置换。不过这是一件大事，成与不成很难说。他找到夏清河说了后，夏清河思考片刻，说："这是一个好项目，而且是上水市第一个中外合作办学项目，应该支持，不过这涉及规划调整，是一件严肃而且麻烦的事，你先找东水主任谈一谈，看他有什么想法，我持支持态度。"

在他看来，夏清河那里没说的，这件事于民于官都是一件有益的事，但能否办成，郝东水的意见是关键。如果郝东水乐意促成这件事，他会协调土地、规划部门，办理规划变更手续；如果他不同意，有一百个理由可以让你办不成。于是，他以总投资额估算，取出三十万现金，装到一盒进口苹果的箱子下面，约好第二天晚上，到郝东水的办公室谈。

钱黎青按约定的时间，到了郝东水的办公室门口，他敲了敲门，没有人应答，他轻轻推门进去，办公室里没有人，他正要退出来，范小迪推门进来了，说："郝主任的父亲突然重感冒住院了，郝主任正在医院里，处理一下马上就回来。"

范小迪给他沏了一杯茶，让他在郝东水的办公室里等。他忽然有一种兴奋，刚好找到了一个给郝东水钱的借口。

不一会儿，郝东水就回来了，他们寒暄了几句，说了说老人的病情，就开始说合作办学的项目，他将项目的细节给郝东水做了汇报。郝东水一听是中外合作办学，当然十分乐意，说："这个项目的引进，也是对唱河渡新区文化项目的一个加强，我当然十分支持。"不过说到地块调整时，郝东水确实为难了，他说："牵扯到规划的调整，就有难度。美术馆的地方，省市美术界有不少艺术家看过，赞不绝口，而且规划已经批了，调整肯定会有难度。不过既然清河同志同意了，我瞅机会给平信书记汇报一下，如果领导同意，我再上报规划委员会走程序。"

看得出，郝东水说这话时，态度极其认真，绝不是敷衍他。他对郝东水有一种感激之情。他想，谈到这个地步，该说的都说了，剩下的就是出血。他永远相信，世界上没有免费的午餐，更没有不爱肉的狼。三十万对他钱黎青而言，只是个胡椒面，但这把胡椒面撒对了，就可以改变一锅汤的味道。离开时，他说："刚从省城带来一箱进口苹果，口感挺好的，请主任尝尝，如果好的话，我还想把这个项目引到上水来。"说着，他打开了汽车的后备厢。

郝东水见是一箱苹果，没有多想，就让司机放到了车上。钱黎青又说一句："郝主任，这种苹果保存怕热，最好放到冰箱里冷藏。"

郝东水笑着说："苹果就这么金贵吗？"

他也笑着说："进口的东西总是保存麻烦。"

他们说笑着各自离开，可他刚回住处不久，郝东水就打来电话，说突然想起一件事，需要晚上再说说，说他这一周有会议，再也抽不出时间，让他二十分钟后到办公室见面。

钱黎青买的一套精装修的房子，在新开发的一片花园洋房小区里，平时他在上水时，就住在这里，比郝东水住的地方远一些，等他赶到，郝东水已经在自己办公室里等着。一进门，郝东水面无表情，不阴不阳地说："钱老板，你来这一手？"

钱黎青立刻明白，就说："一点心意。"说完看郝东水的反应，因为这不是第一次了，终南别墅里，他就听郝东水说过这句话。

不过郝东水仍然面无表情，不知道他是真的不高兴还是做做样子，他正想说知道老人住院，这点小钱，不就是让你孝敬一下老人嘛。可他还没有说出口，郝东水问："多少？"

他只好实话实说："三十个。"

郝东水又问了一句："三十万？"

他说："就是。"

郝东水说了声："出来。"

里间的门开了，郝东水的司机小宋和办公室主任范小迪，从套间出来了，司机把刚才那箱苹果放在地上。郝东水说："我不知道多少，不过是范主任和小宋当场拿出来的，没有开封。我想，三十万对你来说，虽然是小钱，但每一分钱都是挣来的，如果你拿走的话，今天就算什么事也没有发生过；如果你不拿走的话，我就让范主任保存着，明天上班交给纪委。"

钱黎青一听，这唱的哪出戏？有些不镇静了，赶忙说："我拿走，我拿走。"

钱黎青抱起箱子要出门，郝东水对小宋和范小迪说："今天什么也没有发生过。"实际上这句话也是说给他听的。

钱黎青把三十万拿回去，实在有些不解，思来想去，得出的结论是：郝东水爱色不爱财。他的理由是：对男人而言，爱财大多数时候是给别人攒钱，爱色才是自己真正享受。侯山川曾对他说："爱色的男人，特别是成功的男人，从人性的角度讲，比爱财的人品位高。不然天下就没有爱江山又爱美人这种事。"这时想起侯山川的话，觉得简直就是名言警句，立时破解了他的疑惑。

他的结论来自五年前郝东水对他终南别墅区的考察。考察前，他找夏清河，问还有什么注意的。夏清河说："本来就是个程序。我尽管对你的实力很了解，并不等于所有人都了解。所以考察你的实力，是最终形成意见的关键步骤之一。我就不去了，由郝东水主任带队就行了。接待上尽量简朴一些，不要把你土豪那一套拿出来，把大家吓住了。中央三令五申廉洁奉公，不能在这些环节出问题。"

夏清河的话，在钱黎青听来是正话反说，好像是在提醒他一定要把郝东水搞定。对商水长街这个项目，他考察分析了多次，直觉告诉他，是一次千载难逢的商机。终南山北坡的土地已经很难拿到了，而进军上水市，可以囤积一部分终南山南坡的开发用地，和汉水南岸巴山北坡的土地，一旦北京经由省城至西南的高铁通车，终南山以南将是未来地产业发展的黄金位置。他只要先进上水市，后面的一切都不会成为问题。何况商水长街，本来就是一个可以赚一笔的大项目。所以，商水长街商业地产，他志在必得。要达到这个目的，拿下郝东水是关键的一步。尽管他是夏清河介绍的，而且实力完全符合他们的要求，但对于一个有前景的商业项目而言，很难说郝东水没有留一手。即使选定了他，日后一些重要环节，郝东水配合和不配合，结果也会大不一样。政府配合密切，有些成本会大大减低，如果不配合，好项目做垮也是常有的事。所以他思来想去，把考察接待地点选在位于终南山的田园物语项目。田园物语是终南十八峪中的一处风景优美的别墅区，里面不但有一百多栋别墅，而且附带了宾馆和会所，地理位置隐秘，山水风景和交通俱佳。别墅区附带宾馆，是由五栋别墅、三栋小洋楼组成的，也就一百多个床位，不算大宾馆，但接待规格绝对超五星。各个房间的设计相对隐秘，五栋别墅每一栋单独接待，其中一栋别墅，号称七星标准的总统套间。三栋洋楼只有七层，外观和同一个项目的花园洋房没有什么两样，可内装修同样达到超五星的标准。这个别墅区，在拿地、规划、建设的各个环节，夏清河出过不少力。说白了，他做这个宾馆，就是给当今的达官贵人创造一个吃喝玩乐的独立天地。除此之外，只接待高端的论坛会议。当年田园物语是一个卖得很火、影响很大的高端地产项目。在这个地方接待郝东水一行，可以无意间和郝东水聊起夏清河，告诉他夏清河在这里有一套一百四十平方米的花园洋房。他相信这对郝东水而言，一定会产生诱惑力和暗示作用。这样，就把一个贿赂他的话题变得更自然，无形之中拉近了关系。当然，显摆实力更不用说，他坚信项目的规模和豪华，一定会对考察者产生震撼力，这就是他想要的效果。

郝东水要来的前一周，钱黎青把宾馆前台接待穆小碟找到办公室，和她进行了一场关键性的谈话。穆小碟是今年夏天刚刚毕业的大学生，她来这里应聘，完全是瞅着工资待遇来的。为了招到高素质的人才，田园物语的员工工资，几乎是市里的一倍。他相信舍不得孩子套不住狼的信条，所以，自从他参与倒卖石油获得第一桶金，介入房地产业后，他就秉承这一信条，为了达到目的，他舍得花大价钱。许多商人认为降低成本，才是发财的根本，可在他看来，高投入高回报才是王道。正因为如此，他每一次高出手，都给他带来了丰厚的收入，这就使他形成一个习惯，只要他认为看准的有巨大的升值潜力的项目，他就会毫不犹豫地出手。他第一次看到穆小碟，立刻被她的形象所打动。穆小碟看上去比较清纯，不像当今流行的长脸尖下巴的美女，而是圆圆的脸蛋，下巴稍有点上翘，反而衬托出脸形的圆润，有点像壁画上唐代仕女的样子。一双眼睛很大，却显得羞涩，好像不愿意完全睁开看这个世界。在别人看来，这样的女孩子不够洒脱，也不够大气，可在他看来，更增加了她诱人的力量。在暴露成风性感盛行的女人堆里，这种女孩子更让人动心。他没有读过多少书，但他对自己的职业素养是十分自信的，周边的一切，在他的眼里都是可以产生商品价值的资源，女人也不例外。

面试那一天，钱黎青正好在宾馆接待一位贵宾，出门时正好遇见她，而这个女孩差点和他撞个满怀。他一抬头，女孩说声对不起，接着说想见见老板，问他认识不认识这里的老总。他只看了她一眼，就被女孩的漂亮吸引了，他本来可以不理睬，可他不由自主地停下来，问："你是问哪个老总？总经理还是董事长？"

女孩说："谁说了算就谁。"

他看了她一眼，说："你跟我来吧。"

女孩跟着他到办公室，自我介绍："我叫穆小碟，省外贸大学旅游专业毕业，来应聘办公室文员工作，可面试的人通知我，让我先到宾馆当服务员。"

他问："不行吗？"

穆小碟说："干什么都可以，就是工资有点低。"

他用吃惊的眼光看着女孩，说："田园物语的工资可是市里相同工作的一倍。"

穆小碟说："是高，可我还想高一点。"

他觉得这个女孩有意思，这点常识都不懂吗？不过他倒要看看她究竟为什么会提出这样的要求。他装作很认真地问："你想要多少？"

穆小碟低下了头，一只脚轻轻地磨着地面，说："八千。"

他问："为什么是八千，而不是一万？"

穆小碟说："因为我妈得了癌症，每月的药费得六千。"

他问："家里没有其他人吗？"

穆小碟说："我爸爸外出打工受伤残废了，不能工作了，弟弟还小，刚读初一。"她解释说："之所以想要八千块的工资，妈妈六千药费，给爸爸弟弟一千块生活费，还有一千我用。"

他动了恻隐之心，问："不租住处吗？"

她说："这里不是管住吗？"

恻隐之心过后，他立即动了另一种心思：留下这个女孩，会是一个很好的诱饵，也许某一天能发挥巨大作用。只会用兵却不知道囤积粮食和弹药的将军，不是一个合格的将军。于是他假装为难的样子说："我是钱黎青，你这个要求我理解，但企业总有企业的规定，我得和执行团队商量一下。"他和蔼地说，"你留下电话，有结果后我通知你。"

女孩显然被他说的话感动了。她连忙说："谢谢，谢谢！麻烦你一定给老板说说。"

他答应了，本来应该让女孩离开，但他又看了看女孩，问："你是哪里人？"

穆小碟说："上水人。古褒国褒姒的家乡。"

怪不得这个女孩这么漂亮，原来是古代美女褒姒故里的人。尽管他没有读多少书，连历史上的朝代也说不上几个，但他听别人说过烽火戏诸侯的故事。记得还在杜乐天石油公司上班的时候，一次饭局上，杜乐天说："打败男人只有一件利器就够了。"别人问是什么，杜乐天说："美女呀。"别人又问："女人真有那么厉害？"杜乐天说："你们这帮吃货，只知道喂上半身，有钱有权的人，喂上半身已经不足为奇，要想把给你办事的人拿住，伺候好他的下半身是最好的手段。古代有周幽王为了博得美人一笑，可以点燃烽火台，拿国家的存亡开玩笑，那个叫褒姒的女人，值几十万大军。今天的贪官，哪一个背后不站着几个女人？"

听了杜乐天的高论，晚上回家，他专门上网查了褒姒的资料，原来周幽王攻打褒国，褒国兵败，献出褒姒乞降。周幽王得到褒姒后，对她很是宠爱。由于褒姒整天不苟言笑，周幽王为了博得褒姒一笑，不顾众臣反对，多次点燃烽火台，使各路诸侯匆忙赶去救驾，结果被戏弄而懊恼不已。公元前七七八年，褒姒为周幽王生下儿子姬伯服。从此周幽王对褒姒更加宠爱，最后竟然废黜王后申后和太子姬宜臼，而立褒姒为王后，姬伯服为太子。公元前七七一年，申后之父申侯联合鄫国、犬戎攻打周幽王，周幽王点燃烽火台，而众诸侯担心再次被戏弄，并未出兵，致使周幽王、姬伯服被杀于骊山之下，褒姒被犬戎掳走，从此下落不明，西周灭亡。他钱黎青这点运用女人的手段，还是从杜乐天讲的这个段子开始的。

他笑着对穆小碟说："我没有见过褒姒，我想褒姒也不过就是你这样的。"

穆小碟有些受宠若惊，脸一红，说："哪能。"

他再没有说什么，让女孩把自己的名字和电话写在一张便笺上，他也把自己的名字和电话给了女孩。他说："你回去等结果吧。"

女孩还不知道他是谁，但他相信女孩离开他办公室后，不出十分钟，她就会从网络上，查出钱黎青这个名字，当她知道他就是田园物语的老板，一定会万分激动，焦急地等待他的回音。

果不其然，他有意拖延了三天，第三天他给穆小碟打电话，手机只响了一声，就被接起来了，可想而知这几天她一定手机不离手，时刻在等着他的回话。他还没有说话，穆小碟就焦急地问："董事长，定了吗？"

他猜得没有错，她一定知道了他是谁，而且知道他的实力。钱黎青这个名字，对这么一个小女孩而言，是一个雾里看花的玄幻故事，他给她的任何恩赐，都会使她感激涕零。他本来在田园物语，他却说:"我在市里,你把地址发给我,咱们见面谈谈,我马上去另一个地方谈项目,谈妥了你明天就可以来上班。"

穆小碟激动得一时说不出话来,嗯嗯了两声,就把地址发到了他手机上。

一个小时后,他赶到了穆小碟在的地方,是一个城中村,杂乱无章,他让穆小碟上车后问:"怎么在这里?"

穆小碟说:"没有上班,在同学的住处借住。"她见车上没有别人,问:"董事长还自己开车?"

他说:"有时自己开车方便,也不浪费另一个人的时间。"

穆小碟坐在副驾驶位,她的脸色通红,显然处在激动中,两只眼睛更加迷人,像喝醉了酒一样,充溢着一汪清澈的泉水。他判定,穆小碟接到他的电话后,一定做好了所有的准备,因为她很聪明,知道天上不会掉馅饼,一切收获都是要付出代价的。他瞅了一眼她通红的脸颊,又一次动了恻隐之心,如果她是他的女儿,他一定会让她出国留学,回来后再给她一份轻松而体面的工作,让她跟着老爸享福。可惜她和他没有任何血缘关系,只好委屈她了。这也许就叫命,他突然觉得那些常常高喊人生而平等口号的人,根本就不知道真相,实际上人一出生就不平等,至少出身决定了你命运的一半。

穆小碟见他没有说话,反而有些不自在。她说:"董事长有什么吩咐,小碟能办到的一定尽心尽力。"

在他听来,这句话等于告诉他,他提任何条件,她都会百分之百地去办。不过他知道最佳出手时间,何况只是备用,现在并没有明确目标,所以,他只会欲擒故纵。他说:"穆小碟呀,你提出的要求,本来是没有先例的,我不说你也明白,哪一个单位,会高薪聘请一个刚刚毕业的大学生?"

他再看她一眼,她脸色更加潮红,面色很是动人,他竟有些心猿意马，不过他清楚自己的用意。于是他接着说："不过你的情况值得同情，我给总经理说了说，薪资就按你的要求办，每月八千，三个月试用期满，可以办理劳动保险，不过职位嘛还是留在酒店，就不做服务员了，做前台接待。"

穆小碟一听，眼睛里立刻流下泪水，激动得说不出话来。

他继续说："本来应该先干服务员，再做前台，可是这么高的工资做服务员，人们会有议论。不如直接做前台，你也符合条件，就说是专门聘请的，你可要尽快熟悉工作，只有做得好，才能顺理成章。"

穆小碟终于平静下来，她连忙说："谢谢董事长给我这个机会！"她看他一眼，"我知道这是特例，无功不受禄！我懂得滴水之恩涌泉相报的道理，董事长还有什么需要我做的，我一定不会让你失望。比如两份工作也可以，上班的八小时之外，酒店里还有什么事，比如打扫房间之类的，我都可以做。"

在见穆小碟之前，他就想好了，一定把有些话讲明白，以防以后遇事需要她时，她不愿意。他就说："这倒不需要。哪有这样的事，干前台接待，又干一份服务员的工作，人家还认为我是一个压榨员工血汗的吸血鬼。"

穆小碟听到这里笑出了声，说："董事长挺幽默的。"

他说："人才就是人才，该用人才的地方，才用人才，否则就是浪费。"

穆小碟完全解除了紧张，她笑着说："啥人才不人才，只要董事长需要的时候，吩咐一声，一定照办。"

他听到这里，不想再兜圈子，就说："有些事真的需要的时候，你不一定愿意。"

穆小碟想也没有想，说："有啥不可以的，董事长的大恩想报都找不到机会哩。"

他不给她思考的机会，马上说："要你不想给的呢？"

穆小碟一怔，看着他，似乎在极力想象他的话的意思。片刻之后，她小声地说："只要董事长需要的，我照办。"

她这么快就答应，他有些意外，不过他想过，如今的女孩子不是傻瓜，她想得到这种报酬，一定设想过各种可能。于是，他强调了一句，说："答应过我的可一定不要反悔。"

穆小碟的双颊终于没有了红晕，脸色变得苍白起来。她说："我知道自己的处境，除了自己以外还有什么呢？"

穆小碟说这句话时，神情黯淡，好像背负着不可承受的负担，在那一刻，他又一次动了恻隐之心，他甚至在心里骂自己是一个魔鬼，是一个乘人之危的小人。不过他很快说服了自己，他是办企业的，不是慈善机构，他所做的都是交易，既然是交易，没有回报的事是不可能干的。于是，他说："小碟，我理解你，不过你放心，田园物语不会亏待你的，我们对任何一个为企业做出贡献的员工，都要给他足够的报酬，一定配得起他的付出。"

穆小碟说："我相信。"

在车上谈话结束后，他一个人开着车，在环城路上飞奔，他的心情沉重极了。小时候，娘告诉他：做人一定要善良，自己不愿意做的事，绝对不要让别人去做。上学时在书上看到孔子的话：己所不欲勿施于人。他才知道了娘的话是有来历的，不是随口说的。他想坚持这样做，可很快他发现，事情完全不是他想象的那样。对他刺激最大的一件事，是他高中毕业后，给陕北一个搞石油的老板杜乐天打工，老板看他能干，而且身体强壮，为人也实在，就让他给自己开车。一天休息时，他在自己家的梁上挖树苗，突然有几个人走过来，站在他家屋后说事，其中一个人指着他家的位置说，按有关资料分析，这一条线上应该有石油矿的，从最近一段时间提取的地质分析，这家人的院子里，很可能就有矿。他一听，十分激动，

那时陕北人找矿找疯了，人人都想通过石油发大财。他想如果他家院子里能打出一口油井，那真的是天上掉馅饼，一不小心被金砖砸中了。可激动归激动，他只是一个打工的，对石油勘探开采技术不懂，何况没有资金呀，他自然联想到了自己的老板。杜乐天是五十年代生人，"文革"后考上矿业大学，参加工作十几年后带着技术下海，这几年开采石油发了财，有技术、有资金。当晚他就赶到打工的油田，在一家饭店找到了老板，说了他听到的信息。老板说知道了，让他喝了一杯酒回去了。第二天，杜乐天带着几个人，来他家院子里看了看，没有说什么，大约过了十几天，老板带了几个人和钻机来，钻了多半天，拿着样品回去了。

又过了十多天，有一天上午八点多钟，老板喊他开车，说去一趟省城。一般老板去远的地方，都是提前一天打招呼，让他给家里说，可今天这么急，恰恰他娘这几天身体不好，他正准备上午请个假，下午带娘到医院去。他把事情说了，老板说："推一天，我们晚上就赶回来，明天上午开车送你娘去看病。"

老板口气坚决，他没有办法，只好匆匆赶回去给娘说了一声，接着拉着老板去省城，路上走了五个小时，老板只给他说了一句话："到了地方，你在车里等着，我上楼去办完事，咱就往回赶。"

他感到奇怪，每次去省城，老板都会带着办公室主任安排吃住，一般都住在五星级的大酒店，白天办完事，晚上喝完酒，就进夜总会或歌舞厅，半夜两点以后才睡觉。这次却要当夜返回，他想老板肯定可怜他娘病着，于是他记住了老板对他的好。

他们一路未停车，也没有吃饭。车进了省城，拐了几个弯，进了一处高档社区，门卫联系过住户后，就让他们的车进了院子，老板打开车的后备厢，从里面取出一个大皮箱，看起来很重，他急忙上去帮忙，老板却说他自己来。取出皮箱后，老板让他在车里等，叮咛人不能离开车，说他十分钟左右就会下来。老板今晚的神情与过去不同，好像老怕他听不懂自己的话。老板上了楼，他站在院子里看了看，这是一个高档别墅区，院子里种了许多古树，中央一汪湖水，即使晚上，一弯月牙清晰地映照在湖水里，说明水有多清呀！悠悠的灯光显出几分神秘，周围静得可怕，好像没有车辆通过，根本不像在市区，就像终南山里一个僻静的山谷。跑了七八百公里，感到稍有些累，他还想在院子转转，见有保安走过来，他就赶紧钻到了车里。

果然十多分钟后，老板就下楼了，钻进车里后，口气很重地说："饿了，去吃饭。"

他们到了经常吃的一家粤菜馆，美美吃了一顿，当晚赶回了家。

又过了几天，晚上老板在当地一家最好的酒店请客，来的人他认识，是一个不小的官员。平时是陪客的人都到了，被请客的人，基本是最后一个到的。那晚，那个不小的官员先到了，老板当然早早在包间里等着。老板见官员到了，就让他到车里去拿酒。他刚出包间，老板就把门关上了。那家酒楼没有电梯，出于好奇，他快步下楼，从车里拿了酒，又飞一样地跑上来。当他走到门口时，有意停下脚步，没有进去，这时包间里传出那位官员的话，声音不大，但情绪不小，他说："你杜乐天门道不小，傍上了个大人物，可我要问你，这件事还得我这里办，我给你办了，你发了大财，我有什么好处？"

那人的话刚落音，老板就说："哪能忘了大哥你呀！早就准备好了，喝完酒到你家去。"

那个人说："还算懂事。"

这时，有服务员送茶，他赶紧敲门，老板在包间里说："进来！"

他退了一步，让服务员先进，接着他进去。老板和官员的对话停止了。

那晚官员喝得并不多，很快他喊今天累了，想早点休息，老板自然配合，对其他几个陪酒的老板说："书记今天真累了，如今这官不是好当的，累得像狗一样！兄弟们改日再喝。"说完，把当官的送到了楼下。

这工夫他到吧台结了账。送走官员后，大伙散去，老板让他开车直接把自己送到了那个官员住的小区，就像上次在省城一样，老板让他在下面等着，一个人提了一个密码箱上了楼。前后也就四五分钟，老板就下楼了。

又过了几天，他开车送老板到榆林去办事，路上老板对他说："大钱……"老板不叫他小钱，而是叫大钱，因为老板极度迷信，说一定得叫大钱，他不会让一个叫小钱的跟着他。杜乐天说："公司花了很大的代价，分析了样品，有迹象表明可能有油矿，但得多钻几十个孔，可又不能在你家里乱钻，这样吧，你们干脆搬迁算了，在市里要商品房，还是重新要块地基箍几孔新窑，都可以，这钱公司出。这样，找到矿了更好，新房就算公司给你们的报酬，找不到矿了也无所谓，不管咋样，以不影响你们家里的生活为原则。"当时他听了老板的话挺感动，想不到老板会这么大方，他家的窑洞也确实老旧了，应该箍几孔新窑了。他回家和父母、姐姐一商量，大家共同的意见是，到榆林城里作甚，还是要块地基箍几孔新窑。第二天，他把这个意见告诉了老板，杜乐天痛快地说："这事你们就不用管了，公司给你们办就是了。"他就代表家里人，和老板的公司签了新旧房置换的合同。合同条款约定，公司给他家箍一排石窑，总面积不低于四百平方米。他家搬到新房后，老房的地块使用权归公司所有，所有用地手续，都由公司办理。他们全家对条款很满意，不动手不操心不费神，就有新窑住了，这样的好事打上灯笼也难找呀。老板说到办到，一个月后，地基手续就批下来了，三个月后，一排向阳的新窑就起来了，总共六孔，全部一石到顶，窑里面生活设施齐全，水、电、路一步到位，门前一个大院落，连场院边的枣树都已栽好。那时候在他们那个村子里，这种气派绝对风光，惹得一片羡慕。

他家搬走后不久，老窑被拆除，很快杜乐天在原来的地方立起了石油机械，时间不长，油井就冒出了油。钱黎青虽然不懂，但听别人讲，这是贫油带上打出的一口富油井。时隔不久，老板找到他，对他说："大钱，最近公司应聘了一个军队的士官，在部队上给首长开了十多年车，而且还有点功夫，所以，公司准备让他给我当司机。"他一听明白老板的意思，老板钱多了，想找一个司机加保镖，就说："公司给我调个能胜任的岗位就行。"老板问："你想干什么呢？"他觉得自己一没有技术，二没有文凭，不知道除了开车还能干什么。他想了想，说："老板看我能干啥就给个啥活，只要工资不减就行。"老板考虑了一会儿，说："干个技术活或管理岗位，你拿不下来；当工人吧，太委屈你了。这样吧，我给你一百万，你自己去创业吧，自己给自己干，自己给自己当老板。"他一听吓了一跳，那个时候，省城的房价一平方米才一千多块，一百万差不多能在省城买十套房子呀！他以为听错了，就问："老板，真的？"老板说："你跟了我几年了，我啥时骗过你？"他想想，老板是没有骗过他。他一激动，想也没想立即同意了。当他拿了一百万从老板那里走了后，遇到老板公司的一位高管，刚刚辞职，这位高管告诉他："你家院子里那口油井，完全可以把老板送到亿万富翁的位置，老板怕你以后闹事，所以提前解决了你。"高管接着说："说句老实话，那口油井完全是你家的，你不搬家他没辙，你没讲条件就让了地方，他送你三分之一的干股也不为过，业界有这样的先例。盖你家那几孔窑也就十几万块钱，又用了一百万把你打发了，你看与你一点关系也没有了。"

听了那位高管的话，他回去想了两天，觉得杜乐天太黑，不够善良，做得不合常理。他就找了个时机，打听好杜乐天在公司的时候，直接到他办公室，敲开了杜乐天的门。老板见他进来，有些吃惊，问："搞到个啥好项目？开业了吗？"他毫不客气说："搞啥也没有打油快。"从他不悦的表情和不善的话语中，杜乐天马上猜出了他的用意，就从办公椅子上起身，指着沙发说："坐下来聊。"说着，杜乐天从办公桌的一端转过来，先在沙发上坐下，他只好跟着坐下来。杜乐天问："还有啥需要我帮忙的吗？"

帮忙？说得轻巧！他不会拐弯，有话直说："一百万太少，干不了个啥。"杜乐天睁大眼睛，说："当时你听了以为听错了，还问我是真的吗，怎么这会儿又嫌少了呢？"他说："因为我不知道我家里这口油井可以赚一个亿。"杜乐天并不惊讶，他说："小钱呀……"他把大钱改小钱了，"话可不能这么说，油田是在你原来的家的地方，可你是自愿搬走的，而且住进了公司提供的新房，这可是有合同的。这个油井的开采手续，也是以公司名义上报审批的，与你家没有半毛钱的关系。再说，我也是冒了风险的，万一投了钱打出了个干窟窿还不是归我？既然你这样想，我就实话实说吧，那次你跟我两个人到省城，你知道我干吗去了吗？给人送钱去了。你知道送了多少吗？五十万美金加一百万人民币，加起来三百五十万，而且不是送给当事人，是一个和领导很铁的托办的。还有那天酒后也是去送钱的，多少？二百万呀！"

他一听，后背直冒冷汗，倒不是怕什么，而是被彻底惊到了。这笔钱对他而言，绝对是一笔巨款。他还没有醒过神，老板说："就是你不搬家，你自己能办得下开采手续吗？假设你有这笔钱，办下手续你有钱和技术开采吗？"杜乐天说得理直气壮，说完后看看他，又说："还有啥问的，我一次给你说明白！"

还问什么呢？杜乐天说得句句在理，他提不出任何一条理由反驳。他站起来，想离开，杜乐天却叫住了他，说："好不容易来了，再聊几句。"杜乐天说："大钱呀……"他又改回来了，"耶稣有句话，叫恺撒的归恺撒，上帝的归上帝，中国人说在商言商。我这些年经商，没有多少收获，但有一条我算看明白了，商业的目的就是追求利益最大化，良心良知、合乎不合乎人情，这些看不见摸不着的东西，是你心的判断，只要你不违反法律，就可以干，干得越彻底越接近你的目的。"杜乐天言犹未尽，继续说，"你还年轻，搬家前你为什么不去多问问别人，看看这样的事情该怎样处理，才能得到最大的利益？我给你一百万时，你同样不应该那么快就答应，应该问问同事，或者咨询咨询相关的人，甚至找个律师问问，提出你自己想要的数字，这些问题不就解决了吗？可你一个也没有做，怪谁呢？就当交学费吧，以后要经商，记住我的话：追求利益最大化，不要纠结于人情和面子。"

他要起身走人，杜乐天又说："看在你跟我几年的分上，我告诉你几句真言，在中国经商，除非你做小买卖，仅仅维持生计，但凡大点的事，涉及方方面面，事情越大，涉及的人和事就越多，你挣一百万，记住里面至少百分之四十，甚至一半是别人的，你不给别人，或者你给别人花不出这些钱，你就准备着不要干了。偶尔成功不算啥，每次都成功，或者大多数时候成功，才算真正的成功，才能立于不败之地！我想送吗？我当然不想送，但我为啥还要送？就是把该给别人的给别人，自己不吃独食！"

他虽然沮丧地走出了杜乐天的办公室，但他记住了杜乐天的话，他用一百万元注册了一个实业投资公司，十年间和人合作了两个地产项目，他的财富就超过了五千万。而终南山田园物语别墅区，是他第一次单独开发的大项目，一举成功，使他的财富向十亿进发，接着的终南山第二个项目第一期，就让他身家暴涨到十五个亿，第二期、第三期正在操作中。这些大项目要想获得大成功，得用非常手段，过去靠的是，以后也用得着。送钱送得他手软，但也有人不要钱的，美色是紧排在金钱后面的杀手锏。

想到这里，他的心理平衡了。他想这个经济飞速发展的商业时代，一切以金钱衡量价值的时代，必定有人要做出牺牲，像穆小碟这样的女孩子的命运，只能这样，也算是对社会的贡献吧！他很快调整了情绪，他想自己预备了一个相当满意的诱饵，在一定机会，一定会钓到一条大鱼，给他带来丰硕的成果。此刻，宽敞的环城路，虽然不停地转弯，但前方一清二楚，像一条通往天堂的路，没有尽头，这正是远方诱人的地方。

随后，他不但满足了穆小碟关于薪资的要求，而且把她妈妈送到了省城医疗技术最好的上京医院，又花了二十多万，给她妈妈的肠癌做了手术。他做的这一切，就是为了加大利用这个诱饵的分量，让这个诱饵在随后的某一天，在一种无法拒绝的自愿中，实现他的目的。当她母亲动完手术出院的那一天，穆小碟跑到了他的办公室，几乎是哭着跪在他的面前，说："钱总的大恩大德永记在心，只要钱总用得着的时候，我会尽一切努力回报的。"

这一天终于来了。商水长街项目的介入，是他跨过终南山进军陕南的关键手笔。几年后贯通的高铁，经过上水，北上可以经省城、河北、天津达北京；南下可经四川、重庆到达云南边陲，往西可以与古丝绸之路贯通。中部城市中，上水必然成为下一个蓄势待发的商业热点。要想达到这一步，在郝东水身上下功夫，是值得的，而且是必需的。唱河渡新区虽然已经有几家大型国企有投资意向，但他的投资对唱河渡新区的开发，仍然有着关键性的作用，而且他是夏清河介绍引进的。不过他永远相信"开门招商，关门打狗"的名言，这是三十多年来无数投资失败者，用血泪和金钱总结的教训。进去了，要想不被关门打狗，当地的主政官员，特别是一把手，起着关键中关键的作用。他要用半年前储备的诱饵，来解决这个问题。田园物语的接待，正好用来对付郝东水。他认为他必胜无疑，他的理由很简单，人之所以是人，是因为人上半身是神，下半身是魔，合起来叫人。神的部分是管精神的，正儿八经做事的，时不时吟诗作画、唱歌跳舞、舞文弄墨、学问研究，还会搞些信仰、宗教类的高雅动作，号称文化。下半身是魔，专门用来满足自己欲望的。有的人不承认自己下半身是魔，他们满口的仁义道德，实际上，这样的人很可能上半身也是魔，只不过没有机会罢了。色欲如吃饭，必不可少。一个段子手说，所有的男人都爱色，除非他死了。身体魁梧、正当壮年的郝东水岂能例外？而这一切，做通穆小碟的工作，让她配合是前提条件。

上午九点一上班，他给穆小碟打了电话，说："小碟吗？到我办公室来一趟。"

穆小碟在电话那一头，显得十分高兴，问："钱总，回田园物语了吗？"

他说："是啊。"

放下电话几分钟，就有人敲门，肯定是穆小碟到了，他说了一声"请进"就站起来，迎到门口。

穆小碟推门进来，有些受宠若惊，没话找话说："钱总，你出去一趟，一点疲惫的样子都没有。"

他让穆小碟坐在沙发上，他拉过一把椅子，坐在穆小碟的对面，这样可以面对面说话。椅子也比沙发高一些，从视觉和心理的角度，他在有利的地形。他大多时候与人在办公室对话，都会采取这种方式，他感到舒服。

他打量着穆小碟，一时竟不知道该怎么开口，毕竟这个女孩的美打动了他，他有过恻隐之心，他这样做，实际上就是把这个女孩，用提前预支的金钱把她卖出去。突然之间，他竟产生了一丝羞耻感。他想起一位名人说的话：有羞耻感，说明你还没有完全丧失良知。可这是没有办法的事，谁让她长得这么好看，家里又遇到母亲生病呢？而她又为什么偏偏到他的公司来应聘，他又恰恰有这样的需求？一切看起来，都是命运设定好了的，这不是他的过错。如果这个女孩由此获得了她所需要的，并从此幸福了，不是他的功劳；同样的逻辑，如果她由此失去了人生想要的爱情，使以后的人生变得不幸，那也不是他的过错。正如这世上有人发财，就有人受穷一样，是天定的规律。想到这里，他释然了，他又看了穆小碟一眼，说："老板遇到了一件重要的事，需要你帮忙。"

穆小碟想也没想，说："老板说笑话，一个小小的前台接待，有啥能耐可以帮到大老板？"

他说："有人看上了你。"

听到这句话，穆小碟突然脸红了，她抬起头，一时不明白他话中的意思，只是用大大的眼睛看着他。

他想不能拐弯了，就说："还记得你说过的话吗？"

穆小碟点点头。

他说："这个忙你帮了，你欠我的情就算还清了。如果还有什么需要的，尽管说，像以前一样，我一定帮你办到。"

到这时，穆小碟似乎明白了老板的用意，她低声说："老板的大恩大德，我说过无以回报，什么忙你说吧。"

他知道在心理上，穆小碟已经有了准备，就说："最近在上水市谈了一个商水长街的商业开发项目，前景很好，但要拿下这个项目，不能不出血，谁想那个领导有想头，我不得不让你出面摆平。"

穆小碟的脸色，像上次一样，一下子变得有些苍白，不过她还是说："听老板的安排。"

他怕穆小碟理解有误，就加重语气说："他带队来考察，你负责专门接待他，我会把他单独安排在一栋别墅里，你晚上不要离开他。"他看着穆小碟说："他提出什么要求，你都得满足他，懂吗？"

穆小碟低下头，点了点。

为了把穆小碟套住不出问题，他抛出了提前已经想好的条件，说："这件事情办了，你给集团公司立了大功，公司考虑在市里奖励你一套一百二十平方米左右住宅的首付，你不是想把你父母接到城里来生活吗?"

他猜想这个承诺，一定会打动穆小碟，让她明白这样的付出是值得的。这年头不缺女人，缺的仅仅是她这样清纯的女人，否则他不会用这么大的代价，贮存她这个诱饵。

穆小碟的身子似乎在颤抖，她抬起头，眼里分明含着晶莹的泪花，说:"谢谢老板!"说完这句话，她的眼睛依然看着他，半晌才低声说道:"我没有谈过恋爱，还是处女。"

这句话，如同晴天响起一个炸雷，立即使他陷入一种莫名其妙的嫉恨之中，到底嫉恨谁，连他自己也不明白。他身边从来不缺女人，性趣对他来说，并不强烈，但此时，站在眼前的女人，使他的欲望迅速膨胀。尽管他无数次和眼前这个女人对视过，但此刻他突然发现，他对这个女人并不熟悉，今天第一次发现了这个女人独特的魅力。白皙的皮肤，就像黄河截流时他在河底看到的，经过千万年冲刷的白色鹅卵石，细腻而光滑，皮肤上温润的色泽，不是来自皮肤表面，而是从肌肤下的血液里透出来的，带着奔涌的激情和无尽的隽永。这样的女人，在他过去的交往中，从来没有遇到过，他咽着口水，周身燥热。他突然把穆小碟与褒姒联系了起来，周幽王为了博得美人一笑，不惜点燃烽火台，这个极品的尤物太珍贵，一个如可以让周幽王亡国的利器，作为礼物送郝东水还是其他什么人，太不值得。瞬间，他想占有了这个女人，然后再送出去，至少第一次是他的，用过的东西再送人，心里舒服。他冲动地站起来，想一下子把这个女人搂在怀里，抱到里间午休的床上，彻底解决了她，然后再说接待郝东水的事。就在他站起来实施自己的行动时，他从穆小碟的眼中，看到了一丝幽怨，尽管她站的方向背光，但他还是从她的眼光中，发现了让他沮丧的眼神。正是她的眼神，突然使他清醒过来，他相信，如果刚认识的那一天，或者送她母亲去医院的那天，或者今天之前的任何一天，只要他要，他提出来，这个女人会出于感恩或其他理由，毫不犹豫地给他。可是，他一直把她当诱饵养着，预备着来日派上大用场，今天要把她抛出去，完成捕捉目标的任务，突然起的这个心念，显然显得唐突，即使这个女人同意，味道也变了。如果这个女人和自己有染后，拒绝再和其他男人来往，就有了充分的理由，但对他来说，想好的方案就无法实施，岂不是坏了大事。而目前对他而言，拿下商水长街项目，并顺利建设运营，才是他最大的目的。猛然间，他的眼前出现了幻觉，郝东水与他怒目相视，他周身打了个战，一下子清醒过来。

他退回到办公桌后面的椅子上，坐下缓了一口气，不知是说给穆小碟听，还是说给自己听，他说："委屈你了。"

穆小碟眼神幽幽地看着他，说："这可能就是命运。"

他听得出来，穆小碟这句话，等于认可了他的安排。于是，他详细给她讲了接待郝东水的细节，从吃饭喝水，到整理床铺，再到可能出现的情况的处理，假如郝东水婉拒上床，应该说什么，怎样打动他，让他欲罢不能。总之，他既像一个大集团的接待办主任，又像做男女生意的皮条客，开始讲的是一些礼仪，后面说的全是勾引的手段。说完后，连他都认为自己怎么这么下作呢。不过他给了自己一个理由：穆小碟是一个没有和男人打过交道的新手，这个事情又不能失手，所以，他必须把可能遇到的统统告诉她。

当钱黎青布置好了陷阱，自鸣得意地坐等结果的时候，穆小碟却躲进自己的单间宿舍里，伤心地抹着眼泪。尽管她走入社会才两三年，但她已经彻底知道了生活的艰难。在她刚刚和同学合租住进城中村时间不长，就明白了周围的出租房里，那些和她同年龄的姐妹们的生存状态，其中不少人二十出头，也有嫁了人又离婚的，多数只上过初中或高中，还有小学毕业的。大多数人进城打工，先进工厂做工或进商店帮人卖货，不久又辞职了，因为工厂里发的那点工资，或雇主给的那点报酬，除了吃住，剩下的已经不多，根本无法面对家里的困境。如果父母身体健康，还能出门打工，她们的遗憾只是不能买到喜欢的化妆品；如果父母身体有病，再有弟弟妹妹上学，她们那点收入，根本解决不了问题。她们有孝心，对弟弟妹妹有爱心，但无力帮助。最终她们不得不选择进入那些看来收入诱人的行业，有的甚至以年轻的身体，换得看来不错的收入。刚刚接触这些姐妹时，她有时看不起她们，认为无论吃什么苦、受什么累，也不能出卖不该出卖的东西。可是她很快发现，她的这些看似正确的想法，在现实面前不堪一击。当她真的遇到母亲住院，需要花一大笔钱的时候，她才知道自己除了年轻和美貌，再没有任何东西，她进一家贸易公司实习三个月，每月的工资刚够吃饭和租房，如果要给母亲治病，她得不吃不喝工作十年。

两年多前，当她把钱老板答应的工资待遇，告诉同室的女同学时，同学激动地跳起来抱住了她，说："天下还有这么大方的老板?!"

高兴之后，她有些忧伤地对同学说："老板愿意花这样的大价钱，一定会有他的想法。世界上没有免费的午餐。"

同学说："不就那个事吗？一个女孩抱着追求爱情的真情，谈了三年甚至更长时间恋爱，把什么都给了渣男，最后啥也没有得到散伙了，你说亏不亏？不管怎么说，老板给你的这个实惠，总比渣男强出一百倍。"

穆小碟说："我已经想通了，我老家古褒国的国王，为了自家的利益，可以把褒姒献给周幽王，这是女人自古以来的命，我现在把自己献出去，至少是为了我的家人。"说这话时，穆小碟的眼里充满了泪水。尽管她心里迈不过这个坎，但眼前的现实她必须接受。她不想重复城中村出租屋里不少姐妹们的遭遇，少年时幻想的爱情、大学里坚守的纯真，在她面对母亲的重病和家人的困境时，变得十分缥缈和遥不可及。她没有别的祈求，只希望能帮助母亲治好病，报答二十几年的养育之恩。她有错吗？她没有错，她的选择是无奈的，却是必须的。她不为爱情，只是为了生活。她所要估计的是，确定把自己献给一个男人，就要从男人那儿获得足够的收益，她认为钱老板出的价码值得。尽管她想起这件事，心里就像钻进了一只苍蝇，四处乱窜，搅得她难受，甚至时不时感到恶心，可她必须这样做，钱黎青不是在做慈善，他是在用金钱与一个他看上的女孩子做交易，这点她十分清楚。所以，她早就有了心理准备，如果哪一天老板要她，她会毫无怨言地把自己给他。

可她万万没有想到的是，老板居然让她去陪一个陌生的男人。那个在老板钱黎青看来十分重要的人物，对她来讲，是一条巨大的鸿沟天堑，是一座氧气稀薄的高山，自从老板告诉她那一刻起，她的心里时刻充满着恐惧。她没有学过心理学，她更没有过与男人打交道的经历，她不知道自己该怎么面对这个陌生的男人。她本来想拒绝，但听了老板的话，她知道了这件事对于老板的重要性。她答应过老板，只要他需要的时候，她一定会尽心尽力，她不能食言。再说，她知道滴水之恩涌泉相报的道理，她没有别的任何东西，只有二十三岁的身体。她知道这样做是不对的，甚至是罪恶的，她更清楚那些不能出卖肉体和灵魂的名言警句，可在贫穷的折磨中，面临无可选择的困境时，一切尊严和高贵的说法，显得那样贫乏和无力，一切说教都显得那样矫情和无意义。她曾在一本书里读到一句话："在权力和金钱交易中，多数女人成了被侮辱和被损害者。"她不愿意拿这句话为自己开脱，但她知道自己必须接受现实，明天按照老板钱黎青的安排，伺候好那个陌生的男人，去还她欠钱黎青的债。

第七章　田园物语

钱黎青记得很清楚，他和穆小碟谈话的第二天，郝东水他们按时到达预定地点，开始考察。

那天，天气很好，阳光明媚，天蓝得没有半点云彩，像一个蓝色的大包袱，紧紧把终南山包裹在其中，他看着天色和自己的产业，他感谢老天对他的眷顾，似乎无际的蓝天，覆盖着的大地都是他的，这些背后的山峰和脚下的谷地，瞬间就会长出财富。当天早晨七点钟，郝东水一行，从上水乘两辆面包车出发，一共十一个人，上午十点，到达他的终南二期山水物语别墅区，他带着集团总经理和办公室主任，以及三个接待人员，接待郝东水一行。其中他交代穆小碟专门一对一接待郝东水，但要做得不显山不露水。两小时时间，总经理全面介绍了集团的情况，重点介绍了正在施工建设的终南二号别墅区山水物语的规模和理念。最后部分由他亲自讲解，他说，他要在终南山这座父亲大山里，建设一座森林里的城市，将居家、文化、休闲、医疗、养生、养老结合在一起，为业主提供一个高品质的田园式智能化的生活区域。尽管这个项目一期刚建到一半，二期才打地基，但占地面积和规划理念，已经深深震撼了参观者，不少人惊叹说："看来有钱人真的很多了，这样的高端项目还是第一次见识。"

山水物语别墅区考察行程结束后，他们到终南一号别墅区田园物语用餐，如果说刚才看到的只是一个蓝图，田园物语可是一个实实在在的存在，它就是深山里的一座森林城市，仅大门就让人吃惊，它是仿照电视剧《西游记》的南天门设计的，而且在大门的顶端，盖了两个阙楼，用作保安瞭望之用。钱黎青告诉郝东水一行，这个大门上刷的金粉就用了五十万，整个大门造价二百万，惊得大家纷纷吐舌头。郝东水的评价是："这哪里是田园物语，就是个人间天宫。"

郝东水问："钱总，大门是侯山川的创意吗？"

他回答："整个方案是一个有名的外国设计公司设计的，只有这个大门是我想的，侯山川接手整个项目营销时，大门已经开建。侯山川看了沙盘，极力反对，说你这是要建陵园吗，怎么搞出这么个大门，还在上头修了个阙楼，祭奠吗？我一听把侯山川骂了一顿，说，你懂不懂？中国社会正在快速走向身份认同，实际上全世界都是这样的，哪个国家没有高档社区、普通社区、贫民窟之分，我走的是高端路线，想一想，能买得起花园洋房和别墅，而且是在离开城市的山里，如果他城里没有房，他能选择住到这里吗？我挣的是城里有房，想进山度假、休闲、养生的有钱人的钱。侯山川不服，还要争，我说别，谁出钱谁说了算。侯山川没辙了，只好认同。结果建成后，反响不小，住进来的人没有说过这个大门不好。"

郝东水笑笑，说："只要不是侯山川的创意，我就不说了。商水长街要的可不是这种风格。"

他知道郝东水的意思，就岔开了这个话题，说别的了。

对大门设计风格，尽管有不同的看法，但所有人都惊叹别墅外观造型之别致、别墅区设计之巧妙、布局之合理、绿化之到位，完全实现了森林里的城市这个理念。中午用餐全部吃的是山珍野味，可以说生态绿色、营养丰富、口味独特，他给各位客人介绍说："中国人已经从吃饱迅速到了追求吃好，有人走大众饮食，也得有人走高端路线，田园物语的宣传词是：要吃海货到海边，山珍野味到田园！"随后他又补充了一句："这些野味可都是饲养的哟，我们可不违犯野生动物保护法。"郝东水听后一笑。

午餐后稍作休息，在茶社喝了一个小时的茶，就开始参观田园物语的别墅、花园洋房，以及酒店的内部结构、设计装潢、营销策略、经营模式等，在两个多小时里，从大家的表情看，尽饱眼福，一会儿惊诧，一会儿喜悦，一会儿叫好，一会儿询问，总之对田园物语充满了好奇和惊喜。不用说，这两个项目考察结束后，就已见证了钱黎青的实力和能力。

晚饭后，分头活动，有喜欢台球的，有喜欢卡拉OK的，有喜欢桑拿的。而他和穆小碟陪着郝东水，又在别墅区里一些商业网点走了走。看得出，郝东水是一个细心的人，不放过对任何细节的观察。他还询问了商业用房的比例、销售、经营等一些细节，快十点了，郝东水才跟着他，到了给他安排的别墅里。郝东水问："考察组都是这样安排的吗？"他说："不同房间都安排了，这样大家分头体验体验，使大家对这个项目有更全面的了解。"

说了几句话，他给办公室主任发了个短信，一会儿办公室主任就打电话过来了，他接过办公室主任的电话，嗯了几句，对郝东水说："对不起郝主任了，我有点事忙去了。不过这栋别墅的接待，由小碟负责，有什么事就找小碟处理。"

穆小碟马上说："董事长放心，我一定照顾好郝主任。"

告辞郝东水出来后，走了几步，他站在一块水景旁，看看水里的月亮，又抬起头看看别墅里的灯光。其他几个房间的灯，他让服务员都开着，他有意给郝东水一个印象，好像这栋别墅里住的还有其他人。实际上，整栋别墅五个房间，相互错落，又都开着灯，从外面或者房间里，根本看不出里面住了多少人。他站了很长时间，他倒要看一看，一本正经的郝东水怎么上钩。可是不一会儿，窗帘就被拉实了，遮挡得一点光线也看不见，当然更不要说里面的动静了。本来别墅的窗帘是两层的，里面一层白纱，外面一层是厚实的布料做的，一旦拉住，就什么也看不见了。过了一会儿，他竟轻手轻脚退回别墅门口，挨着墙角转到郝东水住的房间的窗户下，他想听出点响动。这栋别墅，僻静独立，与前后其他别墅有一定距离，而且中间用水景和绿化相隔。他提前交代了人，今晚不允许任何人走近这栋别墅，惊扰客人的休息。所以，连平时巡逻的保安也不会到这里来，他可以放心地在窗子下面，听听郝东水的动静，欣赏他钱黎青安排的这出无语的好戏。可是，窗户的玻璃隔音太好，好像是三层的防冻隔音的新式材料，他突然自言自语骂了一句设计师：这狗东西搞得这么厚实！站了好一会儿，听不到动静，他有些沮丧地回到了自己住的地方，不过他相信，穆小碟一切都会依计行事，马到成功。

第二天早晨，他给昨晚专门值班的保安部经理打了个电话，得到的答复是，穆小碟一晚上没有出别墅，这会儿还没有出来。他听了心中狂喜，这下拿定郝东水已经不成问题。一瞬间，心里掠过一丝扎心的疼痛，不是叹息穆小碟失去了女儿之身，而是嫉妒郝东水无意之间占了先机。他想想，知道孰重孰轻，摇摇头，算是翻过了这一页。他怕郝东水不方便，就给房间打了个电话，然后在离别墅外几十米的水景旁等。见面后，他陪郝东水到酒店餐厅用早餐，见没有别人，郝东水说："你给我来这一手。"

他嘿嘿笑笑，说："咋样？好不好？"

他看不出郝东水什么表情，郝东水却平静地说："钱老板是高手。"

他赶紧说："得罪郝主任了，多多包涵。"然后他凑到郝东水耳朵边，悄悄说："你的女人我给你看着，随时来，或者送到哪个地方都行，小弟我一定照办。"

郝东水还是平静地说："那我就提前谢谢你！"

看郝东水的表情和听他的口气，没有半点激动或感激之情，他想，这个出身小地方的家伙，看来还真是一个不动声色的高手，不过有夏清河在背后，加之他已经上手，不动声色只能说明他胃口不小。想到这里，他居然一时心血来潮，神秘地说："我可给郝主任的房间里装了摄像头。"

这次郝东水笑了，说："好啊！多少钱可以买过来？"

他要的就是这个效果，郝东水知道他在开玩笑，但这个玩笑可以达到一本正经无法达到的效果。

他马上笑着说："我哪有那样的贼胆，再说那也太小人了。我钱黎青可从来不干这种下三滥的事。"

郝东水依然带着笑脸，说："我倒认为那是一种可以理解的保护手段。"

他把郝东水的话在脑子里一转，立刻分析出来，真是高手！郝东水在以攻为守，看似给他辩护，实际上说明，郝东水一定在办事前检查了房间，确信无疑后才行动的，所以，他才有这样的口气，认定你没有留下证据。

郝东水见他没有说话，又说："我倒想有这段录像，看看挺好玩的。"郝东水说完这句话，径直向自助餐厅奔去。

他一时发愣，郝东水这句话在他听来，口气变了，好像警告他不要再在姓郝的面前耍花招。

他正要赶上去取盘子，背后有人叫了一声"董事长好"！

他一回头，穆小碟站在他的背后，后面紧跟着郝东水的办公室主任范小迪，紧跟着，考察小组的人先后都进来了。他看看穆小碟，不知道什么情况，因为公司有规定，非餐厅员工在客人用餐时间，一律不能到餐厅。穆小碟似乎看出了他的疑惑，说："郝主任让我和他们一起吃早餐。"

他嗯了一声，转身取盘子，可是在取餐的过程中，他觉得刚才穆小碟的表情，有些悠然自得，他在心里骂了一句：女人真不是好东西，谁睡了她，她就立马向着这个男人。不过他的心思很快转移到琢磨郝东水的用意，分析的结果，他想起最近流行的一句话，说有权就任性！不过郝东水这种任性，不是蛮横霸道，而是无懈可击，他恰到好处地掌握了分寸，让你有力也没有办法使出来。突然之间，他对郝东水有些敬畏起来，这个人敢于把他爱的态度示众，公开警告别人不要对他的东西动心眼。与这样的人打交道，好处是他敢干的事一定会说到做到，只要你让他满意了，想办的事情肯定能办成；坏处是你不要和他耍心眼，如果你有二心，他灭人肯定有他的手段。想到这里，他给自己定了个规矩：在与郝东水打交道时，一定要实打实，不耍花招，不搞邪的。

吃完早餐，考察小组的人全部集中到宾馆二楼会议室，总结考察结果。郝东水简短开场白后，大家轮流发言，各自畅谈感受。人们的发言很积极，内容也很丰富，不仅讲了对田园集团两个别墅项目的看法，而且说了两个项目的设计、建设及营销的经验。大家的结论是，田园集团实力雄厚，对地产业有成功的操作经验，对商业性管理和运营，也是相当成功的。坐在郝东水对面的钱黎青，当然很自得，这些人的发言，无一不在说明，他钱黎青完全有资格成为商水长街的投资商。最后，郝东水做总结，他说："田园集团两个别墅项目，尽管个别单体，譬如田园物语的大门会有异议，但总体上体现了先进的现代城市发展和管理理念，设计具有独特性，服务具有个性化，特别是商业部分的销售和经营，对商水长街的建设、销售、营运有很强的借鉴作用。我们唱河渡新区管委会的队伍，承担着两个职能，既有政府的管理职能，又有商业运营的企业职能，商水长街的开发、销售、管理、运营，不是靠政府职能，而是成立唱河渡实业开发公司，以商业的手段经营。所以，田园物语的成熟管理经验，对商水长街来说，是一个很好的学习的样板。田园集团的实力是毋庸置疑的，希望钱老板把这些成功的经验，带到商水长街，给唱河渡新区的发展贡献自己的力量。"

郝东水的口气铿锵有力，很具有煽动性，在座的人两次鼓掌，表达了他们的欢迎。但对钱黎青来说，反而冷眼旁观，他认定因为郝东水被他伺候好了，说白了就是被穆小碟伺候好了，所以他才用这种态度，向他表示感谢。他要的就是这个效果。这些年经商，他明白了一个道理，你做得再大，对社会贡献再大，如果对相关官员，特别是分管主持你项目的官员没有好处，很可能不久的将来会出现问题，扶持你可能需要百倍的努力，倒掉你可能只需要几句话，或者一两个手段。今天的成功，再一次证明他所采取的手段是一个常识，他会紧紧抓住这一点。

所以，商水长街项目招标开工不久，有一天他到郝东水的办公室谈事，谈话结束离开时，他装作无意间说了一句："我们公司的穆小碟想来商水长街看看，她听别人说，这个项目很有特色。"郝东水看也没有看他一眼，说："那是你的员工，你愿让她到哪就到哪。"回到自己办公室，他想了很久，琢磨郝东水话里的意思，到底是想让穆小碟来，还是不想让来。来有他的道理，时间长了，想呀！不来也有道理，把一个他睡过的女人突然带到他身边，肯定不方便。这些分析，翻来覆去想了好久，就是没有结论，始终在模棱两可之间。他实在有些吃不准了，就去找侯山川。侯山川是他多年的合作伙伴，可以称得上铁哥们，他就索性把终南别墅里发生的一切，都告诉了侯山川，让侯山川帮他分析，是叫穆小碟来呢还是不来？侯山川瞪着眼睛听他讲完，想了想说："你虽然是高手，但有时把事情搞得太复杂，有时却看得太简单。复杂的事情搞简单，简单的事情搞复杂，这就叫错位，有时白费功夫，有时功夫不到。"他听糊涂了，就说："你别讲那些玄而又玄的说法，就说眼前这件事怎么办吧？"侯山川说："很简单呀，你想叫穆小碟来，就叫她来吧！至于郝东水怎么想，管那么多干什么？如果他有意，穆小碟来了，他自然会有他的办法和穆小碟见面，如果考虑到其他原因，不便与穆小碟见面，那是他的事。你把穆小碟叫来了，你的人情就做到了，即使他没有和穆小碟见面，这份人情他也得领。人世间有许多事情，注重形式，未必注重内容，给郝东水送钱，和叫穆小碟来，是一个道理，你送了，表明你把该做的做了，已经按规矩或者说潜规则办了，他不会怪你不懂事，他要不要是他的事，要有他的道理，不要也有他的道理。你说你把别人应该考虑的问题，拿到自己这里来分析，不是脱裤子放屁——多此一举吗？"侯山川继续说，"行贿受贿这种事，如同男人和女人婚外调情，有的干脆利索，直接上床；有的半推半就，暗自高兴；有的假装正经，占了便宜还卖乖。不管哪种形式，都是各怀鬼胎，各取所需。所以，不要把偷情说成寻找感情，更不要说成激情燃烧。各做各的，成了两情相悦，不成各自清楚。所以，把实质看透了，没有你想的那么复杂，既不是爱情，也不是婚姻，最终上床才是目的。"侯山川的话让他脑洞大开，真有醍醐灌顶的作用。

他笑着说："看不出来，侯老弟钱虽然没有我多，可智慧比我多得多。"

侯山川也不客气地说："这证明钱并不能代表一切。"

他不服气，说："你对女人这么清楚，为啥四十岁了还不结婚？"

侯山川说："你这就土老帽了，搞清楚女人不是为了结婚，而是恰如其分地对待女人，上床是一回事，恋爱是一回事，结婚是一回事，不要把这些不同的关系扯到一起。"

侯山川总能把一件事说得头头是道。他拱起手说："佩服！"说完，他当着侯山川的面，拨通了穆小碟的手机，通知说："明天让办公室派司机送你到上水来一趟，看看商水长街的项目。"那边穆小碟说："钱总，推几天行吗？今天接待了一个团队，在咱们这儿培训一周，是我联系的，说好了我负责他们的接待，我走了不好。"他可不听穆小碟的解释，直接说："我马上通知总经理，让他重新安排一个人负责。"穆小碟在那边还想争取，说："这个团队和我对接的是大学的一个同学，临时换人，客户会不高兴的。"钱黎青急了，说："你怎么不知道轻重呢？他们高兴了，我不高兴。"他的口气可能吓着了穆小碟，那边她说："我这就去和同学说说，按你的吩咐办。"放下手机，他对侯山川说："决策了就立时办，哪来那么多穷叨叨。"

侯山川笑笑，没有说话。不过第二天下午三点多，穆小碟就到了，他让司机直接把穆小碟送到了侯山川的办公室，让侯山川给穆小碟介绍介绍商水长街，以便和郝东水见面时有话可聊。穆小碟到田园物语应聘时，侯山川的销售工作已经完成，只留了几个人负责售后服务，所以侯山川不认识穆小碟。尽管侯山川对穆小碟充当的角色有微词，但第一眼见到穆小碟还是被她的美艳所打动，若不提前植入其他看法，穆小碟绝对是一个美人，从内到外，焕发着青春的靓丽，充满了活力。她皮肤白皙，每一个毛孔里，都渗透着一种诱人的魅力。她的脸蛋，不完全像钱黎青描述的那样，但也绝对不是圆脸庞，而是略带圆形的鹅蛋脸，一双大眼睛，睁开就像在看人，有一种穿透骨髓的力量，这力量不是纯粹的女人性感的表达，而是美得让你心动的感觉，像一块本来被大自然造化好了的美玉，充满了天然之美。这美是纯洁的，是不容侵犯的。他实在无法理解钱黎青如何下得了手。不过以他对人性的研究，他很快得出结论：

审美是有主观性的，秋天里一片美丽的菊花园，对一位诗人而言，会当作秋天的诗意来歌颂，把她说成是冬天来临前，大地向一年告别的庄严仪式，是冰雪覆盖大地时，万物向蓝天呈现的最后光彩。而一个略懂医术的人，立刻会想到，把这些菊花采下来，晾干储存，它有很好的药理作用，用它泡水，可以清火排毒，如果和决明子、枸杞等几味药配起来，有保肝护肝的作用。所以，穆小碟在钱黎青那儿，不过如嫖客遇见了女人，立刻想到脱掉衣服后对胴体的享受。想到这里，他改变了对穆小碟的看法，而后认真地给她介绍了商水长街项目的主要内容。

可是，他们的准备，并没有派上用场，钱黎青两次给郝东水打电话，约他晚上一起吃饭，一次郝东水没有接，一次他接了，说了两句，就直接说很忙没有时间，尽管接通电话，他就悄声告诉他穆小碟来了，可郝东水还是拒绝了。等了两天没戏，钱黎青只好让司机拉穆小碟回去，但就在穆小碟离开前，郝东水让司机小宋给穆小碟送来两盒上水仙毫茶叶。钱黎青一时糊涂，不知道郝东水唱的哪出戏。可让他想不到的是，第四天郝东水让他到他办公室去。一进办公室，郝东水就告诉他，关于中外合作办学，置换地块改变规划的事办妥了，这几天正好规划委员会开会，他就提前给平信书记打了个招呼，直接拿到会上了，不料大家一致说这是一个好项目，上水市早就应该有这样的中外办学机构，应该积极支持。钱黎青说了一堆好话，郝东水一本正经地说："好事，谁会不支持?!"

他出了郝东水的办公室，开车找到侯山川，分享喜悦。他说："他妈的，你这一招真灵，看来郝东水领了这个情。"

侯山川借机教育他："多读点书，别整天宣扬钱是媒婆，虽然不结婚，但可以通过钱，想睡谁就睡谁的谬论。"

后来有几次，郝东水去省城办事，他怀疑郝东水可能利用办事的机会，和穆小碟见面约会，所以，就打电话到田园物语宾馆前台座机，让穆小碟接电话，有好几次前台说穆小碟休假，更加证实了他的猜想。因为穆小碟的工作并不忙，除了值班，双休日都可以休假，为什么偏偏郝东水去了省城，她就休假呢？这更证实了他的想法，但他又不能去落实。他只要知道郝东水的确喜欢穆小碟，说明这个诱饵继续发挥着作用就行了。

事实证明，郝东水不是一个只吃不吐的人，在整个商水长街前三期的开发过程中，都给予了他最大的支持。办手续、主持开工、解决配套、疏通协调、拆迁清地，每一个重要节点，都给了尽可能的照顾。用郝东水的话来说，叫提供一切服务。但在钱黎青看来，这是对他的回报。他不相信有人能不求回报，就为另一个人提供服务。如果有，他认为只是报纸的宣传。

所以，他昨晚想好了，准备把郝东水供出去。之所以把郝东水抛出去，还有一个理由，就是郝东水确实有一件事，让他很不痛快。在他资金链出现大问题时，他急得四处筹钱，有一天，他突然接到长年不联系的原来的老板杜乐天的电话，杜乐天说："大钱……"不过他马上改口："叫你小钱和大钱，显得亲切，可现在不符合你的身份呀，还是叫你钱总吧。"钱黎青说："你过去是我的老板，该怎么叫就怎么叫，如果不是你，我可没有今天。"杜乐天说："听说你现在发大了，搞了个田园物语别墅区，我想去看看，欢迎吗？"他立即笑着说："比起杜老板，小巫见大巫，你在哪里？告诉我，我马上派车去接。今天我刚好在田园物语，咱们多年不见了，好好聊聊。"杜乐天说："接就不用了，告诉我地址我开车过去，刚从北京回来，带着车。"

他放下电话，把地址发给了杜乐天。不过他心里极度不快，他本来告诉他自己今天正好在田园物语，是暗示他别处还有产业，他不但不赞扬一句，还说他刚从北京回来，明明是在显示他的实力比他大。听说杜乐天搞石油发了大财后，带着二十几个亿，跑到了北京，与什么人合作，在四环内，拿了一块地，又狠狠地捞了一笔。他心中的妒火一时难以平息，他想杜乐天到了，一定要灭灭他的威风。他相信田园物语这样品质的房产，在全国也是数得着的。不过这种赌胜的心理，两分钟之后就熄灭了。他突然想到自己的处境，杜乐天也许能解开这个套，让杜乐天拿出两个亿，应该不是问题。只要有两个亿，他就会渡过眼前的难关，山水物语第二期一旦销售，商水长街全面营运，他就会立马翻过身，他的财富就会直逼五十亿。这么一想，他马上决定改变接待杜乐天的方式，让他在田园物语尽情享受，最好看好田园物语的什么东西，或者有什么东西打动了他，这样可以顺理成章地谈合作，或者借钱。

一个多小时后，杜乐天到了，他提前二十分钟就在大门口等待。杜乐天开着一辆豪华商务奔驰，车门打开，他迎到车门口，杜乐天才从躺着的座位上直起身子，一边和他握手一边说："这几天太累，刚在车上迷糊了一会儿。"

下车后，他问杜乐天是喝喝茶再看还是直接看，杜乐天说："直接看，听说你搞得不错。"他呵呵笑着，就陪着杜乐天，先从别墅看起，然后花园洋房，再到宾馆，再到整个外环境。眼前看到的一切，真的让杜乐天眼睛一亮，说："这样的环境营造、建筑物布局、内部结构，就是放在北京，也是一流的富人区。不过，北京哪有终南山这样的大环境。"他见杜乐天喜欢，不失时机地说："老板……"他连姓也没有加，直接喊老板，以示杜乐天过去是他的老板，更能唤起杜乐天的自豪感，"如果老板喜欢，田园物语没有房源了，但山水物语还有，老板看上哪一套，说说，给老板留着就是。"杜乐天好像并不领情，他笑着说："如果我就看上这里的呢？""当然不是没办法，"钱黎青说，"那我只好把留作公司自用的给老板喽，但老板可不能说是二手房。"杜乐天说："老弟，我可是实话实说，尽管老哥进京把事业做大了，可北京哪有终南山这样的风水宝地，所以，就想回过头来，在终南山搞个项目，老了就在这里养老。所以，我听别人说你在终南山搞了个不错的项目，还有一个正在建，就想过来看看，体验体验。"看来有门儿。钱黎青反而显出冷静来，没有表露出欣喜之情，说："老板先在这里住几天，感受感受。"杜乐天没有推辞，说："好呀，好呀。"

于是，钱黎青把杜乐天安排在郝东水住过的那栋别墅里，交代穆小碟注意安排人细心服务。安排好，他反而离开了田园物语，他不想在他面前显得过于热情，以免有套近乎之嫌。毕竟他离开杜乐天时，并不愉快，表现过于热情，会给杜乐天造成有求于他的印象，这样不利于后面真的有求于他。离开时，他对杜乐天说："老板，上水市有领导来省城了，我在唱河渡新区有个大一些的项目，还得求人家，所以到市里接待他们两天，实在对不起老板。"杜乐天笑着说："我们这些搞项目的人，管项目的人就是咱的祖宗，得敬好了！你去忙，我住两天。"钱黎青说："那就回来见。"

钱黎青回到市里，也没有回家，住到一家大酒店，吃了睡，睡了吃，休息了两天，认真想了想与杜乐天谈合作的方案。第三天一大早，他赶回了田园物语，说是要陪杜乐天吃早餐。一见面，两个人显得特别亲热，好像不是隔了两天，而是很长时间。他问杜乐天："老板，感觉咋样?"杜乐天说："不错，想不到你在大山里，搞出个别有洞天，要红尘有红尘，要天堂有天堂。"他笑着说："老板在京城啥光景没有见过，我这只是小儿科。"两个人吃完早餐去办公室聊天，他刚打算聊合作的事情，杜乐天突然说："我问你要样东西，不知你舍得舍不得给?"他笑着说："老板尽管说，能带走的带走，不能带的就让人给您送去。"杜乐天一本正经地说："这可是你说的?"他说："老板能看上，说明小弟这些年有长进，进步的一半功劳也得归老板，你要我有啥舍不得呢?"

杜乐天眯着眼，看看钱黎青，说："那我就问你要一个人。"钱黎青一愣，笑着说："老板啥场面没有见过，我这山沟有啥精灵古怪？"杜乐天说："可真有精灵古怪，甚至有修炼成仙的。"这家伙肯定在开玩笑。钱黎青没有当回事地说："看上谁就说，不管是天上长翅膀飞的，还是山上长腿走的，你看上啥，我一定叫人给你弄到手。"想不到杜乐天呵呵大笑说："你不要说大话，我说的这个人，要么是你自己下过大本钱的，要么可不是你说要给人家就愿意的。"钱黎青越听越糊涂，瞅着杜乐天说："老板干脆点名。"

杜乐天看看他，一个字一个字地说："穆——小——碟。"

钱黎青一愣，不是别人，怎么偏偏是穆小碟？杜乐天见他没有接茬，说："你可不要反悔说过的话。"钱黎青一时还真的不知道该怎样回答杜乐天。既无法说明穆小碟是郝东水的女人，又无法说出其他理由。他就问："咋的看上这个女娃了？工作倒认真，是把好手，可你那么排场的大公司，在京城啥人招不到，看上这山里的一个其貌不扬的女娃。"杜乐天看着他，说："你可不要小看了这女娃，这两天她服务很到位，昨晚聊起来，才知道她是一个普通人家的孩子，市里也就贷款买了一套房。我想这么漂亮的女人，干脆睡一觉，我开价到一百万了，她都不答应。他娘的北京的三线明星也不过几十万吧？"杜乐天又说："我问她是不是你的女人，如果是我绝对不碰，如果不是，要多少我给多少，这世上还没有我得不到的女人。可她咋说？她说我谁的女人也不是，然后反问我说，我说一千万，你肯定不出，说老实话，就是拿一千万，在杜老板的天平上，你觉得值吗？肯定不值。我说，别，我如果愿意出一千万呢？她说，这是个玩笑，尽量不开这样的玩笑，如果杜老板还有其他要求，作为接待人员，我们尽量满足。如果没有事情了，就祝杜老板晚安！说完走了。"

听了杜乐天的叙述，钱黎青突然感到兴奋。想不到这个穆小碟给他撑了脸，没有背着他把自己卖出去，一刹那他对穆小碟竟有几分敬佩，不过这种敬佩之情也就持续了几秒钟，他马上想到了穆小碟的再次利用价值，他就笑着说："那个女娃，倒真的是个有品位的女娃，不是随便乱来的人。不过她谈过一次对象，肯定不是处女了。如果老板真的看上了，我去做工作，不用一百万，更不要说一千万了，我送给老板就行了。"杜乐天喜上眉梢，两眼放光，说："这可是你钱黎青说的?"他说："老板，你和我打交道，哪一次我说了没有办到。包括当年的搬家，拿了钱走人。"他之所以这样说，就是要给杜乐天造成一种他亏欠他的心理，以有利于后面的合作。杜乐天说："这倒是。"

就在这时，杜乐天的手机响了，他接起来，手机里说："有一个很重要的朋友到你们省城了，我马上把他的手机号发给你，麻烦你亲自接待一下。"接完电话，杜乐天给钱黎青说，打电话的是北京的合作伙伴，他得马上离开。说着起身，给另一个房间的司机打电话，让他马上把车开到门口。钱黎青见杜乐天急急忙忙，看来要说的话只能后面再说。不过杜乐天上车前，又叮咛了一句，说："接待完朋友，我再回来，事情说妥了。"他连连点头，说："一定。"

送走杜乐天，钱黎青把穆小碟叫到了办公室，他琢磨着怎么让这个女人再扛一次事。穆小碟进来后，他还没有开口，她却先说话了，她问："钱总有事让我办吗?"

他看看穆小碟，突然发现这个女人更加漂亮了，算算她到田园物语快五年了，比起刚来时，多了几分成热，更显得身材火辣，凸凹分明，充满了青春的活力。他相信，任何一个男人的眼光落在她的身上，就会立刻产生丰富的联想，怪不得杜乐天会有想法。穆小碟见他不说话，没话找话地说："钱总，商水长街项目进展怎么样了? 好像你有一个月没有过去了吧?"是啊! 他有一个月没有去过商水长街了，一直在省城寻求资金支持，或者合作伙伴。他说：

"整体进展不错，一部分商业网点已经开始运营了。不过我最近一直在省城忙其他事。"他看看穆小碟，说："你看这个杜乐天，那么大的老板，身家几十亿，怎么会有这种荒唐的想法。"似乎穆小碟知道他要说什么，就说："有钱就任性呗。"他说："可不是任性，他刚才走的时候，还专门交代我，让我做做你的工作。"他这样说的目的，是在试探穆小碟的态度，以便采取更为适当的方法。

穆小碟不说话，低下头看着地面。

他又说："按理说，杜老板是我起家的贵人，现在又想和我合作，也是一个值得合作的大老板，在我地盘上，看上了一个女人，无论如何也得给他办到。可为什么是你哩？"穆小碟听了这句话，突然抬起头，说："老板，你的意思我明白，但这件事没有商量的余地。你对我有恩，第一次的要求我办了，我虽然出身贫穷，但我明白事理，懂得知恩图报的道理，但我也有我的底线，我不能把自己卖了。"他想不到穆小碟这么坚决，把他要说的话堵了回去，他一时不知道该怎么办，就自嘲地笑着说："我也这么想。"

说完这句话，他觉得再说无趣，就说："你忙去吧，这个事情，我想想怎样给杜老板回话。"他留个余地，想找到一个更好的角度，再找穆小碟说，最终目的是要穆小碟办了这件事，他不能因为一个女人而坏了后面合作的大事。

可是，让他万万没有想到的是，第二天早晨，他还没有起床，接到侯山川的电话，说郝东水要穆小碟今天就到上水去，说有重要的事需要她办。放下电话，他一肚子的火气，他猜想一定是穆小碟把这件事告诉了郝东水，郝东水才叫侯山川打电话给他的。可是，即使他有一百个不高兴，他也不能阻止穆小碟去上水，因为他给郝东水说过，他的女人他钱黎青一定给他保护好，而且随叫随到。何况眼下郝东水是不能得罪的，商水长街虽然重新招商，但他经手的部分，后续工作离不开管委会的支持。所以，郝东水此刻是一个绝对不能得罪的人物。

虽然他窝了一肚子火，但他还得派车，于当天下午把穆小碟送到了上水市，交给了侯山川。

三天后，省报的记者胡希文给他打电话，说杜乐天被北京来的公安带走，涉及一桩资金诈骗案。他听了一惊，庆幸还没有和杜乐天合作，否则不知道又会弄出什么麻烦。可同时，他接到侯山川的电话，说郝东水让侯山川把穆小碟留在他的运营公司。他一听火了，怒吼："你是跟我合作，还是跟郝东水合作？"

侯山川平静地说："我们都跟郝东水合作。"

听到这句话，他一屁股坐在椅子上，像一个被钉子扎破的轮胎，立刻没有了底气……

正是因这件事，他对郝东水的态度发生了一百八十度的转变，要说过去敬重他，还有感情的成分，可通过这件事，他看清了郝东水的真面目，他就是一个完完全全的伪君子。过去那些毫不在意的细节，此刻在他眼里，变成了郝东水的表演，郝东水只是表面装出一副廉洁奉公的样子，可骨子里仍然不允许别人侵犯他的利益，如果他的利益一旦受损，他会毫不犹豫地，而且是冠冕堂皇地出手保护。

所以，他决定把郝东水供出去，至于后果，他管不了那么多。说他是忘恩负义的小人、不讲交情的奸商、没有担当的王八蛋，他都承认。谁到这个地方也扛不住，他甚至怀疑那些电影电视里，受尽折磨宁死不屈的革命者，都是作家编的故事。他是一个自由惯了的人，从拿到老板一百万开始，他就给自己当老板，一切都是自己说了算，爱到哪就到哪，行动从来都是随心所欲。可他仅仅被关了十天，就感到了失去自由的滋味，他已经受够了。

当他坐在审问者的面前，准备主动从田园物语接待郝东水说起时，人家却说："这些天你说的，我们核实了，那些在终南别墅违建中，接受贿赂的人，一定会受到法律的惩处。今天，你说说田园物语的环评怎么过的。"

钱黎青愣了，本来想先说郝东水，如果不涉及夏清河，就尽量不提夏清河，免得再扯出什么事情。可人家偏偏追问田园物语别墅区是怎么通过环评的，这明明是针对夏清河的，他的思路一时乱了，难道终南别墅违建案中，夏清河还给别人办过类似的事，被人供了出来？他想了想，是说还是不说，正当他拿不定主意的时候，审问的人说："不愿意说是吧？可以，不过像前几天一样，最终你还得说，迟说不如早说，对我们而言是工作，对你而言这可不是工作，你说是吧？"

这个人还挺幽默，钱黎青也来了一句，说："如果这是我的工作，就不受这样的罪了。"

结果对方一听，脸一沉，说："我以为你觉得挺好玩的，终于可以休息几天，挣钱太累，还要动那么多的心思。"

刚进来时，见他们脸一沉，钱黎青就有些害怕，担心不配合人家会报复。几天过去，适应了他们突然变换的口气，他已经不怕了，就叫屈说："谁愿意这样，还不是被逼的。"

对方说："我们相信你是被逼的，你不愿意做，明明知道是错的，甚至是犯罪，但你还要做，目的无非是获得想要的利益。那你既然做了，我们就得找你，你就得把话说清楚。这既是我们的工作，也是你的义务。"

他看躲不过了，只好如实交代。

钱是个好东西，可挣钱绝不是一件轻松的事。对于像我这样从农村出来混的人，要想挣钱，就要像牛那样吃苦，像马那样奔跑，像狗那样看人眼色，像鹰犬那样机灵，有时又要像猪那样愚蠢，像蚂蚁那样卑微。说起我拿的那块终南别墅地块，虽然让我赚了大钱，可过程中吃的那些苦，八辈子也难以说尽。今天再让我去做，我已经没有那样的力气，更没有那样的胆量。就像一个人半夜做了噩梦惊醒，就算尿床他也不会再到噩梦里去。

那是十五年前，我使出了吃奶的劲，过五关斩六将，才拿到了终南山那块别墅地，经过一年多的奔忙，其他手续基本办妥了，就是环保评估过不了关。自从我从石油老板杜乐天那里拿来一百万，干了八年挣了三千万，为拿那块地，我不但把三千万全部填进去了，还在银行贷了两千万，从朋友那里借了一千万，我把市区的房产全部抵押了，就连我现在住的那一套别墅，产权也抵押了。可我跑了两年时间，报了三次环评，就是通不过，直接影响开工，如果再拖下去，不仅会不断加大开发成本，而且会错过最佳销售时机。如果赔进去，恐怕连本都没有了，我怎么给一家老小交代？我把他们接到了城里，过上了城里人的生活，可就因为这个项目，把他们再送回乡下？我要跳了楼，性命不足惜，老婆孩子可以不管，可我八十岁老娘谁养呀？正在我一筹莫展的时候，在一个饭局上认识了一位地产商，他提醒我，这样的事情不是明摆着吗？得从上面找人干预。他说，雷副省长分管环保，他的秘书叫夏清河，如果找到他，这件事情就有转机。他说夏清河是一个仗义的人，看见不平的事，总会帮别人。这位朋友还说，他一个朋友就是因为有人难为他，环评老是通不过，最后找到了夏清河，通过夏秘书，把反映问题的材料递到了雷副省长那里，雷副省长批示后，很快解决了。如果从下面向上报送，那你就等着吧，也许两年三年也不一定能解决。

钱黎青说到这里，被询问的人打断，问："介绍你认识夏清河的人叫什么名字。"

钱黎青一愣，没有预计到他们会问得这么细。他做出一副突然忘记的样子，说："十年没有联系了，名字忘了。"实际上他们隔三岔五在一起吃饭，这个朋友是值得花大气力维护的，但他绝对不能暴露他的名字。

询问者说："你想想。"

这句话一下子提醒了他，不该说的一定不能说，不然会惹出更大的麻烦，他突然想起被带进来前，接到的一个神秘电话，电话里那人警告他："既然让你进去，一定掌握了情况，找你就是落实相关证据链。该说的可以说，不该说的半句也不能说，挺过来就能平安无事，如果说了后果是什么你知道。"

想到这里他打了个冷战，他低下头，掩盖着自己的惊慌。

当时他见了夏清河，夏清河没有绕弯子，直接问他："地在什么位置？"他立即拿出了规划图，给夏清河详细讲解了地块位置和周围的环境。

夏清河看了规划图，听了他说的，看看他，说："看来你办法不小，能在这地方拿到这么大一块地，可不是一般人能办到的。"

他琢磨夏清河话中有话，如果不实话实说，夏清河是不会帮这个忙的。于是，他说："我通过朋友，认识了大领导的侄子，送了一千万，还答应房子在销售过程中，按期给他百分之十的销售提成。我预算销售大约在十五个亿左右，三期开发全部销售完成后，分他一亿五。"说这话时，他不敢流露出半点不满，以免夏清河对他产生不好的印象。他要给帮忙的人一个只要付出就能得到回报的印象，这也算一种公平交易吧。

他说了那个大领导的名字，夏清河听了有些惊讶，不过他很快恢复了平静，说："说到这里为止，别的我不想知道。"

他没有再往下说，点点头说："我明白。"

夏清河看看他，说："秦岭终南山，是世界典型的复合型大陆造山带，是形成统一中国大陆的主要接合带，横贯东西，位居中央，成为中国南北天然的地质、地理、生态、气候、环境，乃至人文的自然分界线，具有全球地质共性中的独特性，其造山带与盆山地质科学内容丰厚、典型、集中，富有代表性。所以，历来被中国人看作一块神圣的地方，是有识之士躲避世俗生活、升华精神、修身养性的地方。唐代就有终南捷径的说法，那个时候，一个人，特别是社会精英，如果到终南山住几年，就如同今天出国留学归来，是一块金字招牌。因此，终南山自古很少有人大规模建造房屋，即使养心修道的，也只是盖几间茅棚，可今天却被那么多的人盯上了。以我个人的观点，那里是不能动的，不要说青山绿水、自然保护，你想想，古人的智慧不比今天的人差，除了零散的村落外，进进出出的人，为什么只搭茅棚，而不大规模建房呢？那一定有不被常人理解的道理。你说它是中华龙脉，说它事关国运，可能有些迷信色彩，可广义上讲，终南山的背景，是崛起于中国中部、横跨甘肃、陕西、河南的一条大山脉，从而形成了中国气候的南北分界线，因为有大背景的存在，终南山才有了得天独厚的的自然环境。这样一个地方，显然不是住在终南山下人的事，其大背景是中华民族的一种精神和文化象征。人总要有所戒惧，什么都不怕，什么都不信，对未知的世界毫无敬畏之心，这是要出问题的。"

夏清河滔滔不绝，他有些急，听夏清河的口气，好像他不想办这个事。他想等夏清河说话的空间，插话说明请他帮忙的意思，可夏清河没有停下来的意思，继续说："所以，我个人的观点是终南山不宜大规模开发，可这件事涉及面太广，各种力量的角逐很激烈。主张开发的人也有他们的道理，城市建设需要钱，钱从哪里来？卖地的收入最直接，也是最快的，已经被这些年的高速发展充分证明了的。"夏清河又给他列举了几种观点，最后说："尽管有关部门最终允许终南山开发，并不是说可以乱开发，前提条件是，必须在首先保护的基础上开发。"

　　他想，什么叫在保护的基础上开发，一块遮羞布而已，土地到了开发商手里，当然追求利益最大化。门槛由人设计，跨门槛的人不同，有的人跳过去，有的人搭个木板走过去，有的人干脆把门槛卸了，走过去再安上。这一切都是人操作的，你敢批准，我就敢干。当然这些话在他心里打了转，丝毫没有流露出来，他反而做出一副真诚的样子说："这块别墅和花园洋房的规划，我花了大价钱，接受了深圳一位做地产的朋友建议，请了一个台湾设计团队做方案。"接着他把方案详细说了一遍，讲得绘声绘色，夏清河显然被打动了，这时他才说："两年环评报了三次，都没有通过，如果这样拖下去，我确实支撑不住了。"接着，他把资金使用情况也说了一遍，目的就是博得夏清河的同情。这一招果然有效，夏清河终于答应帮忙。

　　询问者见他没有动静，问："想起来了没有？"

　　他赶忙收回思绪，突然想起了一个已经移民美国的地产商，就随口说了他的名字，一是因为那个朋友把地产做到了澳大利亚，很少回国内，再者那个家伙的后台在京城。

　　询问者听了说："是那个移民去美国的地产商吗？"

　　他说："是的。"

　　询问者说："你继续说怎么和夏清河见面的？他又是怎样帮你的？"

　　他点了下头，接着说。

　　听了那位地产开发商朋友的话，我就请他帮忙，约夏清河出来吃饭，夏清河回话说："可以见面聊下情况，吃饭就不必了。"

　　这样，我与夏清河在紧挨省政府办公大楼的步行街一家名字叫尚品茶馆见的面。那家茶馆几年前关门了，我的记忆好像换过两轮，那个地方还有一家超市，名字好像叫千家乐。

　　一见面，我有些吃惊，夏清河并不像我想象中领导秘书的样子，而像一个部队出来的军事干部，他个头至少有一米八，两只眼睛像鹰一样有神，盯着你时，眼光立刻穿进你的骨头，你连半点假话也不敢说。所以，我给他说的事，包括杜乐天给我的第一桶金，全部是实话实说。我说我在拿终南山这块地之前，已经有三千万了，日子过得很舒坦，自从开始盯上这块地，一天也没有安宁过，可能我脑子不适合干这样的事，整天昏昏沉沉，好像一切记忆都是模糊的。做这件事太难了！如果现在能退回去，我绝对不会干这个活。听起来是一个大地产商，岂不知像一条到处求人要饭吃的野狗，搞不好还会被人打一棒，只得回家躺在狗窝恢复体力。害得八十岁的老母每天晚上见不到我不睡觉，媳妇更是坐在沙发上，等我回家才开始洗漱。她们就是怕我出事呀，怕我想不开寻短见。那时真的支撑不住了，要不是想起八十岁的老母亲，我真的可能跳楼了。死了一了百了，一切的压力和烦心事就没有了。可媳妇有一次见我情绪不对，就用拳头打着我的胸口说："你可不能寻短见，你要走了，孩子我会带大，我还可以嫁人，可咱妈咋办呀，她老人家老年丧子，这坎能过去吗？"我听了老婆的话，大男人第一次当着老婆的面流泪了。我对老婆说："你放心，我绝不会在老娘走之前走。"她一听，更来气了，说："你不管我可以，你不养儿了？儿子是你的骨血，我只是生了一下。"我一下搂住她，说："好好好，我送走你再走！"她在我怀里撒娇说："我才不想走哩，要活一百年。"我说："好吧，陪你一百年。"

你们想想，我是在咋样的状态下才挺过来的。夏清河听了我的经历，可能被感动了，他就问项目的具体情况。我正好带着规划效果图，我给他解释了整个田园物语的理念。我说，尽管这个别墅区在山里，但首先考虑的是生态环境，利用这片土地的低洼部分，做出一个人工湖，将一片山地变成湖光山色的山水公园。当然这不是我想出来的，而是我花了大价钱请的台湾设计人员想出来的。他们说，这样的别墅区，既要建成森林里的城市，又要建成一个山色水光相融合的景区，使自然山水融入人间生活。他们说这是未来人类居住所应追求的目标。这个名字也是他们起的，田园是说自然环境，物语是说人要与万物对话。当然他们还有很多说法，太专业，我就不说了。总之一句话：田园物语不仅仅是一个住所，更应该成为当代人文生活社区的标志。

夏清河听了我的介绍，显得有些激动。他说："这是个好项目。对终南山的开发，本来就有争议，赞同者说，终南山地是大自然送给我们不多的资源，我们要充分利用好，在人民不断富裕的当下，打造出与这个繁荣昌盛的时代相匹配的高端地产产品，提高城市的品质，给后代交一份前瞻性的答卷。反对者说，越是好的资源，越要留给子孙后代，我们还处在一个急于发展的时期，缺乏长远的眼光，很可能浪费了青山绿水，破坏了自然的本来景色。最后实用派占了上风，他们说，正因为是中华龙脉，十三朝古都，有多少皇帝埋在那里，这样的地产产品肯定好卖，土地能拍出好价钱。你这个田园物语不但是个好地产项目，能卖出好价钱，而且又注重了与环境的协调，突出了山光水色这个龙眼，代表了人们追求生存与自然和谐的理念，有利于城市居住品质的提高，也有利于对自然环境的保护，这个忙我帮。"

夏清河的表态，让我看到了希望，我觉得火候到了，就从口袋里掏出一个信封，里面装了一张二十万元的中国银行储蓄卡，之所以给他二十万，也是一种试探，只要他接了，后面可以再送，或者接受我送的其他好处。我把信封递到他的跟前，说："这事就麻烦夏秘书操心了。"

他看着我问："材料吗?"

我说："一点心意。"

夏清河用手一摸，知道是银行卡，他立马换了表情，口气坚决地说："如果这样，就变味了。"

我看着他，不知道该怎么解释。夏清河盯着我说："我不敢自称是一个廉洁奉公的人，我如果说组织培养我之类的话，你可能认为我唱高调。但我到领导身边当秘书时，老父亲给我说过一句话，一直在鞭策着我。我六十多岁的老父亲，知道我给副省长当了秘书，把我叫回家，全家吃了一顿饭，然后对我说：对咱老夏家来说，省长是个了不得的大官，跟着这样的大官，可不能仗势欺人，更不能以权谋私，用公家的权力，给自家捞好处，那笔债来世都还不清呀！如果有机会，多给老百姓办点事，咱家的祖坟上，就不枉冒了这股青烟。"

夏清河说完这句话，问我："你理解吗?"

我只好说："理解。"

夏清河坚决拒绝了我，他说："这个忙有意义，值得帮。"他想了想，说："直接给领导送资料这种方式不妥，通过什么方式送也是一个问题，如果我直接拿过去，既没有走程序，领导也不会轻易地过问，因为这是一个商业项目，涉及商业利益，领导特别警惕这种事。这样吧，既然是一个对终南山开发具有启示意义的项目，我介绍你去找省报的记者胡希文，他是我的校友，你把项目情况给他介绍清楚，他选个角度写篇内参，省报的内参是直接送达省委、省政府领导的，我关注一下，尽量让领导批示，这样再协调落实就顺理成章了。"

夏清河说完，就给胡希文打了电话，说明情况后他就离开了。

我按约定的时间，下午三点半，把胡希文接到了我市里的办公室。一看胡希文就是老手，中等个头，一双鱼鹰一样的眼睛，随时准备钻进水里，获取猎物。他说："夏秘书一般不开腔，开腔就是重要的事，这事我给你办。"我按他的要求，把有关这个项目的资料复印件，都给了他一份，他简单地翻了翻，我又把给夏清河介绍

过的情况，给他重复了一遍，胡希文看着我，说："有时候看看你们做企业的也怪可怜的，耍钱的时候威风，好像有钱就有了全世界，要干什么就干什么，其实不然，在有些当官的眼里，你商人就是个围在火堆边等待食物的狗，瞅主人不注意时，突然伸出爪子，火中取栗。"

我在心里骂，这个狗记者，开口就想扒了你的裤子，让你光着屁股说话，没有遮挡。我就想，那张没有送出去的二十万的银行卡，能否打发得了胡希文。这时，胡希文说："我回去认真看了材料再和你商量。"

晚上，我在市里当时最豪华的御园大酒店，请胡记者吃饭，他给夏清河打电话，要夏清河也来一起坐坐，夏清河说晚上有接待任务来不了。吃完饭离开时，我把被夏清河拒绝的那张银行卡，递给了胡希文，他马上明白我的意思，说："不用了，夏秘书交代的事，我会认真办，这个就不用了。"我说："一点小意思，请朋友们吃个饭啥的。"我怕他知道了数字嫌少，就又加了一句："来日方长，事情办妥了再重谢。"

胡希文说："那好，恭敬不如从命。"说着他就收下了。

过了几天，胡希文给我打电话，说："稿子已经写好了，见个面看有没有出入，没有的话就尽快刊发。"我还是约在御园大酒店，这次叫夏清河，他仍然说有事不能来。见面前，根据朋友们平时说的规矩，摆平这样一件事，百万也不过分，我一是心疼钱，二是估摸夏清河拒绝了，他介绍的人也不会太黑。我就又准备了个四十万的卡，包括上次加一起，六十万了，说得过去。到了酒店，我看了稿子，不得不佩服胡记者的文笔，他选的角度一听就是个事。标题是《田园物语打造万物和谐——终南房产开发新思路》，文章在充分介绍了田园物语的设计理念和建筑风格后，提出：像这样与国际接轨、进入第四代居住环境的项目，应大力支持，特别是在环评中，应打破原有思维定式，在符合相关法规的情况下，给予开发者更多细节的灵活运用。看了稿子我很激动，虽然我不知道内参到底能起多大作用，但这篇稿子说得我口服心服，好像那个别墅区已经建成，设计中所提出的理念，已经完美地呈现在了人们眼前。吃饭的过程，我反复感谢，饭后，我拿出那张四十万的银行卡，这次胡记者并没有客气就接受了。

二十天后，我突然接到胡希文的电话，说雷副省长已经批示了，要求环保部门对这样的项目加紧论证，尽快实施。三个月后，环评手续终于办妥。

这件事情对我震动很大，两年没有办下来的事，夏清河三个月就拿了下来，这个朋友得保持长期关系，作为资源贮存，以后会有大用处。所以，我一直想找合适的机会答谢他，没有想好方法之前，我没有轻易和夏清河联系，我想一旦出手，就要让他无法回绝，只有接受。因此，直到田园物语开始预售时，我才与夏清河联系。

正式预售前，我和销售代理商侯山川商量销售方案。我说我想找个理由，拿出十套房子，其中三套别墅，七套花园洋房，作为答谢送给办过事的朋友，当然包括夏清河。其中有些人求之不得，房子刚打地基时，就打招呼，说一定给他留一套。但也要考虑到像夏清河这样的人，你不拿出恰当的理由，他绝不会接受。侯山川听了我的意思，他说："这好办！"

侯山川说："开盘时以搞特价促销活动的名义，拿出准备答谢的房子，以你准备送人的价格，面向目标人群销售，但不是悄悄卖给他们，而是公开向社会宣传，造成一定的广而告之的效应。当然，目标客户要提前通过不同的方式打招呼，与他们沟通好，广而告之一旦出手，当天内实现目标客户，并在楼盘上标明红色标记。外人来买，就告诉他们特价房已经售罄，但开盘当天所有客户九折优惠。得到房子这群人，以他们的社会影响力，为项目做了一个无形的广告，而且和他们联系了感情，为以后用得着的时候做铺垫。这叫一箭双雕。定人定向销售后，接着以每平方米一次百分之十的涨幅，每两月提价一次，并按计划限量销售，一年之后，视情况再提高涨幅，这样两年销售期，房价可翻一番，利润将是相当可观的。"

侯山川的这套销售方法，现在看来并不新奇，但当时是一个绝佳的销售方法。我同意了侯山川的销售方案，很快做好了样板间。销售前，我请胡希文和夏清河吃饭，这次夏清河来了，我仍然安排在御园大酒店。吃饭前，我说："出于资金紧张的原因，我准备拿出一部分花园洋房，以成本价出售，一是回笼资金，二是可以开个好头。"我怕夏清河听了成本价有什么想法，我又把建房的成本给他简单地说了一遍，我说："搞这样的大项目，开盘割肉也得这样做，拉不起人气，后面的销售就成大问题了。"

即使我做了铺垫，夏清河听了价格，仍然有些吃惊，他说："你怎么这么低价向外卖？这是抛售啊。"

胡希文笑着说："奸商的一种销售策略，先低价，再不断涨价，给人一种品质好卖得好的印象，有利于销售。"不过胡希文说到这里，不忘夸一下这个项目，说："说老实话，这么好品质的房子，就是卖出市中心房子的价格，也值。"

我就趁机说："请夏秘书和胡记者，也支持支持我吧。"

胡希文说："这么好的地方，这么有品位的房子，你不说我还准备找你买一套哩。"

夏清河摇摇头，说："我刚解决住房不久，再买一套恐怕首付都有问题。"

我说："夏秘书只要看得上，交个定金就行了，我给你留着，啥时候有了再交款也不迟。"

夏清河立即否定，他说："那不行，如果我要，肯定要按规定办，交完首付办房贷。"

胡希文马上说："小事，首付差多少，我借你不就行了。"

夏清河只好说："这事我回去和老婆商量商量。"

吃完饭，送走夏清河后，我对胡希文说："夏秘书给这个项目帮了大忙，我一直没有感谢他，这次你就动员他买一套，以后肯定升值，也算感谢他。"

胡希文说："没问题，明眼人一看，这样的价格，两年后说不定就翻一番。这几年人们不是说，有大钱的人盖房，有点小钱的人炒房。还有什么比房子更赚钱？"

我说："这事就拜托你了。钱我这边出，你看怎么办合适就怎么办，包括装修。"

这顿饭吃过不久，大约四五天，胡希文给我打电话，说他和夏清河到现场看看，没有意外的话，就各订一套。

第二天上午，胡希文开着车，拉着夏清河来了，他们先到售楼处看了样板房，又到实地看了看，花园洋房和一期别墅都盖到了一半，看完后，夏清河说："和最初的方案是一致的，是个好项目。"

看完后，两个人各订了一套一百四十平方米的花园洋房。一年后交房，我以每平方米一千元的装修标准，把包括他俩在内的重要客户，以收取每平方米五百元的价格，对十套房子进行了精装修。

事情的经过就是这样的。

第八章 机场搬迁

　　郝东水每天必到唱河渡生态文化公园转一趟，即使晚上，也会借着灯光和夜色，在公园里走一圈，以查看园区的管理细节，发现问题立即通知管理人员纠正。实际上园区的管理，已经完全智能化，每一个管理环节，都呈现在大屏幕上，又有严格的管理制度，用不着他去检查，公园四个区域开放一年多时间以来，他也就发现了一次一页玻璃围挡破碎的问题，可他仍然坚持每天在公园里走一段，只有这样，他才感到安心，睡觉踏实。每当他在公园里走的时候，都会时不时地想起经历过的那些往事……

　　在渡爷的带动下，唱河渡村很快统一了方案，依据安置方案，抓阄确定了以后搬进新居的房号。拆迁先从王孝存家开始，以王家五口之家，依安置标准，一个老人，分得六十平方米的套房一套；两个儿子中，老大两口子和一个小孩，和单身的二儿子，应分得两套安置房，均为九十平方米的套二，谁养活老人，套一的房子就归谁。已经截了一条腿的王孝存，代表全家在拆迁协议上签字。第二天，拆迁办的工作人员上门协助，将一家五口之家，搬到了临时安置点。有了第一家，就有第二家，接着各家陆陆续续签字搬迁，按预定计划，一个半月内完成搬迁没有问题。

于是，机场的搬迁被列入重要日程。

上水机场属于军用机场，始建于抗日战争初期。一九四二年，中美两国建立"驼峰航线"时，上水机场同时开建，地点就在唱河渡的荒滩上。因为那里地势平坦，视野开阔，又没有人家，也很少庄稼地，军方就把机场选在了那儿。想不到上水的老百姓一听，要在上水建立抗日机场，热情很高，几乎人人关心，家家参与，出钱出力，女人和孩子砸石子，男人们分组打夯，或多人拉一个巨型石碌碡碾压跑道，仅用了八个月时间，机场就建成了，可起落美国B-29轰炸机和重型运输机，轰炸机从上水起飞，还轰炸过敌占区武汉的军事目标，飞行员是陈纳德将军的飞虎队成员。因此，上水机场，成为著名的"驼峰航线"的大后方。"驼峰航线"西起印度阿萨姆邦，向东横跨喜马拉雅山脉、高黎贡山、横断山、萨尔温江、怒江、澜沧江、金沙江、丽江白沙机场，进入中国的云南高原和四川省。航线全长五百英里，地势海拔均在四千五百至五千五百米上下，最高海拔达七千米，山峰起伏连绵，犹如骆驼的峰背，故而得名"驼峰航线"。"驼峰航线"是二战时期中国和盟军一条主要的空中通道。尽管这条航线的最高点，高于当时美国主要装备机型（DC-3、C-46、C-47）最大爬行高度，但这里是中国至印度航线的必经之处。通过这条运输航线，中国向印度运送派往境外对日作战的远征军士兵，再从印度运回汽油、器械等战争物资。而上水机场，是驼峰航线最重要的延伸，它将这条线路，由高海拔高风险的战区，延伸到位于中国国土中心的上水地区，有利于储备重要的战略物资，进行必要的军事准备。在那个烽火连天的年代，上水机场成为人们了解战争状态的窗口，一旦有战机降落，周围的民众就会欢呼，就会拿上家里的好吃的，慰问飞机上下来的人，不管他们是从前线回来的，还是执行任务临时降落的，抑或是路经这里作短暂落脚的，都会被当地的民众看作抗战的英雄。

这样一个英雄的机场，却在战后长期时间里，只是偶尔有一两架飞机降落，有一段时间曾做过西北军区的空军训练基地使用，即使如此，使用率并不高。时间到了二十世纪九十年代初，这里才开辟为军民两用的机场，但由于受面积影响，根本无法降落大型客机，随着城市的慢慢扩展，机场已经进入主要城区的规划范围，唱河渡新区的设立，直接将机场纳入中心地段，所以，机场的搬迁迫在眉睫。可是，作为军产的上水机场，要搬迁必须得到军队最高领导机关的批准。但要向上报批，首先要经过大军区这一关。上水市政府曾多次函告，并专门派人递交报告，说明情况，可一直进展不大。

唱河渡村开始搬迁后，郝东水找到夏清河，专门汇报研究此事。夏清河告诉他，经过做工作，找到了一条捷径。为了避免打扰，夏清河把郝东水叫到了河滩上。这段河滩离唱河渡有一段距离，平时几乎很少有人到这里来，此时，整个沙滩也就他们两个人，他们挑了一块草皮比较厚的地方坐下来，开始聊这件事，他们想找到一个最佳解决方案。

夏清河透露了一个信息，他说："军队的朋友告诉我，这块军产目前在西北空军名下，而现在西北空军的副司令何怀山，他祖父叫何青山，是位老红军，一九三二年红军从陕南撤离时，他在唱河渡被当时的摆渡人从敌人的追杀中救了出来，老爷子前几年刚去世，他们军的军史上清楚地记着这件事。"

郝东水听了一愣，还有这么巧的事吗？他说："难道何青山是唱河渡的渡爷李万昌救的？"

夏清河站起来，说："就是呀。"

郝东水说："这倒找到了一个说头。"

夏清河说："你尽快找人摸一下何怀山副司令员的情况，虽然是公事，个人感情也不能少，看看怎么处理这个关系比较好。"

郝东水说："请市长放心，我尽快办，时间也不等人。"

谈完这件事，他们两人又在沙滩上坐了一会儿，虽然时已初冬，但阳光下的河滩并不冷，在微微的阳光里，坐在河滩上是一种享受。地下的杂草暖烘烘的，四周一片寂静，只有汉江传来哗哗流水声，整个身心很快就放松了。他们又谈了整个唱河渡新区的进展，唱河渡村已经全面拆迁完毕，钱黎青投资的商水长街已经在平整土地，再有个把月时间，就可以开建了。侯山川的文化景观部分，也已进行二次深化，按目前的进度，生态文化公园绿化部分施工后，人文景观部分的地基部分也可以开建了。水景和道路部分已经全面展开，半年后道路应该贯通，水景部分比较复杂，会随着这个园林绿化工程一起推进。在说到钱黎青的投资时，郝东水说："资金到位准时，工程部分也按进度计划进行。钱黎青虽然是个很精明的商人，但有些地方做得也不错，唱河渡慈善救济捐款，他除了给王孝存以个人名义捐了五万元外，上次在慈善晚会上，以公司名义捐了二十万，是这次慈善行动中捐款最多的公司。现在看来，我们这次引资，选对了人，他的实力是没有问题的。"

夏清河说："我在省政府机关多年，所听到的信息，大都说钱黎青这个人，在商界的形象是不错的，但和他打交道一定要谨慎。"夏清河抬起头，目光投向远方，过了一会儿他收回目光，说："人们评价他讲义气、出手大方，恰恰这个在商界的正面评价，对我们而言，可是一个关口。我们与他打交道时，就得格外小心。我们这些人，不是不讲交情，也不是不爱钱，可我们知道什么该拿、什么不该拿。还是我过去说过的，我们这些在拐弯抹角处填缝隙的沙灰，绝对不能把自己当作栋梁之材，去做超出我们职权能力范围的事。"

夏清河看看郝东水，继续说："我最初认识他，是他通过一个朋友来找我，解决他在终南山开发的田园物语项目，当时上级也默认了对终南山的开发，我看了他的设计，认为是一个高端项目，能提升当时的地产项目品质，所以就帮了他的忙。他第一次见我，就送了二十万块的卡，我当然不会要。后来这个项目开盘时，他一次拿了几套别墅和花园洋房，低价向外抛售，说是为了回笼资金。在朋友鼓动下，大家团购，我也就向朋友借钱要了一套。事后我打听的结果是，那十套花园洋房都卖给了政府官员，其中一半以上是给他帮过忙的，另外一些也是帮过忙的朋友的朋友。当他的房价特别是别墅一套买到一千多万，大赚一笔时，我才听朋友说，他当时给我们的房价低于成本价。你说他大方不大方？他让我们给他做了个大大的广告，对外宣传说，省政府多少多少人在他那儿买了房，你能说这房子不好吗？而且第一批买了房的人，还得记着他的人情，他的终南山二期山水物语别墅花园洋房项目，就是通过那次购房的人之中的朋友办成的。你说他的手段高不高明？最近听说，终南别墅的事，受到高层的严厉问责。我担心这是颗定时炸弹，一旦决定拆除，搞不好就要引爆，尽管我是通过正常销售手续买的房，可你给他办过事。一旦整个项目出现问题，你就是长上一百张嘴也说不清。现在怎么办？退回去？正常手续买的，房产证办了几年了，没有退房这一说。你把房卖了，人家一查也是你出售的，与开发商无关。怎么办？真的到了那一天，也只能给组织说清楚，你现在找人去说，都不知道找谁、找了又怎么说。所以，这个教训一定要汲取。他在我们这里做任何项目，能办的就办，他在促进当地的经济发展，他功不可没，但不能接受他任何有价值的东西。"

郝东水听了若有所思，看着夏清河说："市长的提醒很重要。"他不是在说客气话，因为他想起了招标前带队考察时，在田园物语的经历，他不得不承认，钱黎青把人琢磨到家了，他会让你在不知不觉中接受他的好处，而且看似十分正常。

夏清河说："现在的商人，会迅速解读国家出台的任何一个新政策，跑在许多官员的前面，找到政策可能的漏洞，巧妙地让你钻进去，为他服务。许多时候他们可能成功了，你却承担了所有的风险。"夏清河最后说："东水呀，我们唯一抗风险的能力，就是自己得清醒把控，自己不给自己惹麻烦。"

郝东水说："市长，我记住了。"

这场谈话一周后，郝东水到夏清河办公室，汇报了解到的何怀山的情况。他说："还真通过部队的朋友，接上了头。首长是一个很讲感情的人，对老朋友、老同事都很客气，不摆架子，办事也很干练，既讲原则，又不死板。上水机场搬迁的事，确实需要经过他那一关，再向总部报告批复。"

夏清河问："你准备怎么去见？"

郝东水说："首长唯一的爱好就是喝酒，还好喝茅台酒。我就让朋友从茅台酒厂直接搞了几箱十年飞天茅台，我们开车带着去。"

夏清河看着郝东水没有说话。郝东水又说："当然光喝酒不行，我还准备搞个精神产品，我请人搞到了首长的几张照片，让侯山川尽快优化作品，把红军何青山过唱河渡的雕塑，搞出一个小样，人物一定要像，带着去送给首长，这是最好的见面礼了。"

夏清河笑笑说："你这个点子好！"

为了慎重一些，夏清河给季平信打了电话，说了郝东水的想法。季平信说："这个想法好，不是仅仅送给首长，这组作品一定要下大功夫，不要局限于表面的造型，要深入表现人物内在的精神境界，唱河渡的历史是横的线条，中国的历史文化是纵的线条，纵横连接，超越一般纪实的故事描摹，达到震撼人心的艺术效果，落地在唱河渡公园，也是一个独特的人文景观。"

夏清河接完电话，对郝东水说："平信书记的要求可不低。"

得到两位领导的认可后，郝东水回到办公室，立即叫来侯山川，说了想法。侯山川睁大眼睛说："我说郝主任，我在搞艺术创作，不是制造礼品！"他差点说出"这不是讨好吗，让艺术充当巴结领导的工具"。

郝东水说："谁不让你搞艺术？你搞得越有艺术性越好呀，我让你做个雕塑小样，不正好让首长看看，那个人物可是他爷爷，他提提意见不是更好吗？"

侯山川没有再争辩，只说："我得找渡爷，再听听一些细节。"

郝东水说："你随时联系，渡爷不会拒绝。"

和郝东水见面的第二天，侯山川约上沈山灵，一块去见渡爷。

午后的阳光真好，渡爷在临建的房子外面晒太阳，见两个年轻人来了，渡爷满脸笑容，只是他脸颊太瘦，眼睛眯成了一条线。沈山灵给渡爷剥了一根香蕉，喂到渡爷嘴边，渡爷咬一口，接过来拿到手里。他咽下嘴里的香蕉，问："今儿有啥事？"

沈山灵说："听渡爷没有讲的故事呀。"

渡爷说："只要你们爱听，不嫌我啰唆，我就说。"

侯山川进屋拿出两个凳子，和沈山灵一起坐下，沈山灵打开了录音笔，渡爷开始讲述。

要说救助飞虎队驾驶员那一天，是个阴天，汉江两岸飘着薄雾，视线不是很好，那天的渡口很忙，正是收麦子的季节，河南岸有不少的人家，在河北岸有地，河北岸的人家，有的在河南岸也有地，所以就相互过渡收麦子。我累了一天，到下午时，收麦的人家陆续收工了，渡口一时清闲下来。我瞅瞅汉江的水位，涨得很快，河面上浮起一层浪渣，这是上游洪水下来的表现。估计这里也将有大雨要来。在收获的季节，人们最怕的就是雨天，一旦地里的麦子抢收不回来，一场雨水，就会将麦子扑打在地，成熟的麦粒见水就会发芽，发了芽的麦子，即使收回来，磨出的面也粘牙，做面条不但一煮就碎，而且极不好吃。所以，我担心还会有人过渡收麦，尽管天阴得厉害，我也没有离开渡口的打算。我在沙坝上点起一堆火，准备煮点红薯片吃。

正这时，看见南山最高的峰顶上，飘过来一团白色的东西，像一把大伞撑开了，从天而降。我见过降落伞。飞虎队在上水机场练习跳伞，上水人都见过。我一想，掉下来的伞上一定有人，我就把火苗挑大，让烟雾飘得明显些，这样，高空跳伞的人，就会看到目标。实际后来救的那位飞行员告诉我，当时他已经看见了汉江，只是烟雾让他知道了那儿有人。

降落伞快落地的时候，突然狂风大作，豆大的雨点打得河面白茫茫一片，这叫白雨，收麦的季节往往突然降临。狂风裹挟着白雨将江面的水花卷起有一丈多高，下落的降落伞正好在水花的上空，所以，降落伞就没有落到岸上，离我点火的地方，差出一大截。就在降落伞落到水面的时候，又是一个大旋风刮来，眼看降落伞要被巨流卷走，我的心提到了嗓子眼，我立刻站了起来，准备救人。这时，只见伞上吊着的人，双脚用力蹬踏河面，在一股水流的冲击下，降落伞挂在了回心石上，被暂时固定住了，而吊在伞上的人，则像一个巨大口袋，在水流里打滚。我一看得赶快采取措施，如果降落伞的绳子脱落或被磨断，人瞬间就会被巨流裹挟着降落伞卷走。我解开船头上的绳子，跳上船，迅速向回心石撑去，躲过三个巨浪的打击，我靠近了回心石，我将船头拨向落水者的方向，用力一杆撑去，当船身顺过来的时候，我迅速趴到船帮上，一只手伸向落水者，就在船身突然向下猛烈摆动时，我一把抓住了落水者，将他拉到了船上。由于他身上还捆着降落伞的绳子，他的身体掉进船舱里后，渡船被猛然拽住，船身立即在巨流中激烈摆动，不立即解开绳索，已经上船的人，会被水流的力量再次拖进水里。正好船舱里放了一把砍柴的刀，我随手操起来，用力砍向绳索，只一刀下去，绳子就断了，捆在绳索上的人，突然失去了拉力，一个滚翻，摔倒在船舱里，好在没有掉下河去。我拉了他一把，他坐起来，我快速跳到船头，拿起撑杆，开始拨正船向，使出全身力气，向岸边撑去。坐在船舱里的飞行员，看着河里的巨浪和剧烈颠簸的渡船，有些惊恐，他那双蓝色的眼睛，像鹰隼一样，充满了警觉。可能他习惯了空中的搏斗，却不了解水性，他的恐惧是自然反应。我也来不及安慰他，只管躲过一个又一个浪头，在激流中尽力拨正船的方向。由于浪头过大，又没有人划桨，船飞出两里地后，才慢慢靠岸。这时，飞行员似乎明白了过来，他打手势，好像问我应该帮点啥，我摇摇手，让他坐好，想必他在空中就受了惊吓，落到河里后又经历了惊吓，我想让他先放松下来。这时，风小了，雨也住了。岸边来了几个看热闹的，大都认识，我跳下岸，把船头的纤绳交给那几个人，让他们在岸上拉纤，我又跳上船，用手比画着让那个洋人放心坐在舱里用撑杆摆正船头的方向，我们两个人费了九牛二虎之力，才把船拉回平日里停船的地方。

这时，河滩上有了人的喊声，不一会儿跑过来一群人，原来是搜救飞行员的。来人到了跟前后，用外国话和飞行员交流，虽然我听不懂，但山灵曾给我讲过，美国人说英语，大概他们说的英语吧。说了几句话后，他们让飞行员坐在沙滩上，一个大夫样子的人，把一个圆形东西塞进飞行员胸口的衣服里，过了一会儿，他们扶起飞行员，准备离开。其中一个人对我说："你救了飞虎队的飞行员，得感谢你，你需要什么呢？"

摆渡人在河里救人，本来就是应该的，我说："不用感谢，摆渡人咋能看着落水的人不救呢？"

那人给飞行员翻译了我的话，飞行员摊开双手比画了几下，其中一个人，从衣服的口袋里，掏出几张纸币，对我说："老乡，你拿着这些美元，可以到机场的商店里，买到许多好吃的，请你收下。"

机场离渡口至少有十几里路，走个来回得半天时间，再说咱也吃不惯外国人的洋货，我就拒绝了。

他们见我执意不要，也不再勉强，鞠躬后离开了。

这事我早就忘记了，前些年，突然有记者找到我，说有一位当年飞虎队的飞行员，在访问中国时，几次提到他在一个渡口被救的情节，希望找到当年的救命恩人。他们根据这位飞行员的讲述，经过多方探究分析，专家说这个渡口很可能就是上水的唱河渡渡口。记者说起来，我才想起这件事，记者说他马上把这个消息报告给驻外使馆，过后不久，那位记者告诉我，说飞行员以九十岁高龄去世了，不过他去世之前，把当年他被救时穿的飞虎队队员的衣服，带给了中国，记者说，这件文物已经保存于省城博物馆。

我在渡口五十多年，遇到过有人落水、有人跳河自尽，或者洗澡的、游泳的，遭遇漩涡不能自己上岸的，有大人，有小孩，无论穷人还是富人，已经记不清救过多少人了，无论啥人都是一条命，人说救人一命，胜造七级浮屠，这是一个摆渡人的本分，谁见了掉进河里的人，能不去救吗？

可有一次救人差点救出麻烦，不是当时有麻烦，而是后来有麻烦。谁能知道几年后镇压历史反革命时，有人拿这说事，说我把国民党的残兵败将渡过河逃命，就是个历史反革命分子。幸好何青山的部下，在上水任职，是个说话管事的官，他知道我救过何青山的事，就给老首长打了个电话落实，何青山一听大发雷霆，在电话里叫骂，说："李万昌不但救过我的命，他和他爹一起，还给红军送过粮食和盐巴，他老婆娘家一大家子人，被剿匪的国民党军队杀害了，这样的人是历史反革命？笑话！李万昌是革命的功臣，是我们共产党的恩人！"何青山发的这顿脾气，吓坏了下面的人，再不敢提说这件事。我也就平安无事了。要不是运气好，有何青山说话，我早就被定为历史反革命分子了。今天你们就不会见到我了，我也活不到这样的岁数。

言归正传吧，救国民党军队的那两个人的时候，上水还没有被解放军占领，不过过渡的人整天传些听来的消息，说天就要变了，民国政府要完蛋了，共产党的解放军，已经从四面八方，包围了整个国民党的军队，过不了多久，就有部队包抄过来，上水很快就会成立新政府。还有人说，上水早就有共产党的人，只不过在秘密活动，大家不知道而已，最近已经公开化了。

遇到那两个人的当天中午，一个过渡的人说，一个团的解放军，从洋县的尖角渡口、龙嘴渡口，分批渡过汉江，驻扎在黄安坝的街上，要截断从巴山一带跑出来的国民党守军的后路。在黄安坝的街头，两军展开激烈搏杀，解放军早有准备，理所当然取胜，国民党所剩不多的败兵，作鸟兽散，各自寻找出路。河对岸尖角村的人，都能听到震天的枪声。

从黄安坝到唱河渡，八十多里路，不断有过渡的人说，在很远的地方，仍然能听到枪声。天黑尽后，渡口两岸已经没有人影了。天上没有月亮，但有星星，借着朦朦胧胧的夜色，可以看见对面的芦苇和沙坝，河两岸静静的，如同死地一般。兵荒马乱的年月，天黑就没有人过渡了。我正要收船，南岸突然有人叫船，隐隐约约听到声音，但看不到人影。忽然一道亮光打过来，在河面上晃动，我见过，那叫手电筒。这么来回晃动，岸边只要有人，都能看见。既然有人叫，我就得过去。那是个春天，河水保持在平常的水平，没有大浪，水流平缓得多，不用多大气力，我就把船撑到了对岸。船停稳后，才看清楚有两个人要过河。他们跳上船，打着手电筒，我借着光线一看，是两个军人，穿着黄色的军装，高个子的应该是个军官，小个子显然是他的卫兵。我一愣，他们显然是两个逃命的，渡他们不小心会有危险。一想，他是过渡的，我是摆渡的，有人过渡，就送他过渡，其余的事一概无关。见他们在船上站好，我没有说话，用力一杆，将船撑出一截。那个军官突然说话了，他说："老乡，我是上水人，十几年前当兵出去的，本来想打完日本鬼子，就回家孝敬父母，想不到打起了内战，现在是败军之将，在这儿过渡，就是为了回家看老父老母一眼，此后不知漂流到何方。"他的语气十分凄凉，我不知道该说啥，就没有回答，只管加快速度撑船。卫兵突然说："我们团长和你说话哩，你听到了吗？"

我说："听到了。"

卫兵说："平安把团长渡到对方，给你两块大洋。"军官摆摆手，卫兵不再说话。他们上船不久，就关了手电筒，只能看见河面上薄雾一样的水花，人只能看个模糊的样子，我不知道这两个人是啥表情，但肯定心情是很坏的。

我不想惹事，也找不到安慰他们的话，就说："在河边生活，谁个不过渡？有人过渡，就得有人摆渡，天经地义，不用给那么多钱。"

当官的说："感谢老乡了，大难当前，只想见老父老母一面，然后回去复命。如果老乡认为不该救我们，船到河中心，相信你有办法把我们推下水淹死，吃粮当兵前，就听过唱河渡渡爷的故事，有的是能耐，所以，我们绝不反抗。渡爷也可以上岸去告密，解放军的先头部队下午就已经到上水了。"

我先是一愣，是听说下午有一支部队进了上水城，他既然知道，为啥还往这里跑？不过一想，想看看老父老母，不惜性命，这是个大孝子。但我仍然不知道如何回答他的话，就加快手里的撑杆，我怕一旦停下手，引起他们的怀疑，命悬一线的时候，人都是多疑的，稍有不慎，可能产生严重后果。我又一下将撑杆下到深处，用力一杆，船飞出一截，我说："我只是个摆渡的，摆渡只管撑船渡人，不管客人来自何方，把客人平安送达对岸，是摆渡人的本分。"

当官的说："渡爷是个称职的渡爷，十年前我坐过渡爷的船，渡爷的身手非同一般，只要知道唱河渡的人，都知道渡爷。渡爷是个大仁大义之人，今生如果不出意外，有一天一定回来报答渡爷的救命之恩。"

我说："长官言重了，渡口就是渡人的，不渡人要渡口干什么？我也是从外地逃难到唱河渡的，接替渡爷，纯粹是个意外，从老渡爷手中接过渡爷的职责，我只知道渡口就是要渡人的，来的都是过路人，南来北往一杆情，船到对岸，撑杆放倒，转身人走了，走了就忘了。"当时我说的是真心话，当然也有稳住对方的意思，因为他们身上带着枪，不该惹人时不惹人。

船行至回心石，对岸不远处突然有了枪声，唱河渡的远处似乎也有人影晃动，我说一声蹲下，顺手将船锚抛向回心石，只听咣当一声，船锚稳稳地抓在了回心石上，我抓住船锚上的绳子，用力向怀里拉，几下工夫，船头便靠近了回心石，我用撑杆一拨，船身便顺着回心石的走向，隐藏了起来，这时只见有手电筒的光线在河面晃动，但只能听到哗哗的水声，那是水流经过回心石时，撞在石头上发出的声音。除此之外，整个河面，像无人的城池，一片宁静。

过了一会儿，光线不见了，那群人似乎离开了渡口，又过了一会儿，在确认没有任何动静后，我指着船尾的木屋，说："不一会儿船就靠岸，如果遇见人，你们藏到小木屋里，我支开人后，你们再出来。"我怕他们怀疑，又说："我以渡爷的名声担保你们没事。"

军官说："我相信。"

见他们两个答应了，我才重新起锚开船，两个军人不再怀疑，说话客气起来。军官说："我家里穷，兄弟多，吃不上饭，我就跟爹说，去当兵吃粮，爹想想没有别的办法，只好同意了。想不到我一到队伍上，三个月新兵训练结束，就开始和日本人干上了，鬼子的炮火厉害得很，但我们这边也不是吃素的，为了保家卫国，弟兄们都拿命去拼，后来拿了美国人援助的武器，双方打得难分难解，一干就是七八年，美国人在日本放了原子弹，鬼子投降了。庆祝胜利时，我想该过好日子了，盼着尽快回到父母身边尽孝，可正等着回家置办田地，让爹娘晚年过个好日子时，谁想自家兄弟又干起来了，而且越干越猛。眼看着国军的地盘不断变小，共产党的气势越来越大，这不我们刚从四川调过来，就被抢先一步的共军包了饺子，到了家门口，败将也得认父母，一个团的兄弟基本丢光了，死的死，伤的伤，没有死的和伤的，都被俘虏了，我是拼着命才逃出来。为啥兄弟打架，我说不清，但一臣不事二主，咱懂得自古做人做事的道理，我就想回趟家，看完爹娘再回去复命，即使军法审判，也只能认命。"

听了军官的话，我心里很难受，鼻子一酸，差点掉下泪来。啥年景，都是穷人遭殃。这个当兵的，也够背时的。我们说话间，船就靠岸了。两个人下船时，军官递过来手电筒，说："留个纪念吧，你在渡口用得着。电池用完了，上水城里有卖的。"

我赶忙推辞，这可是贵重东西，咱用不起。我说："黑里走夜路惯了，不用这洋光景。"

军官突然一条腿跪下，说："渡爷，你对我有救命之恩，都是穷人兄弟，收下吧，留个纪念，如果有我回来的那一天，再来报答渡爷的大恩大德。"

我一看，不收没办法，就接过手电筒，打开给他照路，士兵扶着军官下了船，离开时又转身，给我鞠了一个躬。

等他俩走进夜幕中，我冲着他俩的方向喊了一句："别跟他们干了，朝代更迭离咱老百姓远得很！自己的老娘世上只有一个。"

夜色中的两个人没有回音。

手电筒在我手里待了两天，就被王三娃知道了，他说家里实在太穷，揭不开锅了，晚上干点偷鸡摸狗的勾当，到集市上卖几个小钱，所以，急需这洋光景，用时打开，光照挺强，遇事一关，简单了事。事后才知道，当时正是西瓜成熟的季节，他常去外村一个富人家的瓜地里偷瓜，白天再拿到集上卖几个小钱。

他当时要得心切，我就给了他，想不到他拿着手电筒偷瓜的当晚，就被看瓜地的人捉住了，因为光线太强，他没有遮挡，开关一开，照出老远，本来已经到瓜棚里准备睡觉的看瓜人，见一道光线射过来，心里嘀咕，这偷瓜贼用的啥新式东西照明？于是悄悄弯腰摸过来，王三娃正好弯腰向口袋里装瓜，看瓜人是个小伙子，手里拿着一根棒，劈头打了过去，一声惨叫，王三娃倒在地上。不过在他倒地的时候，他紧紧抓着手电筒没有松手。小伙子一看，抓贼打出人命总不是好事，口袋里也就装了两个西瓜，就干喊几声说："以后再来，砍断你的腿！"这分明在暗示可以跑人。于是王三娃抱着手电筒逃掉了。因为小伙子下手太重，三娃回家后躺在床上，一病不起。一个月后，经常陷入昏迷，他的性命终于熬到了尽头。离世前，我去看他，他对我说："我一辈子怕走夜路，我死了你就把那个洋光景给我放到枕头边，好让我到阎王爷那里报到时别走错了路。"

我流着泪答应了他的请求。那时他的儿子王孝存，刚刚出生几个月，家里穷得连张木板也没有，只好光着身子用稻草裹着下葬，我把手电筒放到了他的脑袋旁。

想不到半年后土改运动来了，有人挖开王三娃的墓，把陪葬的手电筒找出来，以证明我不但救过国民党的军官，还接受了国民党少校军官的东西，是一个不折不扣的历史反革命分子。

由于何青山的保护，我才没有遭殃。土改时因为唱河渡都是穷人，没有土地可分，也没有地主富农可以批斗，积极分子就冲到邻村的几个地主家里，分了他们的田地和财产。这件事受到了上级表扬，上水市公安局长带着积极分子到省城开会，在会上休息时，被已经是省公安厅副厅长的何青山叫到了房间，大骂一通，说："你们记好了，唱河渡的渡爷李万昌和他老婆，不但救过我的命，给陕南根据地的红军送过粮食和盐巴，而且救过抗日时的飞虎队飞行员。他是救过两个国民党的败兵，可当时敌人手里拿着枪，是你们，敢不渡人吗？他一枪崩了你，你还不知道咋死的。"何青山警告来人："你们给我记好了，谁找李万昌的麻烦，谁就是和共产党过不去，小心我收拾他！"

何青山的话传到上水，人们知道唱河渡的渡爷背后有人，所以，多年来，一个运动接一个运动，但我平安无事。直至"文革"开始，已经当上副省长的何青山被打倒，我才遇到了麻烦。

听完了渡爷的故事，侯山川心里基本有底了，他想把这组雕塑做成艺术精品，关于人物形象、表达形式，他已经有了基本想法。

第九章 坚如磐石

　　侯山川从渡爷的百岁寿宴回来，有些兴奋。酒喝多了应该上床睡觉，可他偏偏一个人到了回心石广场，看着自己的得意之作，无限感慨。在银水流泻般的月光下，白色花岗岩石雕《坚如磐石》像一座浓缩的山体，在月光下发出淡淡光晕，迷离而又梦幻。复制的"衮雪"两个大字，在月光下呈现出立体的效果，本来深入石体的雕刻，此刻却像突出石面的精灵，给人一种平时难以窥见的灵动。雕塑的另一侧，一组人物在射灯的照耀下，似乎从崇山峻岭的悬崖中突然破壁而出，场面宏大，形象鲜明，同样令人震撼。以深浮雕的艺术表现形式，刻画出渡爷与洪水搏斗的激烈场面：渡船在巨浪上颠簸，四周的浪头不断涌来，而船尾摇桨的人物正是何青山，他双手紧紧握着桨把，双眼直视前方，双臂的肌肉充满强劲的激情，迸发出不可抑制的力量。整个雕塑，植根于同样是花岗岩铺地的广场上，像一座丰碑在无垠的空间里屹立。远处茫茫的巴山，此刻在夜的寂静中，像一幅展开的巨型水墨画，铺展在天地之间，而被充气拦水坝聚集的江水，像一个巨大的镜面，将四周的树影和远处的建筑物，纳入怀中，在水中构成了另一幅有别于巴山的图景，既像3D动漫，又像中国传统的剪纸艺术。侯山川看着那些景象，竟有些穿越时空的感觉。这些水里的图景，白天人们会在阳光下同样看到，可能已经习以为常，没有多少人注意，而此时，水里的景象和地上的景象，构成了两个世界，哪个更真实，侯山川似乎难以分辨。他突然有一种强烈的愿望，希望有人与他一起观赏这个景色，与他展开讨论。于是，他掏出手机，拨通了穆小碟的号码，他问："休息了吗？"

穆小碟说："还没有。"

侯山川说："如果方便的话，能不能到回心石广场来一下。"

穆小碟稍一愣，接着说："好的，我马上到。"

侯山川公司的办公室，就设在生态文化公园的朱鹮楼里，而旁边则是一家已经装修好的客栈，侯山川包了几间房子，作为公司的集体宿舍，穆小碟就在集体宿舍住，从那儿到回心石广场，也就五六分钟。

穆小碟很快到了，看见月光下像木桩一样站在那儿的侯山川，叫了声："侯总。"

侯山川回过神来，说："想让你来看看夜景，欣赏一下我们的劳动成果。"

穆小碟说："搞艺术的人思维真的和别人不一样，大半夜的不睡觉，在这儿发呆。"

侯山川看着月色下朦胧的山景，说："一位出家的当红歌星曾经说过，人生只有经历了五个阶段，才算圆满的人生，第一阶段，是生存需要，一个人仅仅为了吃得更好，穿得更好，维持生存的需要，这和动物差不了多少；第二阶段，生存问题解决后，他就需要事业，因为事业可以体现一个人的价值，一个人有了社会价值，就有了自我认同，他的生命就有了所谓的意义；第三阶段，有了事业后，他想使自己变得高雅，显得有文化、有气质，他就得了解艺术，艺术包括人类有史以来众多的精神创造，如果一个人有了艺术品质，能够欣赏文学、音乐、绘画、书法等等，他的生命不但有了意义，而且是一个生活有品质的人；第四阶段，越过第三阶段后，突然感到不满足，他会寻找生命的来处和去处，即生命的真正含义，而不是生命呈现给社会的实用意义，这个时候，他得向哲学要答案，哲学的全部意义，在于解释人从哪里来，要到哪里去，人存在究竟有什么意义。可是，从古希腊哲学大师苏格拉底、柏拉图、亚里士多德，到近代的康德、萨特等，他们各有理论，影响巨大。哲学家们不断研究，答案五花八门，可总归只是一种学说，重在推理，却无法证明。而任何一个科学结论，是需要实证的。哲学家始终无法实证，仅仅局限于学说，最后，只有向宗教寻求答案，这就到了第五个阶段。宗教的意义不仅仅在于信仰，而是寻求生命的真谛，因为生命的真谛超越了现实世界的生死，宗教就提供了天堂、地狱等现实世界中生命无法抵达的超验世界，进入对精神和灵魂的追索。历史上有众多的圣者，他们真切地描述了生命真相的不同维度，告诉世人那些境界真实不虚。圣人所达到的境界，尽管凡夫难以体会，可那些已经或者准备追索生命真相的人，不但虔诚向往，而且不断精进，努力向目标靠拢。可惜，我也只在第三个阶段徘徊，离人生的最高境界还差两个层次。"

侯山川说得慷慨激昂，穆小碟却听得迷迷糊糊，她说："听侯总这么说，我简直就是无知。"

侯山川从自我陶醉中醒过神来，笑说："女人无知一些好啊，才显得清纯可爱，如果一个女人天天和男人讲哲学，任何一个男人也受不了啊。"

穆小碟笑了，说："原来这样呀，男人都希望女人是傻瓜。"

侯山川说："只要男人和女人动了真情，就都是傻瓜。什么爱呀，非你不嫁，非你不娶，你想想，世界上有多少男人？又有多少女人？你遇到的熟悉的，充其量也就几百上千人，怎么就知道这个世界上，只有一个人跟你合适？纯粹是胡话。那些出世的高人，说得更清楚，就是一个迷失的凡夫。"

穆小碟说："以侯总的说法，就不要爱了呗。"

侯山川说："我可没有说不爱，爱还是要爱，但不能痴迷，不要死去活来，错过一个人，后面可能会有更好的。"

穆小碟又笑了，说："侯总半夜把我叫到这里，就是说这些的？"

侯山川一愣，本来希望找个人，来夸奖一下自己的大作，话题突然跑偏了，他赶紧收住。看看手表，时间已经夜里十一点了，就说："回去休息吧。"

侯山川把穆小碟送到住的地方，自己则开车回到自己租住的房子，躺下后依然睡不着，雕塑《坚如磐石》诞生的过程，历历在目……

当时他听完渡爷的故事，从中获得了创作灵感，基本确定了创作思路。在与创作团队沟通前，他正好到北京参加一个艺术研讨会，就顺便到首都图书馆去查证，看能不能找点对应的资料，因为当下的创作素材，只是渡爷的口述，从历史事件的角度讲，还得有其他支撑材料。他想了想，就去查阅那个时期的《中央日报》，因为飞虎队飞行员跳水这件事，在当时应该有相当的新闻性，如果确切发生过，一定会找到相应的信息。他大概估摸了渡爷讲述的那个时间段去查找，果然找到了一条新闻。"中央社西安消息：本月三号，一架盟国飞虎队飞机，在执行军事任务途经巴山山脉时，飞机出现故障，飞行员跳伞求生，无奈大雨狂风，连人带伞落入江中，时值江水暴涨，波涛汹涌，飞行员命悬一线。所幸，有陕南上水县江边一名船工不顾安危，驾船施救，与激浪数次搏击，几经覆舟之险，终将飞行员救起，其情景让两岸目睹之民众惊之感之叹之。当搜救人员赶到，彼飞行员早已安然无恙矣。而盟军人员要出资酬谢这位李姓船工时，船工当即婉拒，我中华大众品德之高尚，民风之纯朴由此略见一斑。"

而对于渡爷讲的另一段故事，侯山川费了很大的功夫，没有找到相应的佐证。半年后，他的同学在接待一个台湾作家代表团时，收到台湾一家出版社的一本赠书，书名叫《乡愁余音》，其中有一篇是一位大陆老兵的孙子接受记者采访时，讲述的他爷爷的故事，他爷爷曾经是国民党军队的一个团长，上水市人。民国三十八年（1949）随部队溃退到台湾，但又很快离开台湾到了美国。书中有一段正好写的他爷爷的家乡上水市，和他爷爷在唱河渡渡口被救的情节。他的同学知道侯山川正在以唱河渡的历史为题材，主持创作一组人文景观，就说寄给他看看有没有用。侯山川接到打开一看，正好对应了渡爷的故事，不过在那篇文章中，涉及唱河渡渡口遇到渡爷的情节，只是一段，与渡爷讲的故事基本吻合，文章更多地说了他爷爷离开唱河渡后的去向，并说了他爷爷怎么去台湾的经过，而后又去了美国的事。在他晚年的回忆中，这位当年的老兵对孙子说："历史对于那些能够改变历史的人来说，只是那个时候他们的一种选择，即使他们有一万条理由，在事后证明他们的选择是正确的，可对于千千万万的普通人来说，他们的命运根本不受自己左右，他们像被巨浪裹挟的一粒尘沙，或随波逐流，或葬身海底，多半与他们的想象相去甚远，有的可能背井离乡，家破人亡，妻离子散，永远回不到他们的故乡。作为一个中国人，我这一辈子最大的遗憾，就是生没有给父母尽孝，死也回不到故乡，我是一个不肖子孙！我为什么从台湾很快去了美国，是因为那晚下船后船工冲着我喊的那句话：'别跟他们干了，朝代更迭离咱老百姓远得很！自己的老娘世上只有一个。'可惜我离开了，没有来得及孝敬老娘。"

这段文章，给了侯山川启发，他想一定要使这组人文景观，超越历史的局限性，成为真正的艺术品。他组织团队加紧时间创作，半个月后，拿出了一组样稿，其中三件单体雕塑，他特别满意，就异常兴奋地把郝东水请到了办公室，审看这三件作品。

一件名为《历史汉江》，在一条起伏的白色巨浪上，升起一根巨大的桅杆，桅杆上横生出一根吊杠，吊杠上挂着一群没有面目的人，从形体的造型上，大致能看出来有男有女，有老有少，他们全身赤裸，纠缠在一起，既相互扭结，又相互排斥，形成大小不一的三个圆环，套在一起，与桅杆的风帆形成对称的三角，整个雕塑从四面立体展开。风帆的造型，如天际处的银线，飘逸而梦幻，似乎处于静止的状态中，却像在不停地飘动；人体的造型，既有女性的柔美，又有男性的刚烈，刚柔相济，相互映照。远看像银树结果，枝繁叶茂，近看形象逼真，色彩宁静，既像一个童话，又像一则寓言。侯山川说："渡河就是一条人类的文明史，风帆则象征人类的所有努力与创造，而人类的最大对手是自己，他们的骨子里、血液里、本性里，疯长着一种利益取向的私欲，他们虽然以血缘、情感相互交往和寄托，但他们的合作和依赖，并不是为了永久地结合，而是暂时的需要和利益。人类数千年的历史，包括科学家发现的人类史前文明，只不过证明了一次次从生到死的轮回，他们的本质并没有发生变化。可是，外表的呈现，许多时候是美好的、华丽的，充满了勇敢的精神及生命的张力。这个雕塑，告诫人们要回到自身，回到当下，考问华丽外表下的灵魂。"

另一件作品，名字叫《唱河渡口》，名字一听是个写实的，可这件作品一点都不写实，完全是象征性的，一个变形的渡船，船头和船尾是扭动的，而且船体部分，有大小不规则的几个洞，船头上竖起一根撑杆，撑杆上飞起一个人，双脚钩着撑杆，呈倒立匍匐状；而船舱里双手紧握船桨的人，双脚前后分开，奋力摇动。衣服是飘起来的，下身则露出了双腿的肌肉。撑杆上吊着的人，和船舱里摇桨的人，肌肉夸张，头发飞动，整个形象充满了人体的力量。可是，人物只有脸型，没有面目。

侯山川的诠释是："这尊雕塑表现的是唱河渡的历史，仍然是自渡渡人的主题，不管是世界的大历史，还是一个人的小历史，抑或一个村庄或一个地域的发展史，都是人类历史的汉江中，一艘扭动的船。它的船体，在大多数的情况下，漏洞百出，只能靠人们的不断修补而前行。正因为这艘船有漏洞，充满了危险，所以，人们只有尽力配合，才能度过一个又一个险滩，保障自己的生存处于安全状态。之所以没有雕刻人的五官，其意义，不同的读者可做不同的解读。历史留给后人的，多是事件的结果，而非人物的完整形象，而人物的本来面目，是由细节构成的，但历史呈现给后人的细节，多半是靠不住的，有的是当时人们有意的美化，有的是为尊者讳而遮盖了事实真相。那些反派人物，更是寄寓了当时人们的道德评说，完全忽视了人物的真实。因此，要认识历史，与其看历史人物，不如看历史的结果。用今天的大数据来说，就是一种趋势，模糊才是历史的本质。所以这尊雕塑，在于表达一种意象，而非具象。"

还有一件作品叫《国色天韵》，是以出生于上水襄河上游古襄国的褒姒为题材创作的。公元前七七九年，周幽王攻打褒国，褒国将褒姒献与幽王。幽王见了褒姒，惊为天人，非常喜爱，马上立她为妃。但褒姒虽然生得艳如桃李，却冷若冰霜，自进宫以来从来没有笑过一次，幽王为了博得褒姒开心一笑，接受了佞臣虢石父出的主意，提议用烽火台一试。烽火本是古代紧急军事报警信号。由国都到边镇要塞，每隔几里地就有一座烽火台。一旦犬戎进袭，首先发现的哨兵立刻在台上点燃烽火，邻近烽火台也相继点火。诸侯见了烽火，知道天子有难，必须起兵赶来救驾。虢石父要周幽王以如此儿戏，引褒姒发笑。周幽王居然采纳了虢石父的建议，马上带着褒姒，登上了骊山烽火台，命令守兵点燃烽火。一时间，狼烟四起，烽火冲天，各地诸侯一见警报，以为犬戎打过来了，果然带领本部兵马急速赶来救驾。赶来才知不过是大王和王妃放烟火取乐，诸侯们被戏弄，怀怨而回。褒姒见千军万马召之即来，挥之即去，觉得十分好玩，禁不住嫣然一笑。周幽王大喜，立刻赏虢石父千金。周幽王为此数次戏弄诸侯们，诸侯们渐渐地再也不来了，最终成为导致西周灭亡的诱因。

侯山川团队根据这段历史传说，创作出的汉白玉材质的褒姒小样，栩栩如生，特别是穿着的衣裙，微微飘动，不像是一块石头雕琢的，倒像一个缩小版的真人，站在江水澎湃的岸边，被微风吹动衣裙，整个身材苗条精致，委婉动人，特别是那双眼睛，清亮而明净，整个脸部表情，温顺而柔情，完全颠覆了传说中褒姒妩媚的形象。侯山川说："几组雕塑，几乎全是以男人为题材的，英武高大，坚强有力，但是作为汉江灵魂的写照，不能都是男人的天下，汉江的内在柔情，恰恰是这片土地的特色。褒姒的形象，浓缩了上水这片土地母性的伟大，她们养育了千千万万的儿女，却一直被外人误解，以为她们的美貌，是专门用来取悦男人的，是用来作为利益交换的。"侯山川解释说："烽火戏诸侯只不过是西周灭亡的催化剂，就算没有烽火戏诸侯，西周早晚也会在其他事件中灭亡。可是这件事，一直被人们误读，把男人干的坏事，统统推到了女人身上，这是不公平的！所以，我们要为褒姒平反，她是一个典型的被侮辱和被损害者的形象，这件作品就是要把褒姒的美丽，与汉水的柔情与浪漫完美地表达出来，使她成为这片土地柔美母爱的象征。所以取名叫《国色天韵》。"

侯山川说得天花乱坠，郝东水只是平静地听着。侯山川激情澎湃，希望他的解读能赢得郝东水的肯定，可郝东水在他讲解的全过程，面无表情，他讲完了，郝东水也没有立即回应。侯山川为了展示团队的才华，和他深刻的主题，把沈山灵也叫来给他站台，郝东水则带着办公室主任范小迪。不但郝东水没有反应，沈山灵和范小迪也不说话，气氛一时有些尴尬。

侯山川还想解释，郝东水打断了他的话，说："我不懂艺术，更不懂你说的那些关于历史的高论，对《国色天韵》暂不论，我只想看到渡爷与洪水搏斗、送何青山过江的场景，因为我要拿这个小样，去征求何怀山少将的意见，以此获得首长的支持，使唱河渡机场搬迁尽快获得批准。"

郝东水除了对《国色天韵》没有表态外，对其他两件作品，都毫不客气地否定了。侯山川显得有些激动，他无奈地摊开两手，说："艺术是一种审美，不是实用的商品，更不是歌功颂德的贡品。"

郝东水说："我不反对你按自己的想法创作，但咱们是甲方和乙方的关系，是签订了合同的，你的创作方案深化后，不但要征求管委会的意见，最后还要获得专家评审小组的认可，最后才能落地实施。"

一说甲方乙方，侯山川无语了。沈山灵这时说："侯总这两件作品确实充满了灵动之气，构思也别致，可我从普通观众的角度看，看不出这件雕塑与唱河渡有什么联系。如果不是放在唱河渡，而是放在中国其他任何一个城市的公园，说他是一件有品位的公共艺术品，我想没有问题的，如果放在唱河渡生态文化公园，人们可能无法将它与唱河渡联系起来。"

从艺术的角度讲，郝东水的意见他可以不接受，隔行如隔山，可沈山灵的意见，他不得不认真对待，因为沈山灵毕竟是一个很有艺术气质的文化记者，侯山川在与沈山灵多次交流中，沈山灵的审美感受，他是认可的。侯山川一时不知说什么。

郝东水说："我们听听清河市长的意见吧。"

说着，郝东水给夏清河办公室打电话，响了几声，电话被接起来。他说："我是东水，没有提前约，不知道市长这会儿有没有时间？"

夏清河说："有事吗？我这里正处理一件事，马上就结束了。如果你那里事情急，我这里就把其他的事向后推推。"

郝东水说："是有点急，就是去见何怀山少将时带的雕塑小样，想听听你的意见。"

夏清河说："我过去，还是你们过来？"

郝东水说："小样比较大，不好搬动。"

夏清河说："好的，我马上过去。"

郝东水说："在公园朱鹮楼侯总的办公室。"

夏清河说声知道了，就放下了电话。

二十分钟后，夏清河到了侯山川的办公室，一进门就在大厅的展台上，看到了三件雕塑作品。他并没有立即说话，而是反复变换角度，看了几遍，包括细节的塑造。看完后，他也没有发表意见，说："侯总说说你的构思？"

侯山川知道夏清河是名牌大学毕业的，而那所大学里的美术系，在全国综合性大学的美术专业里影响是很大的。从他和夏清河的接触中，他判断夏清河一定选修过美术课，至少听过美术史大课。今天真是棋逢对手，他可要好好和官员理论理论，不能让权力强奸艺术。所以，他慷慨激昂地把这两件雕塑的创意，比讲给郝东水时又更细地复述了一遍，他相信夏清河是他的知音。

侯山川最后说："这三件作品，在思想深度和艺术形式的表达上，至少是对目前中国城市公共艺术品创作的一次超越。目前中国的城市雕塑，普遍存在思想肤浅、表达直白，更不用说艺术形式的突破。"

侯山川说完，夏清河问："东水的意见呢？"

郝东水就把自己刚才的看法说了，又说："我的意见很明确，这个小样不能拿给何怀山少将看。他首先就没有打动我，怎么打动人家呢？"

夏清河见沈山灵也在场，就问："大记者有什么看法。"

沈山灵说："这三件作品的艺术构思，应该说确实对中国的城市雕塑的品质是一次提升，把具象和抽象完美地结合了起来。我比较欣赏《国色天韵》，其他两件作品，如果参加国家级美术展览，我相信一定能得到高度评价，但作为唱河渡生态文化公园里的人文景观，缺乏地域的独特性。"

沈山灵说完了，夏清河还是没有说话。侯山川开始还有点矜持，慢慢控制不住自己的情绪了，有些激动地说："我们是合作关系，领导可以出题材，艺术家依据领导指定的题材，发挥自己的想象力进行自由创作。艺术创作如果没有艺术家的自由想象，其呈现出来的作品不可想象。纵观艺术史，从古希腊的荷马、萨福到欧洲文艺复兴时期的达·芬奇、拉斐尔、米开朗琪罗，再到近代西方的凡·高、塞尚、毕加索，他们不朽的作品，都来源于他们自由的创作。位于挪威首都奥斯陆的生命公园，占地八十公顷，是挪威最著名的雕塑家古斯塔夫·维格朗向国王要的一块土地，然后用四十年的时间创作完成的。用'生命之桥、生命之源、生命之柱、生命之环'四个部分，一百九十二座雕像和六百五十座浮雕，展现出生命的主题。将人的一生，从小到老，喜怒哀乐，生殖繁衍，爱恨情仇，融为一个整体。可以说，它是当今世界影响最大、水平极高的主题雕塑公园。人们为了纪念这位伟大的雕塑家，用他的名字命名了这座公园：维格朗公园。这座公园的土地，是国王给的，可艺术家的创作，并没有受到任何指示，是艺术家用自己的一生自由创作完成的。更为可贵的是，艺术家并没有选择挪威的英雄人物，或光辉历史做素材，而是以人类所共有的生命作为主题。所以，艺术的价值在于超越时空，艺术的规律，就是尊重艺术家个体化劳动。"

侯山川认为自己表达得已经很清楚，所以，看着夏清河，希望得到他的支持。夏清河并没有回避他的目光，而是看着他平静地说："我虽然在大学旁听过美术大课，但对艺术一知半解，不敢在专家面前谈艺术，我只是从一个读者的角度，谈一点想法。说艺术是高雅的，艺术是审美的，肯定没有错。春天的花朵、冬天的雪山，对旅游者、观赏者而言，他们认为是美景，而对于生活于其中的人们，未必是美的，很可能经受着饥饿或严寒的折磨。对于文学艺术而言，既有李白的'人生得意须尽欢，莫使金樽空对月'，也有杜甫的'安得广厦千万间，大庇天下寒士俱欢颜'，又有白居易的'在天愿做比翼鸟，在地愿为连理枝'。人们之所以把各种艺术形式表达、各种观点并存称为百花齐放，是因为人的个体化存在，决定了他们对世界的感受不同，得出的结论也就不同，审美同样具有差异化。你的观点肯定有你的道理，但我们只谈具体作品。"夏清河停了一下，看看郝东水和侯山川，说，"汉水游女和褒姒，一个出自《诗经》，一个出自著名的经典故事，这个题材显然是上水重要的文化符号，至于艺术家这样创作，可以经过探讨，不断深化。对于其他题材的处理，我提个想法，仅供你们参考，渡爷所讲的最精彩的故事，都与回心石有关，为什么不可以在回心石上做点文章？拦河坝加高后，唱河渡渡口位置，将变成一个不小的湖，回心石只能露个头，'衮雪'两个字，也就长期被淹在水下了，人们很难见到这件艺术珍品的原貌，除非你安排在一定的时间段，开闸放水，让它露出真容，可那种做法可能性很小。唯一的可能，就是通过国家文物局批准，把'衮雪'石刻整体切割下来，放在市博物馆里存放展览，那样的话等于破坏了文物，文物保护法是不允许的。如果你们把回心石和栈道复制于生态文化公园，一面雕刻'衮雪'和汉魏石门十三品，巨石的另一侧，以渡爷讲述的故事为素材，创作出一组浮雕，不是一举两得吗?"

听夏清河这么一说，侯山川开始有点蒙，进而为之一振，他得承认夏清河出的这个主意是个高招，他对已经完成的两件作品，根本就没有表态，不作任何评价，而是另辟蹊径，而且他的这个提议扩展了题材，增加了这组雕塑的内涵容量，自己怎么没有想到呢?夏清河讲了一举两得，可在他看来，一举三得，既解决了目前的争议，又找到了一个很好的题材，又把淹没在水下的文物"衮雪"和石门十三品再现给世人，如果再以浮雕的形式，表现渡爷所讲的故事，就不是一件单一的作品，而是一组作品，很有可能创作出一组很好的雕塑。这么一想，他立即说："这个提议好，我尽快组织创作团队做出样稿，再请夏市长和郝主任审核。"

为了缓和一下刚才的气氛，侯山川对郝东水说："请郝主任原谅我刚才的态度! 搞艺术的人都这样，容易冲动。"

郝东水笑着说："如果连这点小事都计较，那一天就不用干别的了。你看我在这个位置上负责，好像挺有权力的，实际上很多时候，就是你们乙方发牢骚的垃圾桶。"

侯山川说："不敢不敢，如果像郝主任所说，那也是个智能保管箱，绝对可以把垃圾二次利用。"

夏清河说："看来侯总不仅仅是个艺术家。"

侯山川说："谢谢领导夸奖! 我本来就是乙方嘛。"说完，自嘲地笑了……

想起这段往事，勾起侯山川无限感慨，雕塑《坚如磐石》的成功，首先得感谢郝东水，是他首先否定了他开始创作的两件作品，如果没有他坚决反对的态度，可能就不会当场把夏清河叫到现场，后来夏清河的提议也可能不会有了。艺术创作的灵感，很多是在偶然的情况下触发而产生的。第二个当然要感谢夏清河，如果没有他的提醒，他还一直沉醉于他的构思中，是夏清河的点子，一下子打开了他的另一个思路，最终才有了这件令各方都满意的作品。

让他万万想不到的是，今天下午有朋友给他发信息说，夏清河可能出事了，已经两天没有露面了，具体什么事没有说。本来他想问问郝东水，但酒喝多了，郝东水又来得晚，见到郝东水竟一时忘了，等他再想起来时，又觉得不好问，官场上的事，有诸多忌讳，所谓的出事，十有八九是被纪委带走了，除此之外，还能有其他大不了的事吗？朋友还提醒他，与夏清河有没有深度交往，会不会受到牵连，影响不影响后面的事？他想了想，他与夏清河只有工作关系，根本没有纯粹的私人交往，他也没有给夏清河送过任何东西，这事与他不会有半点牵连。

可是他还是睡不着，不禁又想起他拿着样稿，与郝东水和夏清河去见何怀山少将的情节。

与夏清河、郝东水谈话后，侯山川又找到渡爷，请教回心石和河唱的传说，渡爷说："回心石是不是神石，我不知道，但我知道，回心石就是一个寿者的眼睛，它看着人间风云变幻，人事来回过往，无论朝代更迭，不管山河变故，不动声色，不做判断，任其潮起潮落、酷暑严寒。河唱是老天爷对世事憋不住时，发出的呼叫或叹息，它依然不管人间的反应，只管按天地之道表达自己的声音。有心者听懂的话，那是听者的福报，听不懂也无关河唱的有无。"渡爷的几句话，更加坚定了侯山川以回心石为素材的创作思路。

他的创作团队用一个月时间，拿出了雕塑《坚如磐石》的样稿。在刻有放大一倍"衮雪"和石门十三品的石刻背面，用深浮雕的手法，雕刻了三幅画面，分别以"巨浪飞舟""水天一色""岁月感叹"为题目，再现了渡爷与红军何青山、飞虎队美国飞行员、国民党败将之间发生的汉江之渡的故事，表达了人与自然、人与人、人与社会的激烈矛盾，刻画了时代变化中个体生命在选择时的复杂心理。特别是"巨浪飞舟"，被雕刻得活灵活现：冲天的巨浪，使原本坚硬的石头，变得充满了动感，那些飞起的浪花，似乎不是石头上的雕刻，而是汉江里正在咆哮的激流。而一条船上的两个人，高大威猛，一个稍胖，一个略瘦，一个船头，一个船尾，将几乎要在巨浪中竖立起来的船，牢牢掌握在自己的手里，他们脚如磐石，手如铁钳，迎着巨浪前行。而船尾那个摇桨的人，正是何青山，他双目圆睁，弯腰弓背，浑身充满了不可抑制的力量，船头的渡爷，同样稳如泰山，坚如磐石。

在与何怀山见面之前，他把"巨浪飞舟"样稿中人物部分，单独放大到落地时原作的三分之一，人物形象和面部表情，都十分清晰，观者完全可以想象到落地后的实景。《坚如磐石》高二十一米，长五十一米，由回心石和一组山体、栈道造型构成，中间人物浮雕部分高七米，三组雕塑长四十九米，而何青山与渡爷的形象比例小样，达到了三米九的高度，所以，连人物的睫毛都一清二楚，面部表情更是异常生动。雕塑家用了写实的手法，将人物的面部刻画得十分逼真。

去见何怀山少将时，夏清河带着郝东水、侯山川，为了留下一些镜头资料，让沈山灵也跟上了。他们一行开着一辆中型面包车，后面刚好装上《坚如磐石》中"巨浪飞舟"的人物小样。从上水市到西北空军驻防地，要经过秦岭山地，道路跨桥钻洞，大多数时间在群山中穿行。好在是高速公路，七个多小时就到了。他们是早

晨七点出发的，中途在高速服务区简单地吃了一顿午饭，下午三点多就到了。在宾馆住下后，郝东水打电话与何怀山联系，何怀山接到电话，说："怎么不提前告诉一下呢？我专门安排人在办公室等着。"

郝东水说："谢谢首长！不用客气，看首长什么时间方便，我们去您办公室，还是？"

何怀山立即说："我去看你们。"

为了有足够的空间展示雕塑小样，他们预订了一个小会议室，外围一圈沙发，在中间的会议桌上，刚好摆放雕塑小样。

夏清河带着郝东水几个人，到楼下门口去迎接。何怀山很快就到了，在门口做了介绍，何怀山握着夏清河的手，问："渡爷李万昌的身体还好吧？机场搬迁的事，我早就知道了，但渡爷还关心这个事，是最近才知道的。"

夏清河说："渡爷身体不赖，不像一个马上百岁的老人。机场搬迁的事，让首长费心了。"

何怀山说："给经济建设让路，改变落后地区面貌，军队当仁不让。"

大家在门口寒暄之后，就一起上楼。一进会议室，何怀山第一眼就看到了雕塑小样。爷爷的形象，在他的记忆里，是一个上了年岁的老头，但面前的形象，显然是爷爷青年时候的样子，尽管在他的记忆里，无法搜寻到爷爷年轻时的面容，但父亲的样子就是最好的模板。眼前的形象，几乎与父亲年轻时一模一样，可能由于艺术手法的精到，人物形象活灵活现，不像一个石材的雕塑，倒像是真实人物的再现，充满了动感。何怀山快步走上前去，站在近处细细端详，片刻之后，他的眼睛里有了泪花。他转过身，问："这是哪位艺术家的大作？"

夏清河说："是这位侯山川先生团队的创作。"说着，把站在身后的侯山川让到了前面。侯山川赶紧上前握住何怀山的手，说："首长好！"

何怀山握着侯山川的手，说："感谢你！难得难得。我走过不少地方，也见过不少城市雕塑，中国的城市雕塑，比起张骞墓前的石虎、乾陵的被砍掉了头的人物、三星堆出土的文物，更不用说陕西出土的秦兵马俑，差到哪里去了！一次我听一个艺术家说，他们总结了五多，圆柱多，圆球多，握手多，裸体多，昆虫多，美其名曰走向世界、国际融合、面向未来、生命不息。很少花功夫表现革命历史题材，即使许多纪念性建筑物，多是概念化创作，有力量少温情，很难引起人们的共鸣。看到侯先生的作品，令人耳目一新。"

侯山川忙说："谢谢首长厚爱！这个作品的创意，还是夏市长出的点子。"

夏清河说："素材来源于渡爷，我只是说了个想法，关键在于以侯先生为主的创作团队的才华和努力。"

郝东水说："他们确实花了大力气，最先完成的一组作品，小样都出来了，最后还是推倒重来。"

沈山灵突然说："我在网上看过首长的书法，很有汉隶'衮雪'的味道，请首长给这组雕塑题个字吧？"

尽管侯山川没有看过何怀山的毛笔字，并且不知道他的毛笔字算不算书法，但他是作品的主创者，这个时候必须表态，于是，他立即说："这个主意好！请首长赐予墨宝！"说着，掏出一张名片，在名片的背面，写上雕塑的名字：《坚如磐石》。

何怀山接过名片，看了看，说："这个名字好！虽然不知道这个名字的来历，但这四个字有力量，正好表达了这个雕塑的主题。不过我写字，纯粹出于爱好，只能叫写毛笔字，离书法还差得远，这个字就不用题了，还是请一位能担当得起的书法家题写吧。"

郝东水说："首长客气了，这组雕塑，如果首长题名，再恰当不过了，要的不仅仅是书法，更重要的是意义。"

何怀山说："这些年有一种怪现象，会不会写毛笔字的，只要有点名头，总会在一些纪念性建筑、旅游景区景点题字留名，如果你写在纸上、纪念册上，留个纪念，表达一下感情和支持，那是正常的。可你如果刻在纪念碑上，或其他纪念性建筑上，企图流传后世，这就大错而特错。我们这些人，生活中处处沾着先辈的光，连写字也要沾先辈的光？如果我写了，后代看了会骂我们不但没有文化，而且不知道自己的斤两，拿祖宗的书法艺术开玩笑。"

何怀山把话说到这个程度，谁也不好再说什么，夏清河打圆场说："首长太客气了。"

接着，他们转换了话题。郝东水说："渡爷录了一段视频，给首长看看。"

说着，他们坐下来，沈山灵在提前准备好的一张桌子上，打开了电脑，开始播放她录制的渡爷的视频。视频中，渡爷头发胡子眉毛一片雪白，虽不能说有仙风道骨，但充满了飘逸洒脱神态，两眼炯炯有神，穿着一件白衬衫，坐在一把红木椅子上，他说："何将军好呀，实在想念何省长，你爷爷是一个多么好的人哪，要是活到今天多好啊，我一定请他到唱河渡来，看看他一直牵挂的人。他在当省公安厅领导的时候，就多次来过唱河渡，每次来了都看我，回回给我带吃的。要不是他照顾，我这把老骨头早就喂狗了。我活到了现在，纯粹是个废物，我宁愿和他换换，他活到现在，会给人民立多大的功呀。我于他只是一水之情，可他于我有多次救命之恩，我忘不了他呀！向你的父亲问好，请你们方便的时候，到唱河渡来看看，看看这里的山水，看看这儿的发展。"

渡爷的讲话持续了几分钟，可看不出他老人家有一点疲惫。视频播放完毕，何怀山的两眼湿润了。他说："我得抽时间去唱河渡看看渡爷。"

接着，夏清河向何怀山转达了平信书记和韩市长的问候，何怀山表示了感谢之后，直接说："别的我们就不用客气了，晚上我们吃个便饭。"

郝东水马上说："首长，我们在酒店预订好了，就在这里用餐吧。"

何怀山说："我应该尽地主之谊吧？"

夏清河笑着说："那就听首长的吧。"

晚上六点，夏清河一行，准时到西北空军联勤部所属宾馆的包间，郝东水抬头一看，包间名字叫酒泉。来见何怀山之前，他就通过军队的朋友，知道了何将军爱好喝酒的习惯，也知道西北空军所属宾馆、饭店招待所，统统以军区所辖战区的地名命名，特别是那些在历史上发挥过重要军事作用的地名，以何怀山的话说，这叫记住历史，不忘重任。因为何怀山当兵是从酒泉开始的，又因为爱酒，所以有重要接待，都会安排在这个包间。知道了何怀山喜欢喝酒的习惯，郝东水特意通过经销茅台酒的同学，到茅台酒厂进了十箱十年飞天，这次专门带来，准备作为礼品送给何怀山。进房间时，司机抱了一箱飞天茅台，郝东水说："首长请客，喝我们带来的酒吧？"

何怀山一看，说："我看你那个包装，真酒不假，可你能喝多少？我肯定管够。到了我这里，我喝你的酒？回去渡爷听了怎么说，还以为我管不了你们一顿酒。"

大家笑着坐下，菜很快上桌。何怀山带了四个人，喝酒正好一对一。他的部下早就打开了酒。何怀山拿过酒瓶，展示给大家看，说："这个酒是我老家的，不比茅台差，无论是原料、工艺都是上等的，有四百多年的酿造历史。"

服务员给大家斟上酒，何怀山拿起杯子说："大家先尝尝，如果认为可以，我再敬大家。"

郝东水抿了一口，味道确实不错，入口绵软，满口留香，没有丝毫冲劲，咽下之后，从嗓子眼冒出淡淡清香，他立即叫道："绝对的好酒！"

在座的会喝的和不会喝的，几乎同时附和道："好酒，好酒！"

何怀山十分高兴，说："好喝，大家就一醉方休，谁也不许偷奸耍滑。这可不是我一个人的感情，代表了我老家三百万乡亲的感情。"

说着，何怀山端起酒杯，说："喝酒正式开始，我先敬各位一杯，祝大家来这里心情愉快！"

大家立即举杯响应。何怀山一口喝干了杯子，大家见状，也都干了。

侯山川立即说："请首长给我留个酒厂联系方式，我们和朋友们进一批，这么好的酒，不喝枉称喝过好酒。"说后，侯山川一口喝了杯中的酒。

何怀山说："看来我给家乡酒厂广告做得不错。"

大家又是一阵笑声。

沈山灵见刚才还正襟危坐的将军，突然之间如同变了个人，如此可爱，就说："请教何将军，酒和爱情哪个重要？"

何怀山端着酒杯问："结婚了吗？"

侯山川说："眼光太高！"

何怀山说："那我建议你找个军人，十有八九自然就会知道哪个重要。"他说："我在大西北干了快一辈子了，草原上的男人有三个爱好：马背上、酒盅里、女人的怀抱里。我没有别的爱好，就是喜欢喝酒，更喜欢看别人喝酒。你看古代沙场，有几个英雄豪杰不喝酒的？葡萄美酒夜光杯，欲饮琵琶马上催。醉卧沙场君莫笑，古来征战几人回？女侠秋瑾也有诗曰，不惜千金买宝刀，貂裘换酒也堪豪。一腔热血勤珍重，酒去犹能化碧涛。"

何怀山的话音刚落，沈山灵就立即鼓掌，引得大家一齐响应。

郝东水笑着说："首长果然不是一般酒友，至少是酒神。"

何怀山说："这个称呼我接受，不是说喝酒分酒徒、酒鬼、酒神、酒仙吗，我虽到不了酒仙的段位，不会酒后赋诗作画，但绝不酒后胡言乱语，至少到了酒神的段位。"

大家呵呵大笑。

夏清河立即端起酒杯，说："敬首长一杯，和酒神同桌共饮，沾点酒神的仙气。"

大家一饮而尽。侯山川端起杯子，却不喝，说："跟首长喝酒，见识了真正的酒神精神。中国的酒神精神以道家哲学为源头。庄周倡导'游乎四海之外''无何有之乡'的绝对自由。宁愿做烂泥塘里自由自在的乌龟，而不做受人束缚的千里马。追求绝对自由、忘却生死利禄及荣辱，是中国酒神精神的精髓所在。因醉酒而获得艺术的自由状态，是古老中国艺术家解脱束缚获得艺术创造力的重要途径。杜甫'李白斗酒诗百篇，长安市上酒家眠。天子呼来不上船，自称臣是酒中仙'，苏轼的'俯仰各有志，得酒诗自成'，南宋诗人张元年说'雨后飞花知底数，醉来赢得自由身'。"

侯山川滔滔不绝，郝东水示意他停下来。何怀山插话说："听听艺术家的高论，能增加我们喝酒的文化气息。"

侯山川立即接上话头，说："西方的酒神精神以葡萄种植业和酿酒业之神狄奥尼索斯为象征，在古希腊悲剧中，西方酒神精神上升到理论高度，德国哲学家尼采认为，酒神精神喻示着情绪的发泄，是抛弃传统束缚、回归原始状态的生存体验。在文学艺术的王国中，酒神精神无所不往，它对文学艺术家的创作产生了深远的影响。因为，自由、艺术和美是三位一体的，因自由而艺术，因艺术而产生美。在中国军人的血液里，酒神精神体现为一种自信、豪气、一往无前的勇气，这才有了'但使龙城飞将在，不教胡马度阴山'的英雄气概。"

何怀山说："艺术家说得好！"说着带头鼓掌，众人跟着一起鼓掌。何怀山接着说："今晚请你们到酒泉包间喝酒，就是要体验一下酒泉的豪气！酒泉因'城下有泉''其水若酒'而得名。当年汉武帝为了征服匈奴，派骠骑将军霍去病率领二十万大军讨伐。打了胜仗后，汉武帝立即派宦官从长安押送十缸御酒，到阵地犒赏三军。霍去病是个爱兵的将领，十缸御酒怎么分配呢？他想了一个绝妙的办法，把御酒统统倾倒到一个泉眼中，让二十万将士取泉水开杯畅饮。从那时起，这眼泉就称为酒泉。不过我们今天喝的酒，可是没有兑过泉水的纯酒。"

说着何怀山举起一杯，碰过杯后，大家一饮而尽。

郝东水接上话茬，说："酒泉是首长当兵的起点，首长曾在驻扎酒泉的野战军独立师里，当过排长、连长，是在团长的位子上调走的。首长在任西北空军参谋长时，带人回酒泉考察部队的训练，在营房里查看战士的伙食和住处，发现自己离开这儿已经十多年了，可战士们吃住的条件，没有多少改善，他一怒之下，说今晚不走了，要和战士们住一晚上。当时陪同他的师长、政委脸上挂不住，就说连队里满员，每个房间里都是满的，没有多余的床铺。首长一听更火了，说：'打地铺，库房里不至于没有床垫和被子吧？'师长、政委一看他坚决不走，就说连长正好休假，劝他到连长的房子里住。他还是不同意，最后首长硬是在一个班的屋子里，打地铺睡了一晚上，搞得师长、政委一晚上没有睡好觉，轮班来回在他住的屋子门口转。正是因为首长的关怀，部队用了三年时间，使部队的住房、伙食条件，发生了巨大变化，赢得上下一致赞誉。首长每次到酒泉，必定请他的部下喝酒，而且说要对得起酒泉这个名字。可见，酒泉爱兵，古有霍去病，今有何将军呀！"

大家听了郝东水的介绍，纷纷鼓掌。何怀山说："看来郝主任来之前，把我调查了一遍。"

郝东水忙说："哪用得着调查！随便问个军区的军人，何将军的事迹哪个不晓得？"

何怀山说："郝主任的话，虽然有水分，但我还是爱听，这是人的共同弱点。这样吧，机场搬迁的事，你们明天早上九点钟到我办公室，咱们完善手续，立即上报总部首长，至于地价问题，不是不可以谈，但理由要充分。我理解你们迫切的心情，明天尽量把该定的定下来，随后我跟踪，尽快促成这件事！"

有了何怀山这句话，等于事情基本定了，夏清河赶快端起酒杯，郝东水立即跟上，说："感谢首长的支持！"

一口喝完放下酒杯，郝东水立即拿起酒壶，给首长斟满酒杯。他心里的一块石头终于落地。来时他绞尽脑汁，设想各种可能，寻找怎样尽快解决这件事的方法。机场搬迁推迟一天，新区地标性建筑汉江楼就不能开工，而以汉江楼为中心的文化广场也就无法动工，直接影响新区的建设进度。地价也是一个重要问题，军方开价十亿，说老实话，这个地段要这个价，并不过分，何况是军产。对于新区来讲，这些钱虽然是市财政拿钱，但肉在锅里，多付一千万，等于新区手头少了一千万，而新区刚刚起步，资金多少是能否尽快发展最重要的因素之一。夏清河多次提醒他，这可不是一件容易办的事，涉及军产，手续繁杂，审批程序复杂，底价能让多少，期望值不能太高。在郝东水来新区之前，市政府已经着手处理，曾与军方谈过两次，他们报了地价后，市政府又打过一次报告，可一直没有回音。对上水市政府来说，时间拖不起，因为唱河渡新区的开发，是作为新一届政府的重要任务提出来的。何怀山的表态，等于这件事基本有了眉目。想到这里，郝东水端起酒杯说："报告首长一件事，新的军民两用机场已经开建，后年五月即可竣工。"

夏清河说:"何将军的支持,无疑把我们唱河渡新区工作推了一大把,东水同志肩上的担子更重了,如果不加快发展就无法给市委、市政府和上水市四百万人民交代,更辜负了何将军的一片心意。"

郝东水马上说:"请首长和市长放心,我们一定努力,给市委、市政府,给上水市人民交一份满意的答卷。"

侯山川端起酒杯插话,说:"我敬首长一杯,说老实话,机场不搬迁,工程迟迟不能开工,中心广场的公共艺术品也不能落地,我们作为承揽方,成本在不断地增加。首长一句话,等于给了我们一个定心丸。"

何怀山笑着说:"你们先不要表态,我的话还没有说完,我有个前提条件,各位得答应。"

夏清河笑着说:"首长说,我们能办到的,一定照办。"

大家一副聚精会神的样子,洗耳恭听。何怀山说:"搬迁肯定是要搬迁,支持地方经济发展,军队义不容辞。地价问题,不是不可以谈,这样吧,今晚这六瓶酒,我们平分,这样公平。"何怀山举起酒杯说:"这个酒盅,两杯一两,一杯五百万,如果你们喝完了这三斤,算完成任务,地价降三千万,喝不完喝了多少算多少,你看有没有意见?"

降三千万,对于郝东水来说,这个幅度出乎他的意料,降下一千万,对他都是一个收获。不过喝完三斤酒,是一个不小的压力,他既不知道侯山川的酒量,也不知道沈山灵的酒量,夏清河因疲劳过度,最近身体欠佳,肯定是喝不了多少,这样算来,三个人喝完三斤酒,几乎每人一斤,这可不是一般的酒量能应付得了的。他正在犹豫之际,夏清河看了一眼郝东水,笑着说:"首长怎么安排,我们就怎么办。"

郝东水立即领悟,这种时候要的是气氛,表态说:"努力完成首长交给的任务。不过夏市长最近身体不太好，医生嘱咐不能喝酒。"

何怀山看看夏清河，夏清河说："东水说的是实情，最近肝指标不太正常，身体疲劳，医嘱不能喝酒，不过首长提议的，我怎么也得表示。"

何怀山说："有医嘱，夏市长随意，不喝也可以，在座的各位还有身体不舒服的吗？"

大家都表示没有。何怀山说："那我们七个人完成这些没有问题吧？"

接着进入真正的白酒大战，先是每人走一圈，接着一对一，正如人们在各种酒场上所见到的，花样翻新的祝酒词，把酒局推向一个又一个高潮，人人语气亲切，好像不是亲兄弟也是好朋友，多年不见，推心置腹，欢声笑语，其乐无穷，难分难解，一醉方休。郝东水已经喝得有些晕头转向，多次拿起酒瓶摇一摇，看最后一瓶到底还剩多少，可是最后一瓶似乎永远喝不完。夏清河见他不行了，就在耳边提醒他："不行就不要喝了。"

郝东水说："必须让首长高兴。"说着，举起杯子，又敬何怀山，"请首长合适的时候，到唱河渡视察工作，我一定会让首长喝高兴的。"

何怀山一口把杯中的酒先干了，说："夏市长呀，就凭东水喝酒的酒风，就一定是个实干的人，干工作是一把好手，这样的人我喜欢。"

夏清河说："首长看人看得很准。"

郝东水给何怀山的酒杯倒满，自己也倒满，准备再举起来敬酒，可是刚刚站起来，酒杯却从手中滑落，接着整个身子不由自主地倒在了凳子上，如果不是夏清河扶一把，很有可能滑到桌子底下。沈山灵一看，赶忙说："需要不需要送医院？"

何怀山笑着说："不用，最长一个小时就醒酒了，可以真正地体会一下这个酒的品质。"

夏清河见郝东水倒下，沈山灵又是个女孩子，再看侯山川，也有些神志不清，只好自己端起杯子说："我先敬首长，再敬大家。"说着，就要和何怀山碰杯，何怀山却没有响应，说："既然有言在先，夏市长就不用喝了，我看今天就到此结束吧。"

何怀山这么一说，大家如释重负。沈山灵说："首长让我们提前解放了？"

何怀山笑着说："沈记者还没有喝够吗？如果想继续喝，我们管够。"

沈山灵赶忙说："不敢不敢。"

大家散去，郝东水却不省人事，侯山川和范小迪一边一个，把郝东水架上了车，沈山灵说："送医院去看看吧？"

何怀山说："不用，肯定没有任何问题。"

既然首长这么说，大家也不好再说什么，就直接回到了宾馆。夏清河交代范小迪照顾好郝东水，如郝东水有什么不适，做好送医院的准备。

实际上一个多小时后，郝东水就酒醒了，他看了看时间，深夜十二点多了，一看范小迪还坐在椅子上，就让他赶快去睡觉。郝东水翻了两个身又睡着了。第二天早晨，他起了一个大早，不但头不痛，而且身体没有任何不适的感觉，早餐还多喝了一碗稀饭。九点钟到何怀山的办公室，郝东水说："首长给家乡的酒，做了一个大大的广告，真是好酒，我回去就广为宣传，不少喝酒的企业老板，会搞个人定制。"

何怀山说："我的酒不能白喝呀！要的就是这个效果。"

大家一阵笑声过后，开始补办有关手续。

当天办妥了所有的事情，第三天早晨，郝东水他们一早就起程返回。此次任务，可以说圆满完成。

　　三个月后，总部批文下发，价格由原来的十亿，降为九亿七千万，上水市政府把早已准备好的款项及时支付，土地手续在半个月之内就办妥了，接着，中心广场开工。

第十章 珊瑚玉雕

夏清河被带走第九天，侯山川接到一个电话，对方说是省监察委的，要求他于第二天上午十点，到上水市新民路八一大酒店601房间接受询问。侯山川一听脑袋大了，他琢磨了好一会儿，也猜不出来监察委为什么找他。他和夏清河没有任何实质性的交往，就是和他吃过几次饭，充当的都是陪客的角色，关系最近的一次，是随郝东水一行去西北空军，拜见副司令员何怀山。工作之外，他和夏清河没有任何来往。接完监察委的电话，侯山川思来想去，唯一的可能是和钱黎青有关，所以，侯山川立即给人在省城的钱黎青打电话，说了监察委要找他谈话的情况后，问："有啥问题会牵扯到我？"

钱黎青从监察委办案点出来回省城后，一直就没有再来上水。省城的产业，因为终南别墅项目叫停拆除，资金链断裂的溃势，因他被监察委叫走更是雪上加霜，遭四家企业起诉，三家银行又先后发出律师函，如不限期还款，将采取法律措施。近来他一直疲于奔命，四处灭火，但事已至此，无回天之力，正在无奈之际，接到了侯山川的电话，他也不知道监察委怎么会找侯山川，想了好一会儿，才说："有可能落实珊瑚玉雕展览时的情况。"

侯山川纳闷，问："珊瑚玉雕展览有什么问题？我只是一个策展人，珊瑚玉雕作品是林老板的，你是赞助人，最后处理参展作品也是你定的，只不过征求了一下价格问题，对我而言，那只是一次纯粹的商业活动，有什么事需要找我？"

钱黎青可能觉得事到如今，隐瞒侯山川也没有必要了，就实话实说："哎呀，老弟，这件事当时我没有告诉你，是因为这样的事知道的人越少越好，不知道对不知道的人来说，是一种保护，也是对当事人的保护。"

侯山川一听火了，说："到底有啥事瞒着我？"

钱黎青说："我不是让你在那个名叫《天心》的玉雕作品的下面，开了一个三寸宽、五寸长的口子吗，我在那里面插进去一张一百万的银行卡，送给了夏清河。"

侯山川问："他收了吗？"

钱黎青说："你难道不知道？"

侯山川这才想起来，珊瑚玉雕《天心》是一个圆状的球体，上面雕刻了从甲骨文到楷书"天地"两个字的演变过程，整个球体的表面，像浩瀚的宇宙空间，字形变作了各种奇妙的花纹符号，组成既像星空又像陆地与海洋的浓缩图。作品的构思和工艺，只要看到的人，都会被这件作品表现的神秘所震撼。雕刻时，钱黎青让他告诉雕刻的艺术家，在底座的下方，留一个口子，可以从下面插进去一张身份证大小的卡片，钱黎青说他请一个高人画符开光，把这件绝妙的艺术品，变成有灵气的镇宅之宝。钱黎青告诉了尺寸，侯山川照此办理，并没有多想，也没有再问，展览结束时，几个重要作品作为礼品，说是卖实则送了有关领导，当时还搞了个限时低于成

本价抛售的活动。

尽管知道了这件事，侯山川心里还是不踏实，又问："还有没有别的事？"

钱黎青说："其他的与你无关，你和我这么多年，我还会骗你不成？"

侯山川不再说什么，放下电话想想如果就是这件事，去说清楚就是了，他只是听从赞助人钱黎青的要求，在作品的底部留了个口子，其他一概不知，这也是事实。

第二天上午九点，侯山川开车到了监察委指定的酒店，敲门进了房间，是一个大套间，外面摆了一张桌子，桌子靠墙一面摆了两把椅子，前面放了一把椅子，其他的诸如电视、沙发之类的酒店用品，全部被撤走。

侯山川进去时，一个人已经在椅子上坐着，另一把椅子空着，侯山川自报家门，说："我是侯山川。"

那人示意他坐下，接着从套间里出来一个人，坐在了另一把椅子上，这时他才注意到，眼前这个画面，在电视剧上不止一次见过：对面两个人是审讯的，他的角色则是受审者。一瞬间，他有些恼怒，这叫啥事？自己既没有犯法，连一个党员也不是，更谈不上违纪，为什么让他承担这样的角色？可他有火发不出来，不知道该说什么。屋外是个大晴天，阳光从窗子上射进来，坐在对面的人晒着背，而他被直射的光线刺得眼睛痛。他努力眨眨眼，窗子上的光线更加耀眼，像透过云层漏出的光芒，迷离不清。他想努力静下来，可心跳还是加速。他还没有回过神来，对面的人问话了："姓名？"

侯山川下意识地答道："侯山川。"说完又有些后悔，他为什么要回答，难道他们不知道吗？

对方又问："政治面貌？"

他又答道:"群众。"答完又后悔,这和审嫌疑人有什么区别?他准备反问对方。

对方没有给他任何机会,接着又问:"职业、职务?"

他的愤怒还没有发泄出来,就被接着的问话"怼"了回去。他回答:"上水山川文化旅游开发有限公司董事长。"

回答完这句话,侯山川终于控制住了自己的情绪,他想他一定要反击,因为他清楚自己没有什么把柄被他们抓住。于是他抢在对方问话前,说:"我违反了哪一条法律,你们这样对我?不是说叫我来落实什么事吗,怎么变成了审问?"

他准备和他们吵一架,以表现艺术家的个性,让他们知道,艺术家不是贪官,更不是被他们提审的嫌疑人。可是迎接他的不是斥责,而是平和的解释。对方说:"侯总,请你理解,这种问话只是一种程序,我们看过你的大作,确实水平很高,不存在什么违纪违法,我们找你只是落实一些你可能了解的事实。"

尽管询问者的口气很和缓,但他仍然不想在他们面前表现出任何形式的服从。他出生于一个艺术世家,他的爷爷是有名的画家,他的父母都是艺术学院的教授,他只不过没有走纯艺术的道路,而是美院硕士毕业后,直接下海经商,由于他的才华和家庭背景,他听到的大都是赞扬与讨好,从没有受过如此委屈。他说:"有什么问的,只管问好了,有什么事,说什么事,该我承担什么法律责任,我就承担什么法律责任,何必如此破坏一个艺术家的情绪?"

他以为他的这句话一定会让对方难堪,对方会给他道歉。那样的话,问什么他都可以配合。可是他的话刚落音,旁边那个一直没有说话的监察员,突然厉声说:"《中华人民共和国监察法》第二十六条规定,监察机关对监察事项涉及的单位和个人有权进行查询。作为公民,你有配合的义务。请你实事求是地接受我们的问询。"

侯山川一愣，像大冬天被当头浇了一盆冷水，冷不丁有些茫然。再看对方的脸色，严肃冷峻，就像一尊石雕。

这时，那个一直问话的监察员，很平和地说："请侯先生理解，我们的工作，和你所从事的职业正好相反，艺术家是发现美和创造美的，而我们是专门发现党内、行政机关内丑的一面，但我们的目的是一样的，要让社会不断变得更好。"

这句话倒中听，侯山川的愤怒平和下来，他想不能这样下去，他们达不到目的，肯定不会让他走的，与其在这里浪费时间，还不如赶快说完走人。于是他说："可能刚才我的情绪有些激动，请你们谅解。你们问吧，我所知道的，都会实事求是地告诉你们。"

那个态度比较严厉的监察员说："希望我们彼此配合，把事情尽快说清楚。"

他没有回话，一直问话的那位监察员说："好，开始吧。你把你怎么认识钱黎青和夏清河的，都有过哪些交往，有过哪些合作，说清楚。"

侯山川又有些来气，这不是胡扯吗？到底要了解什么，直奔主题干脆利索，说完了事，怎么会这样信马由缰。他想直接问他们要调查什么，就问什么，他绝对配合。可又一想，既然他们这样问，一定有他们的目的，无非是在你说的过程中，发现他们根本没有掌握的线索，牵出更有价值的证据。侯山川想明白了，也就没有多少抵触情绪了，自己与钱黎青就是合作关系，商业合作有合同，各自按照约定的条款执行，即使出现分歧，也是民事纠纷，与政府没有关系。何况他与钱黎青的合作，从没有过冲突。与夏清河的关系，更没有什么可以说的，也就是因钱黎青的关系，才与夏清河有交往，更多的见面是开会或吃饭，根本没有发生过任何利益纠缠。他想，心中无鬼，不怕走夜路。于是他按时间顺序进行讲述：

我与钱黎青认识，始于一次画展。那年，我在省城为一位台湾画家举办画展，开幕式很隆重，马英九、连战、吴伯雄等国民党大佬，都送了花篮，中方参加规格也不低，省委常委、统战部部长和一名省政协副主席参加了开幕式，各大新闻媒体，包括中央新闻媒体驻省城记者站，都派记者参加了开幕式。省报的记者胡希文说要在省报文化版，搞一个专版来报道这件事，在现场采访时认识了我。省报专版发出来那天，他拿着一摞报纸到展览现场找到我，同时带来一个人，他给我介绍说："侯总，我给你带来一个大老板，你们以后可以合作，绝对是珠联璧合。"

胡希文带来的那个人，主动上前握着我的手，说："这个展览，真是让我大开眼界！"

胡希文介绍说："他是省城富仓实业集团有限公司董事长钱黎青。"我一听，呵！够气派的，姓钱，集团字号富仓，绝对一个土豪。

胡希文又指着我说："这位是著名策展人、美术评论家、山川文化传媒公司董事长侯山川。"

寒暄过后，胡希文说出了钱黎青的想法，他说："钱总想在你这儿买十张画，作为礼品送人。国内的那些名家，画价炒得过高，名不副实，而台湾这位画家，堪称大师级人物，画价只有国内同级别画家的十分之一。所以拿这个画家的画实惠，从收藏增值的角度来说，肯定划得来。"

我当然乐意把这笔生意谈成，不但画家高兴，按合同约定对半分成，每幅画二十万计算，二百万我也能分到一百万。胡希文一个专版给力，画家十分高兴，承诺除合同约定的三幅画佣金外，再送一幅画，作为一次画展，这个收获不小。再者，与钱黎青这样有实力的老板打交道，从长远利益考虑更有意义，不能做一锤子买卖。于是我实话实说："无论从画家的功底和艺术收藏价值看，钱总绝对有眼光，不过现在中国官员喜好的画家，好像就那么几个人，说老实话，你要送人，人家要认，这么贵重的礼品，达不到目的和不送一样。"

钱黎青可能没想到我会这样说，显然他没有碰到过这样的买卖对手，自己主动说出自己东西的短板，所以他说："侯总，那你看送谁的好？"

胡希文看着我，有些疑惑，脸色瞬间变得有些不自然。钱黎青能来这里，绝对是胡希文鼓动的，中间肯定有他的好处，我这样一说，不但可能断了我的这笔买卖，胡希文的好处费当然也会泡汤。我接着钱黎青的话说："送谁的画我手里都有，不过老实说，国内那些当下叫得响的所谓大师，有不少是官员、商人、画家各取所需炒起来的，几年十年之后，很可能一文不值，行家心里明白，他们那几把刷子，比起历史上那些大画家，可以说相差不是一点，而是十万八千里，既没有文化底蕴，又没有艺术节操，整个就是妓女、老鸨和嫖客的结合。就收藏价值来说，还是眼前这个画家的作品升值潜力大。不过不能就这么拿了画了事，肯定要使些手段。"

胡希文马上听出门道，说："侯总有啥高招？"

我说："既然胡记者这么高看我，钱总这个朋友我交定了，咱就出点血，把这个事情搞大。"

胡希文问："咋个搞法？"

我稍作思考，说："我去做画家的工作，让他拿出一幅画拍卖，拍卖款项一分不留地捐给省教育基金会，用于失学儿童的救助。我们找一个托儿，来拍这幅画，至少找三个以上的卖家争夺，你现在每幅画不是二十万吗，我们把画价炒到一百万时落槌，这个新闻由胡记者做，做到什么程度？当然做得影响越大越好，这是胡记者的特长。有拍卖记录，这就意味着，这位台湾画家的画，四尺全开一幅，价格是一百万元。拍这幅画的钱，我和钱总两个人承担，一人五十万。看似多出了五十万，钱总你拿到的那十幅画，立即翻了五倍，你送给谁，谁都不傻，他得领你一百万的情。我当然也得利，谁要再买，对不起，一百万一幅，我一幅让他五万元，他也得感谢。"

胡希文一听，说："还是侯总高！"

钱黎青显然听明白了，不愧是大商人，他立即说："这个钱我出。不过我再来十幅。"钱黎青怕我不明白，解释说："妈的，有些时候，送钱他不敢收，送画他收，所以中国现在搞项目，不送几幅名人字画，显不出你有文化，也显不出你的实力。"

我一听，当然高兴，等于我这个点子，立刻又给我挣了五十万。既然钱黎青同意了，我就去做画家的工作，我把道理一讲，画家立即同意了。想想那是一件多么诱人的事，新闻发回台湾，在台湾画坛肯定引起震动，一夜之间这位画家的画价，从一百万新台币，飙升到五百万新台币，而且他当场卖掉二十幅画，除了拍画捐的那五十万，他有一百五十万元人民币收入，等于七百五十万新台币，这在这些年经济低迷的台湾画坛，绝对是天大的新闻，傻瓜才不干。

经过紧张的准备，拍卖会定在画展的闭幕式上。

那天，我们动用了所有关系。开幕式是以促进海峡两岸文化交流为由头，闭幕式上要通过拍卖作品，向省教育基金会捐款，这本身就是一个文化事件，所以，参加闭幕式的领导，除了省委常委、省统战部部长之外，还有分管教育的副省长和一名省政协副主席。三位省级领导同台参加一个美展的闭幕式，过去从来没有过。由于几家新闻媒体提前做了预告，拍卖公司又做了些工作，结果闭幕式当天，有上百名各界人士参加了拍卖活动。让我们想不到的是，经过五轮争夺后，我们安排的一个托儿，拿下了那张画，按照提前约定，当场支付了一百万画款，直接将签好的支票，交给了省教育基金会的工作人员。而这时，现场一位观众高声叫道，他愿意以刚才的拍卖价一百万，拿走另一幅画，并当场指了他看好的那幅作品。台湾画家一激动，当场把那一百万也捐了，这个意外的惊喜，引起现场轰动，更为新闻媒体找到了一个再好不过的题材。

第二天，新华社发了通稿，省报在头版报道了这个新闻，同时在文化版用了一个整版的篇幅，选登了台湾画家的八幅画作，并配发了一篇美术短评。

此次展览大获成功，参与各方皆大欢喜。钱黎青后来告诉我，说他送画时，装画的信封里放了当日的省报，结果反馈的消息是，没有一个收礼者不赞叹叫好这个画家的画。

我就是这样和钱黎青认识并熟悉的，后来他听说我也搞企划和房地产营销，就把他的终南山项目田园物语交给了我。

至于你们问到珊瑚玉雕的事，那是唱河渡新区生态文化公园项目招标之后，开工之前的一个小插曲。

具体时间我记不清了，有一天，上水经营玉器的林老板，找到我，说慕名而来，因为在新闻和专业杂志上，看过我策展的艺术活动，希望我出手相助，搞一个珊瑚玉雕展，他说珊瑚玉是上水的一个宝，可惜不被国人认识，养在深闺人未识，太遗憾了！他拿给我央视曾经报道过的录像，和有关专家和新闻媒体的介绍。

我一看，为之一振，想不到上水还有这样的好东西。珊瑚玉是距今五亿三千万年前奥陶纪的原始海洋中，珊瑚受到地壳运动的影响，被碳酸盐岩覆盖并包裹，经历高温高热的煎熬形成的。它的花纹保留了种类繁多的珊瑚纹理，它的颜色受到碳酸盐岩中的元素矿化置换，而形成了绚丽多彩的色彩，其特性结构鲜明，色彩明亮，质地温润，油性十足。林老板拿了几个摆件给我看，以我搞艺术的经验看，如果找一些技艺高超的雕刻家，有好的创意，一定能创作一批艺术精品，那些原石经过雕刻大师巧夺天工的创造，会将这数亿年玉石的灵性，充分展示给世人，必定受到收藏家青睐。搞一个像样的珊瑚玉雕展，如果操作得当，不但会把珊瑚玉推出去，而且会有丰厚的经济回报。我当场想了几句介绍词："让数亿年前的珊瑚玉，经过高温高压去骨洗髓，让柔软的身体变得坚硬，使短暂的美丽化为永恒！"

林老板听了立即叫好，我们一拍即合，准备搞一个珊瑚玉雕展。

当晚我约了钱黎青，到他的办公室谈了这件事，请他赞助参与，开始他并不是那么热心，我说："多好的一个商机，初来上水，如果把珊瑚玉推出去，不但能够拓展你的产业，而且能赚大钱，还能通过这件事，提升你和你的企业的文化品质。你也沾点文化的富贵气，别以土豪的面貌走天下，没有几个人看得起你。"

这一点钱黎青是认可的，正因为那次他参加我举办的画展，给多位领导送了台湾画家的画，在圈子里的身份骤然高涨，有朋友聊天，突然说："你咋突然变得这么有文化了？"他说："多看书，多与教授、文化人交往。"

此后，钱黎青说办事时好像人家高看他一眼，他尝到了文化装点门面的好处，所以，他对我说："再有这样的事，带着我。"

当然我得抓住这个机会，教训他一番，不要让他觉得文化人求着他。我说："文化本来是深入骨髓的灵魂，是一个人从内到外焕发的气质，可当今的文化，说得好听一点，充其量就是女人的化妆品，抹在脸上，装装门面而已。没有钱的人，有事没事吟几句诗，在微信上、QQ上说点心灵鸡汤，表明自己有文化品位。有钱人则花大价钱，把流行的名人字画挂在家里、办公室里，吊在嘴上，甚至不惜重金收藏所谓的名人字画，以证明自己不是土豪，是有文化的儒商。官员更不用说，他们把文化涂在脸上，认为生动的宣传口号和标语就是文化，明星的颂词和唱歌就是文化，电视台的宣传片就是文化，以文化冠名的建筑物就是文化，至于里面装的啥并不重要。如果真的认为文化是流淌在血液里的基因，就应该把它和生命的质量联系起来。可你看看社会现象，说得难听点，文化对一些人来说，就是女人来月经时的卫生巾，是为了堵住月经的渗透，不要把裤子弄脏了有失体面，而不是把文化通过血液送入灵魂，使它成为生命的组成部分。"

钱黎青问："你自己呢？"

我说："我不敢自称多么有文化，不要说历史上那些文化巨人，就是对近代的鲁迅、胡适、林语堂、齐白石、张大千、沈从文、梁漱溟等这些大师而言，我给他们提鞋都不配。可我至少把文化当文化，不会糟蹋文化。我组织创作的那些作品，虽然无法摆脱赚钱的嫌疑，但每一件作品，都是在充分掌握素材的基础上，反复论证，吃透精髓，向古圣先贤汲取智慧，精心创作完成的。我至少知道良知是什么，知道留在大地上的艺术和留在纸上的文字，不要辱没了祖宗留给我们的文化精髓。一切自在天心，不要说对得起世人，至少对得起自己的良心。"

钱黎青说："你让我变成真正的文化人，那他妈的比登天还难，拿起一本书，读几行字，还没有搞明白啥意思，脑袋就发昏，接着就睡着了。不过我尊重文化人，拿文化装装门面，能赚大钱就行了。"

我说："这样也可以，不过你不要强奸文化，动不动以钱多耍威风。"

钱黎青说："我相信你老弟，你咋说，我听你的。"

正因为有这个前提，对于这次珊瑚玉雕展，我提出了自己的建议，说："不要仅仅赞助一下，挂个名，你又不缺钱，最好展览后收藏这些作品，等炒热了，再出手，肯定赚一大笔，也算顺便做点文化生意，丰富你的产业结构。"

钱黎青问："你能保证这东西一定赚钱吗？"

我说："你让我保证，还一定保证，哪桩买卖没有风险？世界上没有一个商人，敢打包票他的生意每一次都是赚的。不过只要你诚心做，我就组织艺术家搞精品，不要多搞，就创作一百件，搞个展览，大小平均，每件珊瑚玉加稿酬平均两万元，你充其量也就投入二百万，搞得好可以卖到六百万，除去成本，赚四百万利润没有任何问题。"

钱黎青说："二百万毛毛雨，不算个事。"

我说："就是要让你尝尝文化的味道。这么一点小投入，领导得来给你站台，他们一看搞这个艺术展览的居然是钱黎青，这个投资商不是一般的人。用别的方法与领导套近乎，费劲未必能达到目的，这个办法不用你花心思，一请他就来，有谁不愿意为文化背书？再说如果你这个艺术品真是好东西，没有人不喜欢的，他看上哪个，你瞅机会送给他，这种雅贿不知不觉中，就被他接受了，再难的关系也能接上头，后面的事还用我说？"

钱黎青被说动了，表态说："这个事情基本确定干，但你让我想一个晚上，明天告诉你我的具体想法。"

我说："好，就这么定，明天上午九点我们碰头，事情定了，我就做方案，力争三个月后开展。"

当晚，我和做珊瑚玉的林老板通了电话，草拟了雕刻家的名单，选了三个国家级工艺美术大师，又选了二十个没有名气但有才华的年轻雕刻家。

第二天上午九点，在钱黎青的办公室见面，钱黎青好像没有休息好，两只眼睛有点红，不过看他的情绪不错。那天的天色也不错，是个大晴天，阳光从落地窗的玻璃上，投射在钱黎青的侧面，使他显得格外精神。钱黎青的办公地点，设在上水市唯一的四星级酒店银河大酒店的顶层，离江边不远，从办公室里瞭望，汉江的江景一目了然。

我说："昨晚没有睡好？"

钱黎青一边给我泡茶，一边说："都是被你害的。"

我呵呵一笑，说："不至于吧？"

他把泡好的茶倒到杯子里，递给我，说："还不是你那个珊瑚玉雕惹的祸！我想了一个晚上，终于想出了一个好招。"

作为商人的钱黎青，不会忘记抓住任何商机，他说回去好好想想，我就想到了，他一定会让他的投资，产生双重甚至多重效益。我说："说来听听。"

钱黎青闻闻手中的茶杯，对他刚刚泡的茶，表现出一种强烈的自恋。他说："这是江源茶厂的朋友刚刚拿来的新茶，尝尝。"

我抿了一口，说："不错。"

他说："上次那个台湾人的画展，通过拍卖，把画价炒上去，我想这次通过宣传，把玉雕的价格降下来。"

我一听，有些吃惊，这不像一贯商人做派的钱黎青所为。我问："什么意思？"

钱黎青说："进上水几个月了，我一直在想咋个把相关领导拿下，这个你明白，到一个地方做大项目，不把人拿下，关键时刻出了问题没有人给你说话。项目做得越大，出问题的可能性越大，要提前做好防火墙。"

我说："这跟珊瑚玉雕有什么关系？"

钱黎青说："这件事上，我得当你的老师。"钱黎青有些得意地说，"踏破铁鞋无觅处，得来全不费工夫。我想利用他们参加开幕式的机会，一次性把他们搞定，至少让他们记住我。可是，你那个玉雕每个成本价两万，标价少说也得五六万，这样的东西你当面送给他们，他们敢要吗？"

我问："那你打算怎么办？"

钱黎青说："开幕搞个促销活动，全部一折出售，价格压在每件五千之内，准备送给领导的，专人定制，价钱标在三千元，如果有人要买，就说已经售出。"

我说："这倒是个办法，不过我得听听林老板的意见，他的目的是通过这个活动，提高珊瑚玉的知名度，说到底是增加附加值，你这么一搞，会不会影响后续的推广，得评估一下。"

钱黎青站起来，在屋子里走了两圈，有些不耐烦地说："你们该得多少，一分不会少你们的，你们做好财务分析就行了，打折的部分我全部承担。"

钱黎青一旦下决心要做的事，别人很难改变他的想法。我见他有些急，说："我们慢慢分析，按我和林老板的构想，集中那么多高手来干这件事，肯定要动用新闻媒体的力量，一次性把珊瑚玉的名声炒出去，这是当时我们商量办这个玉雕展的本意。你来个促销，价格一下子拉下来，这对推广珊瑚玉到底是好事还是坏事，得分析分析。"

钱黎青说："我掏钱当然得先实现我的目的，这是理所当然的。"

钱黎青说得对，商场上没有出钱给别人办事的，除非这件事给他带来更大的效益。我琢磨了一下，想出一个主意，说："这样吧，先降后升，不过可能成本得增加一点，这个血你得出，达到双赢的结果。"

钱黎青说："咋个弄法？"

我说："先按你说的，开幕式上搞促销，把价降下来，展览结束时，搞一个拍卖，把价再抬上去，这个托儿你得当。"

钱黎青问："多少钱？"

我说："一件不炒到十来万块钱，不值得，拍卖公司也嫌佣金太少不干。至少得拿出两件拍卖，但愿现场有人要，如果没有人应拍，你得拿下。我知道对你而言，连一点毛毛雨都算不上，可毕竟二十多万也是钱，我得提前说明了。"

钱黎青没有打吭，说："这钱我出。可是不能我这边打折刚处理，你过了几天就拍卖，明眼人一看，你这是有意而为之，你把接受了礼品的领导，推到十分难堪的地步。"他坚决说，"不能这么弄！"

我说："人家林老板是为把珊瑚玉炒热，不是仅仅为了你的钱。"

钱黎青说："你急啥，我还没有说完。你的方案可以接受，钱我也出，但必须拉开时间，哪怕过半年，你再组织单独拍卖，也可以参加拍卖公司明年春季的拍卖会，在省城或在北京，按你说的价钱，我绝对拿下，再通过和领导聊天时，把升值的消息透出去，领导听了心里高兴，既知道了他拿去的那件的价格，又打消了接受时的心理负担。"

这小子，你得承认他有经商的天才。我说："这个想法我接受，我再和林老板碰碰。"

我和林老板商量后，同意了钱黎青的想法。不过我们提出了另外一个条件，这次展览只在上水举行，以市文化旅游局和市文联的名义举办，为了造成一定影响，开幕式可以搞得隆重一些，请国内的一些文化名人参加。半年后举办拍卖活动时，在省城搞个短期展览，以配合拍卖，开幕式同样请一些著名文化大咖站台，这样各方目的都达到了，皆大欢喜。只不过得增加几十万元的费用，如果现场销售得可以，这笔费用就不用麻烦钱黎青，林老板说他自己就承担了，如果现场销售不理想，我强调说："钱总你得出一部分。如果能保证了林老板的利益，这两次活动就按照钱总的要求举办。"

钱黎青听了说："别搞脱裤子放屁——多此一举的事，说清楚好，免得扯皮。增加费用多少，你们做个预算，双方各自一半，不就那么点事吗！"

事情谈妥后，我们抓紧实施，一方面落实参与雕刻的艺术家，一方面落实展览事宜，要让市文化旅游局和市文联举办，得有充分的理由，我和林老板写了个报告，以弘扬地域文化为借口，事实也是这样，珊瑚玉本来就是上水特产，只是影响不大而已。我和林老板陪着钱黎青，直接找夏清河汇报。虽然提前约好了，可是到了夏清河办公室门前，才知道当天上午有四件事需要夏清河听取汇报，我们只好在旁边的小会议室等。三个小时过去，眼看快下班了，才轮到我们进去。夏清河一见钱黎青，就说："钱总怎么经常打文化的主意？"

钱黎青笑着说："沾点文化的光，装文化人。"

夏清河说："这就对了，唱河渡生态文化公园，文化元素是其中的魂，你虽然在里面盖房子，但不了解文化，你那房子只能叫房子。"

钱黎青问："请教市长，有了文化房子叫什么？"

夏清河说："你问侯大艺术家吧。"

这个时候，是考验人的智慧的时候，我笑而不答。

夏清河说："老钱，记住了，有文化的房子是建筑艺术。"

钱黎青说："记住了，记住了，正如文化人把走路叫步行，把睡觉叫入眠，把蹲茅房叫上厕所。"

这小子，我一听就来气，说："扯淡！找女人睡觉与追求爱情是一回事吗？"

夏清河说："侯总的话虽粗，理却不粗。"

钱黎青笑着说："长知识了，长见识了，咱说不过文化人，闭嘴。"

我把珊瑚玉雕的展览计划，简单地给夏清河做了汇报，林老板又把珊瑚玉介绍了一番。夏清河一惊，说："上水还有这么好的东西？"

林老板说："过去宣传得少，实际上它是上水的一宝。一百多年前，地质学家李希霍芬，也就是那位把张骞开辟的道路命名为丝绸之路的德国人李希霍芬来上水考察，就发现汉水源头的江源县有大量的珊瑚化石。如果开发得当，宣传到位，就像新疆的和田玉、青海的昆仑玉、陕西的蓝田玉、河南的独山玉一样会成为一个地方的重要文化符号，还可以帮助山区老百姓脱贫致富。"

夏清河马上拿起电话，给文化旅游局局长简单介绍了珊瑚玉雕的事，说："具体事项让侯总去找你，这是个好事，我倒想是不是可以通过这次活动，创作出几件拿得出手的、能代表上水文化底蕴的旅游纪念品，你看现在的旅游景点，那些挂件、吊坠、扇子、拐棍等等，哪一件不是从外地进的，上水有这么好的珊瑚玉，如果搞不出来，那可真的是我们的无能。"

看得出，夏清河是全力支持的。

确定了举办单位，接着就是实质性的工作。组织创作是一个复杂的过程，我们首先找到两位国家级工艺美术大师，以每人税后二十万元的稿酬，各创作一件作品，题材任选，形式不限，只是对作品的大小提出了相对的要求。两个大师答应后，我们立即在权威的美术杂志、美术报以及网络上，以两位工艺美术大师参与为号召，发了征稿启事，又给拟定的二十位中青年工艺美术师发了约稿信。二十天后，有一百二十人通过网络报了名；拟定的二十位中青年工艺美术师中，有十五人答应参加，随后在网络报名的一百二十人中，筛选出十人，作为候补作者。随后根据作者的地域分布，分五批邀请他们到上水，选定珊瑚玉创作材料，带回去创作，作品完成后，寄回设在我公司的展览办公室。对重点作者提出了相对要求。因为中国文字，历经甲骨文、金文、小篆、大篆、隶书的发展，最后以楷书定型，甲骨文刻在乌龟的背骨上，金文则铸在青铜器上，小篆、大篆以碑文为载体，隶书诞生于汉代，又称汉隶，大面积的以石刻的形式，出现在悬崖峭壁上，被称为摩崖石刻。而影响最大、内容最为丰富、保存最为完整的摩崖石刻，是上水到长安，路经汉中褒斜道峡谷中的石门石刻，是考察汉字演变、研究书法艺术和秦蜀古道的国宝级文物。紧挨上水的汉中城固县张骞墓祠前的"石虎"两个字，对于汉隶的研究和中国书法的研究，具有重要的意义；而发明了造纸术从而促进了文字传播的蔡伦墓祠，也在离上水不远的汉中洋县境内，故而，汉字无疑在这一区域，是具有重要标志性的历史古迹，同时汉字又是保存、传播中国文化的符号，是不可替代的中华瑰宝。所以，我们提出以"汉光之源"为此次珊瑚玉雕的创作主题，希望以不同汉字的构造、笔画、表意为元素，创作作品，这一思路得到了大多数人的响应。

作品在展览开幕前半个月全部寄到，钱黎青看上了一件名为《天心》的作品，要求在已完成的作品底部，加工一个和身份证大小相同的石槽，能插进一张卡。我说："你这不是扯淡吗，作品已经完成了，作者也在外地，你搞一个槽，要干什么？"

《天心》的造型是一个圆球体，上面以甲骨文、金文、大篆、小篆、隶书、楷书的汉字"天"为元素，通过书法笔画的不断变化，分布于整个球体表面，以浮雕的手法，凸显出风云变幻的天际情景。由于珊瑚玉本身圆润油光的特点，加之石材结构纹路的色彩变化，使整个作品犹如一件瓷器经过炉火烧制时，产生的不可思议的窑变，既有太阳初升时色彩鲜艳的霞光，又有晴朗天空深远的高阔，确实是一件难得的艺术品。

钱黎青转着身子四周看了看，说："干啥？请高僧写一句咒语，放进去，再开下光，可就真的是一件镇宅之宝了。加工一下有啥难的，又不是大工程。"

我看了看，从下面开一个石槽，不是不可以，但也不是一件轻松的事。作品是一块完整的珊瑚玉雕成的，从底部向上雕琢，得特别小心，偶尔失手导致碎块崩裂，就会破坏表层的画面，那可真的是得不偿失。尽管我反复强调了难度，钱黎青依然要求按他的意思办，他是出资人，当然最后得听他的。但这件事，不可能再找原作者完成，即使请原作者来做这件事，人家未必愿意。我只好请林老板解决，林老板无奈，在上水本地找了一个雕刻匠人，用小型电刻刀，一点一点深入，用了两天工夫，才解决了这个问题。《天心》配好红木底座后，就被钱黎青拿走了，直至展览开幕的那天早晨，他才拿到展厅，摆到提前设计好的位置。

精心准备的展览开幕式，立即引起了轰动。中国雕刻艺术协会一位副会长、省文联一名副主席，以及来自全国的十一位雕刻艺术家到场，上水市主要领导季平信、夏清河参加了开幕式。这是上水市艺术展览活动中，一次性集中最多艺术家的活动，被新闻媒体称为一次艺术盛会、视觉盛宴。而参加展览开幕式的各界人士，无不被参展作品所震撼，一百件参展作品中，除了三十多件以昆虫、飞鸟、植物花朵为题材外，六十多件作品，均以汉字中影响最大、使用频率最高的单个文字，作为作品的素材创作。选择了"上""善""若""水"，"天""地""日""月"，"精""神""仙""境"，"花""开""见""佛"等意境深远的汉字，融合了书法、雕刻、绘画、篆刻等多种手法，充分展示了汉字的艺术魅力，并与具有鲜明特质的珊瑚玉完美结合，形成了一件件艺术精品。观者叹为观止。

更让开幕式沸腾的是，观众压根儿就没有想到，这些艺术精品，本来可以卖个好价钱，但在开幕式结束时，主持人上水市文化旅游局局长突然宣布："为了让上水市的市宝，和全国著名艺术家的作品，走入寻常人家，主办方决定，开幕式当天，上午十点至下午三点，所有作品一折出售。"

主持人的宣布声音刚落，立即引起轰动，专程前来参加的几个艺术家，直接买走了自己创作的作品，因为售价低于举办者付给他们的稿酬，就是一块原始的珊瑚玉，也不止这个价，他们最明白这些艺术品的潜在价值。雕刻家这么做，立刻引起人们的效仿，而参加开幕式的市委书记季平信，在面对电视台采访时说："我来上水三年了，今天才见到上水市宝的光彩，过去人们常说金银有价玉无价，而这次珊瑚玉雕所展示的风采，使我们领略了玉石在艺术家手里的升华，希望珊瑚玉雕走出上水，走出国门！什么是对上水的宣传？珊瑚玉雕这样的艺术展，就是最好的宣传，它是地方特产与艺术的完美结合，体现了上水的文化与历史。"

季平信的即席讲话结束后，他突然指着展台上一件名为《善心善行》的作品，说："这件我要了。"说着，给身后的市委副秘书长交代："这钱我个人出，也算是对这次珊瑚玉雕展的一个支持。"

后面跟着的人一看，市委书记买了，似乎大家听到了一个统一的号令，纷纷效仿，夏清河、市委秘书长、市文联主席、文化旅游局局长等五六个官员，纷纷表示自己也要一件。

这个突发的场景，谁也没有想到，钱黎青一定暗中窃喜，他脸上的笑容根本掩盖不住，他本来要给这几个领导送的，想不到领导自己付钱，他少花钱却送了一个大大的人情，他的目的算是达到了。可我和林老板有些心痛，因为现场有十几个观众也要买。本来这只是个噱头，满足一下钱黎青的要求，可艺术家和观众买去近二十件，就成本而言，已经损失近二十万元，如果加上利润部分，亏掉至少五十万。但事已至此，只能接受。

领导所买的作品，是展览结束后，由钱黎青亲自送到领导办公室的，他后来告诉我，他把那件《天心》送给了夏清河，钱黎青说他专门给夏清河说："市长，这是一个好东西，不要送人，我保证五年后，这件东西，至少可以升值到一百万。"

我出于好奇，问："夏市长怎么回答你的？"

钱黎青说夏市长笑着对他说，你可真是一个高手，买卖做到市委书记的头上了，我不得不跟着买一件，你标八千的价格，一折我也就出了八百块钱，你如果认为是宝贝，你现在自己留着就行，大钱我没有，但赞助你八百块钱还是拿得起的。暂时放我这里也行，你认为升值了，随时可以来拿走。

钱黎青说他听了夏清河的话，赶紧说："市长你这不是骂我吗，你促成了这次展览，就给我帮了大忙，就是给你十件二十件作品也不为过，何况你掏钱买的，我还拿回去？你这不是骂我，也是打我哩。"

至于你们问我知道不知道这件作品的玄机，我当然不知道。说钱黎青在《天心》的底部，插了一百万元的银行卡，你们说了我吓了一跳，这钱黎青下手真够大方的。再说，你们想想，这样的事情，他能告诉我吗？

半年后，我们按照事先的约定，在省城又举办了一次珊瑚玉雕展览，其中大部分作品，是上水举办的那次展览的作品，我们又重新组织创作了一部分，展览同样获得了巨大成功，我们也得到了相应的经济回报。我并不是邀功，上水的珊瑚玉在全国扬名，夏清河功不可没……

侯山川说到这里，被监察人员打断，说："侯总，我们就了解到这里，如果还需要什么，还请你来配合。"

侯山川说："我希望永远不再和你们见面。"

从监察委约他谈话的地方出来，侯山川越想越窝囊，他从来没有想过，在他的艺术生涯中，会被监察委叫去协助调查。他做人做事有自己的底线，可以给别人出点子，但他绝不干触犯法律的事，他认为这是艺术家的良心使然，一个艺术家为了挣钱去贿赂官员，这种行为辱没了艺术，也辱没了艺术家自己。当下中国有太多这样所谓的艺术家，他们利用自己的专业特长，把艺术当作牟利的工具，充当了贪官和商人之间的媒介，贪官利用名人字画接受雅贿，商人利用画家书法家获得了利益，所谓的艺术家通过贪官获得了地位，又通过商人获得了金钱。在这股文化艺术堕落的风潮中，他侯山川自认为把住了门槛。这件事本来与他无关，却偏偏扯上了他。他极想找个地方发泄一下，就在这时，手机响了，他拿起来一看，是郝东水打来的。他叫了一声郝主任，郝东水问："你在什么地方？能不能来一趟我办公室？"

这事正好给郝东水说说，他马上说："我这就去。"

几分钟后，他开车到了唱河渡新区管委会，进了郝东水的办公室，郝东水还没有说话，他就大叫道："真他姥姥的晦气，一大早就被省监察委叫去谈话了。"

郝东水没有接话，因为夏清河被调查的事，已有多人被纪检、监察委办案点叫去协助调查了，侯山川被叫去并不稀奇。

侯山川接着说："这么点屁事，叫我去核实，用得着吗？我怎么会知道钱黎青搞什么事，他真的去贿赂官员，这种一对一才保险的事，他能让我知道吗？"

郝东水让侯山川坐下，说："到底是个啥事，受这么大的委屈？"

侯山川说："钱黎青送给夏清河的珊瑚玉雕的底座上，插进去了一张一百万的银行卡。"接着，就把当时的过程说了一遍。

郝东水一听，心里一惊，得赶快把这件事告诉平信书记，因为钱黎青送的可不是夏清河一个人。不过他不动声色，劝导侯山川说："说清楚了就没事了。"

侯山川接过郝东水递过来的茶水，喝了几口，情绪慢慢平静下来。郝东水这才说："有个事想听听策划大师的意见。"

侯山川笑着说："有什么用得着小弟的地方，尽管说，小弟我肝脑涂地。"

郝东水说："你的命太贵，我付不起那么多的钱，还是不要肝脑涂地的好。"

侯山川一听笑了起来。郝东水说："平信书记让搞一个关于上水市建设大旅游的方案，我弄了一个你看看如何。"说着，把方案递给侯山川，又把大致意思说了一遍，"上水市的历史文化遗迹很多，都是不可再生的旅游资源，像武侯诸葛亮、纸圣蔡伦、博望侯张骞、东汉名臣李固，更不用说汉王刘邦等，这些中国历史上的重量级人物，在上水都留下了重要的文化遗产，还有城洋青铜器和天然的生态名胜风景区，可这些丰富的旅游资源，都是各县各自为政，保护和开发都是小打小闹，没有打造成统一的旅游产品，既没有形成社会效益，更没有形成足够的经济效益。要想改变这种局面，我主张组建大旅游开发集团，目前各县的旅游景点或旅游公司，以独立核算的形式，成为上水市大旅游集团的子公司。这样由集团公司统一规划、统一招商，再分头实施。在旅游营销上，统一线路，统一推介，分工协作，独立经营，形成拳头旅游产品，打造成熟的旅游线路，包括吃住行的配套建设，政府以土地或景点经营权融资，形成强大的开发实力，两年见成效，三年大发展，五年成为国家级旅游打卡地。"

接着，郝东水又讲了一些具体想法，侯山川听后很激动，说："这个方案很到位，弥补了上水旅游业的最大短板。上水的旅游产业早就应该这样。上水市很早就提出了全域旅游的概念，但旅游产品比较分散，没有成熟的大旅游产品，形不成真正的全域旅游。"侯山川看了看郝东水，说，"我再补充一点，要充分发挥唱河渡生态文化公园旅游集散地的作用，公园里有完整的上水生态文化的线路，那些生态和人文景观，本身就是上水的导览图，要做好这个功夫，游人来上水，先到生态文化公园，看了这个导览图，勾起了他强烈的欲望，然后再分头游览各景点。各县的景点，不足以留客人住宿，但可以留下来至少吃一顿饭，那么，客人最终会到上水市区住宿，只要留客人住一晚上，吃住的消费，就远远超过游人逛景点的收入。"

郝东水听了很有启发，就和侯山川又讨论了一些操作细节。下午郝东水让办公室调整了一下方案，并与季平信约了时间，晚上七点半，他到季平信的办公室，当面汇报了大旅游方案，并报告了侯山川反映的关于珊瑚玉雕展时，钱黎青在《天心》底座插入一百万银行卡送给夏清河的情况。

第十一章 汉水魂魄

渡爷百岁寿宴过后一个半月，钱黎青才从省城到了上水。他是下午三点从省城出发的，中途在服务区休息半小时，将近晚上七点时到达上水，他什么人也没有见，直奔侯山川住处。两人在楼下的饭店随便吃了一碗面条，便上楼喝茶聊天。

临近春节的上水，严寒已经到了大多数人无法忍受的地步，满大街四季常青的香樟树，也显得无精打采。似乎这个冬天，不是一天一天到来的，而是从冰窖里突然蹿出来，瞬间袭击了整个天下，空气骤然间变得断崖式下跌，没有刮风，天上还出着太阳，可天底下伸手就得立即缩回去，寒冷像一把锋利的刀子，随即刺来，让你躲闪不及，感到钻心的刺痛。无疑，这是近年来上水最冷的一个冬天，它带给人们极度不适。上水没有集体供暖，尽管侯山川的房子里装了天然气地暖，可此刻，严寒的气候好像从四面八方钻进来，墙壁根本挡不住猛烈的严寒，冻得钱黎青直跺脚。侯山川起身打开了空调，过了一会儿，头顶上有了热气，脚下似乎也暖和了一些。

沉默了良久的钱黎青这才说话："一切全完了，就等着法院拍卖省城的办公大厦和几处房产抵债。不瞒兄弟，我被监察委叫去之前，就感到事情不妙，终南别墅没有一个能逃掉，我只得和老婆办了离婚，这样至少留点资产，能保住她和儿子女儿以后的生活。"

不用细说，侯山川也能感到钱黎青近来的生活状态，本来身材高大的他，好像突然之间变矮了许多，两个多月时间，消瘦得几乎变了一个人。两只本来像鹰隼一样犀利的眼睛，此刻也黯淡无光。侯山川看了看钱黎青，说："如果我劝你，说命运本来就有起伏，谁也不会一帆风顺这样的话，你会骂我站着说话不腰痛。正像一个失恋者的痛苦，任何人也无法代替那样，每个人的痛苦，别人既不能分担，更无法解除，只有当事人自己承受，承受得了，过了这一关，可以重来，过不了这一关，谁也救不了他。"

钱黎青说："恐怕谁也救不了我。"

侯山川说："你就这么尿吗？"

钱黎青说："这次和过去任何时候都不一样，我明白我过不了这一关。"

侯山川说："比死还难吗？"

钱黎青说："死有啥难的？那些狗屁的地狱、天堂之说我不信，两眼一闭，双腿一蹬，啥也不知道了。可活着面对这些狗屎一样的事，除了臭气还是臭气。"

侯山川说："这不像钱总一贯为人处世的作风！我不说天不会塌下来，但我说头掉了也就碗大个疤。这两句话都是古人说的，自古没有被事情吓死的，只有被自己吓死的。"

钱黎青说："你说的这些道理我懂，但我就是过不了这个关，我不服呀！像郝东水这样的人，官当得滋润，事情做得滋润，好像一切都是理所应当。"他看着侯山川，突然问："穆小碟在吗？"

侯山川说："一直在呀，她从你那里到我这里，干得很好，我准备提她当副总，这个女孩子很有心劲。"

钱黎青说："当然了，你比我会来事，把郝东水伺候好了，唱河渡新区有你的钱赚。"

侯山川看看钱黎青，觉得钱黎青的眼睛里发出一种奇怪的光，突然之间，侯山川感到眼前这位多年的合作伙伴，变成了另外一个人。他只好说："有些事情可能不像我们想的那样，人出错常常在于自信自己看到的没有错，听到的没有错，想到的没有错，恰恰可能都错了。"

钱黎青根本不理会侯山川在说什么，他说："我让穆小碟去伺候石油老板杜乐天，固然不对，可他郝东水把穆小碟弄到身边就对吗？他说要，你立马给我打电话，把她叫到上水，这会儿还要安排成副总，你们一唱一和搞得倒舒坦。"

侯山川微微笑笑，说："如果我告诉你是另外一回事，你会怎么想？"

钱黎青说："屁！秃子头上的虱子——明摆着，还能有第二种结果？"

侯山川的脸色沉下来，说："那我告诉你。"

侯山川说完，钱黎青大惊失色，他无法相信，自己一直的结论，竟然如此离谱。

原来，那晚钱黎青离开郝东水住的别墅后，穆小碟按他的安排，很长时间没有离开郝东水的房间，她和郝东水一直聊天。开始郝东水问她哪个大学毕业的，又问她是哪里人，穆小碟一一作答，当然许多时候，她并没有说实话，而是尽量说得平和一些、高兴一些，不愿意让郝东水了解她太多的事情，以免郝东水看不起她。

当然，郝东水是一个正常的男人，自然有生理反应。眼前这个姑娘，长得不仅漂亮，而且很有特点，端正的脸庞，精致的五官，特别是人中，配在那张不大不小适中的嘴唇和直直的鼻子之间，显得特别迷人。她坐到沙发上，侧头看他的时候，她的睫毛刚刚与斜照过来的灯光相映，彩色的光线在她睫毛上不断跳动，一刹那，穆小碟的侧影散射出一道光晕，脸上的肤色透出光滑的细腻，张扬出青春不可抑制的光彩，那一刻，那种妙不可言的美，震撼了郝东水，他从没有观察过女人竟然会这样美。

郝东水不由自主地说："我有这么个女儿多好。"

穆小碟的眼睛一惊，睁得更大了，她看着郝东水，有点激动地说："主任你说啥？"

郝东水说："我说，我如果有你这么个女儿，该多好呀。"

穆小碟有些惊喜地说："我可以当你的干女儿呀。"

郝东水说："干女儿这个名称，已经被弄坏了，名声不好。"

尽管在男人面，穆小碟从来都保持矜持，不多说话，可在田园物语宾馆前台这样的工作岗位，经常会遇到有钱和有权的男人，他们除了和女人调情，好像再不会有其他的话题。钱老板带着她在酒桌上陪过几回客人，那些男人更放肆，除了语言的露骨和不堪，一双双瞪大了的眼睛，像黑夜里狼的眼睛，发着绿色的光芒，那眼神似乎要在一刹那剥掉女人身上的衣服，充满了恶毒的、贪婪的欲望。每当这时，她都会低下头，避开男人的眼光。而她这样做的结果，更激发了那些男人的欲望，他们每次都毫不犹豫地把不满发泄给钱老板。他们会说："钱老板的宝贝只示人，看也不让过把瘾。"钱黎青当然有他的目标，不见兔子不撒鹰。他会笑着说："轻易让你过瘾就不是宝贝了。"哪些人在一阵哄笑之后，依然会换个话题继续调情。

可眼前这个男人，说话总是一本正经，好像他此刻在做一个失足女孩的思想工作，或者是在批判社会上的丑恶现象，根本不是和一个漂亮的女人在聊天，更不像和即将发生风流韵事的女孩在调情。穆小碟在这一刻，对郝东水产生了既敬重又不知所措的复杂感受，敬重在于眼前这个男人，不是一般直奔主题的浅薄之辈，而是一个心地善良的长辈。不知所措的是时间过去一个小时了，她不知道该如何完成老板交代的事情。她只能接着郝东水的话说："主任可以把名声正过来。"

郝东水笑笑说："我能正过来，可在别人眼里正不过来。"

穆小碟不知道该怎么接这句话，好在郝东水转换了话题，说："你刚才不是说，你的母亲动手术了，现在恢复得怎么样?"

穆小碟说："过一段时间还得化疗，每月用药得三四千块钱。"

郝东水说："负担不小，你一个月能拿多少钱?"

本来她想告诉他实情，可一想，一个参加工作才一年的大学生，月工资八千，超出了常规，这个男人很可能把她想象成一个坏女人。那样的话，他一定会看不起她，钱老板晚上安排的事，可能会泡汤。所以，她说："五千多块。"

她刚回答完，郝东水又问："父母住在乡下，还是在城里?"

穆小碟一想，更不能说实话，就回答："在省城租的房子。"

郝东水又问："一个月房租多少?"

穆小碟一时有些发虚，她终于明白了人们常说的，一个谎言要用无数个谎言来弥补，否则就会漏洞百出。好在她的同学在省城城中村租房，她实习的时候，也在那里住过一段时间，对不同区域的房子租金大致是了解的。于是她说："城中村，一个月八百。"

郝东水大有打破砂锅问到底的架势，接着问："单独的房子，还是几个人合租?"

穆小碟只有随口再编，说："单独的。"

郝东水问："几间?"

穆小碟说："一间?"

郝东水再问："隔开的，还是原来就一间?"

穆小碟说："是一家三兄弟分家，隔开的一间。"

郝东水说："肯定没有卫生间。"

穆小碟说："一间房，哪能有卫生间。"

郝东水紧接着问："那你母亲能自己上厕所吗？"

穆小碟说："不能。"

郝东水吃惊地说："上厕所怎么解决？"

穆小碟说："买了一个便桶。"

郝东水感叹一句说："够难的。"

郝东水好像接着还要说什么，穆小碟几乎要崩溃了，这样的对话，在郝东水来说，是表达一种关怀，既是一个男人对一个漂亮女人的喜悦表达，也是长辈对晚辈的一种自然情怀。可对于穆小碟而言，是一种因工作需要的应对，也是一种无可奈何的应付，更是一种无法躲避的精神折磨。因此，当郝东水的话音刚落，她立即说："主任，不早了，你休息吧。"

郝东水一愣，看看手表，说："你看，你看，快十点了，休息休息。"

说着，郝东水起身去卫生间。穆小碟则按照宾馆接待客人的规定，掀开了被子的一角。

郝东水从卫生间出来，见穆小碟站在床边，就说："不用客气，你也回去休息吧。"

穆小碟没有动，呼吸急促，有些喘不过气来，不知道该说什么，就仍然站在那儿。郝东水感到奇怪，说："休息去吧。"

穆小碟抬起头，看着郝东水，眼睛里突然涌出泪水。郝东水感到莫名其妙，以为自己刚才的话触及了她的痛处，就说："人都有难处，俗语说，家家都有一本难念的经。我小时候读书，要翻两个山头，早晨起来煮一碗包谷糊糊，书包里装两个蒸熟的红薯，就是中午饭，一直到下午四点放学，再翻两个山头回家，肚子饿得咕咕叫，两眼发黑。可进门，最好的饭，又是一碗红薯煮包谷，稀得能照出人影，只有过年时节，才能吃上两顿面条，或者黑不溜秋的带麸皮的蒸馍。"

郝东水又说："现在的生活好多了，至少你读完大学，留在了省城，有这么一份好的工作，工资是少了一些，但不像我们那时，缺吃少穿，那真是度日如年。你母亲病了，住房条件差，但慢慢总会改变的。随着钱老板的事业越做越大，职工的待遇会提高的。即使他不提高，你干两年，有了工作经验，找个好的单位跳槽就是了。"

郝东水以为自己推心置腹，一定会使穆小碟的心情平复下来，可他说完后，看看穆小碟，她的眼睛里，仍然噙满了泪水。他就从床头柜上的抽纸里，抽出几张抽纸，递给穆小碟，自己重新坐回沙发上，说："有什么事吗？"

穆小碟擦干了泪水，看着郝东水，突然说："你嫌弃我吗？"

郝东水睁大了两眼，说："从何说起？"

穆小碟说："那你为什么让我走呢？"

郝东水突然明白过来，说："你们老板安排的？"

穆小碟点点头。

郝东水狠狠地骂了一句："这个王八蛋！"

穆小碟一听，扑通一下跪在郝东水的面前，声音压抑却又急促地说："不是老板强迫的，是我愿意的。老板于我有恩，他掏钱让我妈住院动手术，又给我开了高工资，不是他，我妈可能早死了，我也不会有今天。"

郝东水扶起穆小碟，说："那他也不能这样龌龊！"

穆小碟声音更低了，她说："我还没有谈过恋爱，我是干净的。"

郝东水让穆小碟坐在沙发上，说："老板怎么安排你的。"

穆小碟说："老板说，你提出任何要求，我都要应承。"

郝东水说："我没有提什么要求呀。"

穆小碟说："我知道，可我更知道老板要什么，如果把你招待不好，坏了他在上水的项目，那是大事。我穆小碟生在秦岭深山的褒河边，出身贫寒，没有大的本事，但老板于我有恩，我知道知恩图报。我也需要老板给的这份工作，我不能没有这份工作。"

郝东水一愣，问："你是褒河人？"

穆小碟说："褒河上游的穆家寨。"

郝东水说："我知道那个地方，山高林密，是个穷地方，我理解你的处境，但不能以这种方式。"

穆小碟说："让郝主任笑话了。富人说贫穷限制了想象力，但富人根本不知道，富裕仍然会限制他们的想象力，富人不知道贫穷是失去尊严的最大杀手。生活无着落，人生无方向，活着只是为了让自己和家人活着，是多么让人难以摆脱的噩梦。"

郝东水当然明白穆小碟话中的意思，他说："你回去休息吧，这件事我知道该怎么处理。"

穆小碟站起来，有些恐慌地说："我们老板知道了怎么办？"

郝东水说："我不会告诉他。"

这一刻，泪水又从穆小碟的眼里涌出，她说："感谢主任的大恩大德！"

郝东水说："以后有什么事，特别是钱老板为难你，你不愿意做的，就告诉我。"说着，郝东水把自己的电话号码给了穆小碟。

穆小碟记下电话号码后，说："今晚我不能离开别墅，老板肯定在外面安排了人。"

郝东水问："这栋别墅里有几个房间？"

穆小碟说："五个。"

郝东水住的一个套间，里面一张双人大床，外间一张单人小床。郝东水说："你等一下。"

说着，郝东水给一起来考察的办公室主任范小迪打了个电话，让他到别墅里来。五六分钟后，范小迪就过来了，进门问："主任有急事吗?"

郝东水说："晚上你就睡在外间。"

范小迪看见穆小碟在这里，立即明白怎么回事，就说："好的。"

然后，郝东水对穆小碟说："你去找个房间睡吧。"

穆小碟不再说什么，点点头出去了。穆小碟出去后，郝东水把刚才发生的事，告诉了范小迪，并交代："这件事，限于我们两个人知道。有钱人使这样的手段下作，可这个姑娘是无辜的，我们只能在可能的范围内，保护弱者。"

第二天早晨，郝东水接了钱黎青的电话，准备出门吃早餐，穆小碟从另一个房间也出来了。郝东水对她说："过一会儿，你和范小迪主任一块到餐厅吃早餐。"

穆小碟立刻明白了郝东水的用意，知道他通过这种方式，明确无误地告诉钱黎青，昨晚她就住在别墅里。穆小碟感激地看了郝东水一眼，向他表示感谢。

两年之后，钱黎青再次想通过穆小碟搞定杜乐天，但穆小碟直接拒绝了。离开老板的办公室后，她知道应该离开这儿，才是最明智的选择，于是她给郝东水打了电话。郝东水没有推辞，就答应了她的请求，接着打电话把侯山川叫到了他的办公室，把田园物语别墅里发生的事，告诉了侯山川，然后让侯山川给钱黎青打电话，把穆小碟要到上水自己的公司。

侯山川立即把这件事情办了，但他出于好奇，郝东水为什么会把这件事交给他办，说老实话，侯山川和郝东水的交往，更多的是工作关系，基本没有私下交情。所以他问郝东水："郝主任，你这么信任，把这件事交给我办，你不怕我把真相告诉钱老板? 你明明知道，我和钱老板合作多年，他可是我的金主。"

郝东水说："因为你对文化的痴情。即使所有的人丧失了良知，但良知不会在文化中消失，真正的文化人，传承的不是简单的文化符号，而是天心和良知。"

侯山川听了这句话，竟然有些感动，他沉默了一会儿，对郝东水说："感谢你对文化人的敬重！"

钱黎青从侯山川的口中知道了事情的真相，他的内心受到了极大冲击，他一直以来自以为是，认为办得天衣无缝的事情，竟然是自己的虚构与想象。而这件事的冲击，带给他的联想，是他送给夏清河那件《天心》珊瑚玉雕时，他曾暗示过夏清河，让他好好保存，不要随便送人，还说几年后可能升值无限，这时，他无法判断夏清河到底看了还是没看。也许他根本不知道里面有一张百万银行卡，如果那样，他就亏欠夏清河大了。

他记得很清楚，展览结束的第二天，他把《天心》送到了夏清河的办公室，珊瑚玉雕被装在一个精致的木盒里，外加一个包装袋，十分美观。他把礼品袋放在夏清河的办公桌上，说："我给季书记送去了，季书记说真是一个好东西，他打开包装盒，把珊瑚玉雕取出来，认真看了雕刻的刀法，评价说真是难得的艺术品。夏市长你也好好看看，说不定能发现更为奇妙的东西。季书记真有眼光，这次展览的作品，相信五年后，会增值五至十倍。"

当时，夏清河好像在找一个文件，他只是点了点头，说："我有时间一定好好欣赏欣赏。"

想到这里，他问侯山川："送给夏清河珊瑚玉雕里插的那张一百万的银行卡，可能他根本就没有发现？"

侯山川说："他不但没有发现，而且把你送去的那件东西，当作一个活动纪念品，放在文件柜里面，直至因终南别墅案，纪检委搜查他办公室时拿走，在专业人员检查时，才在珊瑚玉雕的底部发现了银行卡。"

钱黎青心里十分清楚，夏清河给他帮过许多忙，却没有一次向他要过好处，与他的交往完全出于公心。即使求夏清河办私事，只要能办的他就一定会给他办，从来不求回报。这种交情，按理说他应该百分之百地对待他。可是，他在电视上，听过一个有名的人说过，人心是不可以考验的，如果你想考验，得到的大多是失望。所以，在他看来，商水长街这个项目太肥了，别人一定会眼红，越是利润大的项目，越潜伏着某种看不见的风险，一旦出现问题，必须背后有人给他顶住，这不只是他一个人的经验，而是商场上无数血的教训。于是他把《天心》当作了一个巨大的伏笔，一旦这个项目发生巨大风险时，这个伏笔，将成为要挟夏清河的筹码。在他看来，这个要挟虽然没有使用，可他一直断定是起了作用的，因为他利用民间资金，解决资金链断裂的过程中，在上水发生了问题，受害的老百姓包围了他办公的地方，他动用了社会力量，企图摆平这件事，结果被人举报，省委领导作了批示，被定为非法集资，要求上水市严厉查处。当市公安局准备对他采取强制措施时，夏清河出面给市公安局长打电话，说在可能的情况下，尽量不要对钱黎青采取强制措施。夏清河还直接找到市政法委书记，说："钱黎青是省人大代表，全省有影响的企业家，如果在我们上水出了问题，会对我们的投资环境造成负面影响。再者，据我所知，钱黎青在商水长街的资产是良性的，不对他采取强制措施，他完全可以把一部分良性资产变现，弥补集资受害者的损失，如果采取了强制措施，就会对他的经营造成巨大影响，给受害者补偿也带来巨大的不确定性。"

正因为夏清河的说情，他才躲过了一劫，他被省监察委带走，完全是因为终南违规别墅案引起的。可是拔出萝卜带出泥，不但他送给夏清河的珊瑚玉雕成了问题，而且夏清河为他集资案说情，被说成为黑社会提供保护伞。夏清河出事，完全是因为他钱黎青惹的祸。

钱黎青羞愧地对侯山川说:"我对不起夏清河市长。"

侯山川说:"一句对得起值多少钱?你知道珊瑚玉雕弄出多大的动静吗?"钱黎青睁大眼睛看着侯山川。侯山川说:"当传出你在《天心》里放了一百万的银行卡,季平信书记对郝东水主任说,这哪里是天心,分明是黑心。交代郝东水把当年领导买的那几件珊瑚玉雕,统统收回来,检查一下其中有没有放其他东西。害得两个已经把珊瑚玉雕拿去送人的领导,追了半个月,找了大半个中国才弄回来。那五件珊瑚玉雕集中到一起后,郝东水还把我叫去,又叫了市纪委两个人,当面让切割工人,硬生生从作品的中间切成两半,什么都没有发现才罢休,因为那里面也有郝东水买的一件。见没有发现东西,郝东水长出一口气,紧绷的神经算是放松了,我可来气了,多么好的几件艺术品呀,硬是因为你的恶行,被破坏了,从此人间几件瑰宝,成了残品。"

钱黎青说:"是我的错,可不就是几件破玉雕吗,值多少钱,那钱还是我出过了的,没有人受损失。这点破事,难道比把我们关起来失去自由更重要吗?"

侯山川看看钱黎青,说:"有钱人就这德行。"

钱黎青说:"我已经不是有钱人了。"

侯山川说:"那也是有钱时养成的恶习,不仅是你这样暴发的土豪,而是整个社会弥漫着一种腐朽的铜臭味道。这些年我们从贫穷中走出来,以人类少有的方式和步伐,改变了我们的生活方式,我们富有了,但是我们在财富中,在知识中,在科学中,就是不在真理中。我们将为此付出沉重的代价。"

钱黎青的脸色,在灯光下一片惨白,他说:"希望我下辈子变成文化人。"

侯山川说:"不要等到下一辈吧,东山再起的时候,别脑袋里只有钱。"

钱黎青看看手表，已经晚上十二点了，他站起来，说："谢谢山川兄弟这些年的合作，有什么对不住的地方，下一世再还吧。"

侯山川也站起来，面对着他，说："这不是我眼中的钱老板。"

钱黎青握了一下侯山川的手，说："不早了，休息吧。"

下了楼，侯山川要开车送钱黎青回他的住处，钱黎青谢绝了，他说自己想一个人走走，侯山川只好说了声再见，上楼睡觉去了。

深夜的上水市区，即使最繁华的路段，也只能偶尔见到一辆过往的汽车，街道上的商铺几乎都关门了，只有极个别小超市和小吃店还开着门，但生意冷清，门可罗雀。唯一显出点生气的景致，是街道两旁的绿化树木，除了常青的香樟树，还有冬青树，但此时，在暗淡的路灯下，像一个个孤独者，仰头问天。在钱黎青的印象中，多少年来，这个时候，他多半是在夜总会、洗浴中心，或高档娱乐场所，以酒水为媒介，与狐朋狗友举杯狂饮，或者与女人调情，迷失在那些场所的灯红酒绿中，像一个个连续不断的梦境，充满了荒诞与魔幻，恰恰是这些不真实的情景，能给他那颗狂跳的心以持续的刺激，唯有此，才可以使他得到暂时的快乐。他从没有在一个夜晚，一个人走在城市的街道上，感受苍凉与孤独，何况这是一个严寒的冬季。小时候，他听老人讲孤魂野鬼的故事，他历来认为它只是故事，或者迷信的传说，而此时，他觉得自己就是孤魂野鬼，他想世界上如果真的有孤魂野鬼的话，一定是此刻的他，没有生气，没有希望，只有一具不知道归宿的行尸走肉，在暗夜里游荡。他走过了一个又一个路口，大致相同的街道，大致相同的楼房，只是有高有低，他记得他住的地方，在一个人工湖的旁边，从唱河渡生态文化公园走过来，是一条直路，可此刻他根本就无法辨认，不知身处何处，是在哪一个城市哪一条街道。尽管侯山川多次指着路旁的建筑说："中国当下既没有设计师也没有建筑师，有的只是照猫画虎的描图员和盖房子的泥瓦工，羞先人哩，把一百座城市弄成了一座城市，除了名字不一样，其他基本一样。"他当时问："为啥搞成这样？"侯山川说："问你自己。"他说："与我尿干？"侯山川说："都是钱惹的祸！"他不服气地说："扯淡！贫穷死的人更多。"侯山川不屑地说："你懂个屁！"他当时差点骂他一顿。可事实终于告诉他，他人生的高光和至暗，都与钱有关，成也是钱败也是钱。侯山川的结论是至理名言，可此时对他来说，一切都变得遥不可及。生对他来讲，已经成了一种巨大的负担和累赘。

当他的脑子处于一片混乱时，口袋里的手机突然响了，他猛然一惊，他知道这个时候来电话，一定不会是好事，何况对他来说，已经没有任何好事。自从他被追债，他就关了经常用的手机，另办了一张手机卡，这个号码，只有有限的几个人知道，这时能打电话来，一定有不同寻常的事。他掏出手机看号码，是一个既没有标注姓名、来电区域，又毫无印象的号码，他接起来，对方问："是钱黎青吗？"他回答："是。"对方用不容置疑的口气说："你听着，不用回话。这次你在里面不该说的没有说，不过这还不够。如果你不再想受罪，也不想让你的老婆孩子有事，你知道该怎么办。如果你做了，后面的事，我们会处理，你可以放心。"说完，对方挂了电话。这个神秘的电话出现过三次，一次是在他出事的前三天，一次是他被抓的当天，这次是第三次。尽管号码不一样，但说话的声音是一个人。钱黎青心里很清楚，他在终南违规别墅项目中，打通的关节不是一个两个人，而是几十个人，除夏清河只买了一套成本价之下的花园洋房外，其余的任何一个人，拿到的好处，足可以判他们七年八年，最多的超过千万，其中分红那个人，拿了整整一亿五千万。更不用说通过他搭桥，有开发商送得更多。这个神秘的电话来自何人，他懒得揣测，但他们的目的他明白。他想他真的该结束了，正如一场戏，总有落幕的时候，只不过有的戏很长，有的戏只是折子戏。他充其量只是一个折子戏的主角，他应该谢幕了。谢幕不仅仅是别人的需要，更是自己的需要，生命的终结，是他最好的谢幕，同时何尝不是一种彻底的解脱。要说从省城到上水市的路上，他的想法只是一种选择，可当他到了上水市，与侯山川交流过后，这种想法已经变成了强烈的愿望，而此刻这个神秘的电话，则是一针强烈的催化剂。

他停下脚步，抬起头，突然发现一颗不大的星星，闪烁的光芒并不耀眼，但充满了温暖，像极了母亲的眼睛，突然他想起母亲去世前，他和母亲离别的情景，母亲因为过不惯城里的生活，说回到乡下心安。他遵从母亲的意愿，把母亲送到乡下安顿好，离开时，母亲突然上前抱住了她，他吃了一惊。母亲的怀抱是他童年的记忆，长大后他再没有感受过母亲怀抱的温暖，当母亲抱住他时，突然感到不是母亲抱住了他，而是他抱住了母亲。就像儿子小时候自己抱住儿子那样，他的怀抱是那样宽大，母亲的身体完全被他搂在怀里。那一刻，猛然想到，怀抱是大人用来保护小孩的。母亲老了，八十岁的老母亲变成了小孩，母亲希望儿子的照顾。他的眼睛湿润了，他紧紧搂住母亲，说："妈，我过几天就回来看你。"放开母亲后，他看着母亲，有些嬉皮笑脸地说："儿行千里母担忧，没有千里，妈就不用操心。"说完后，他扭头就走。因为高速公路通了，他开车七八个小时就到家了，不能保证一周回来一次，一个月他可以回去看母亲一次。可是，想不到他回到省城第三天晚上，照顾母亲的小外甥女打来电话，说母亲突发心脏病，已经送到医院了，他马上给医院的朋友打电话，让他关照母亲，可他等来的不是母亲平安无事的消息，而是经抢救无效，母亲已经走了。听到这个消息，他哭着让司机开车，连夜赶回老家。天亮时，他到家了，当他一步跨进门时，迎接他的不是母亲往日颤巍巍的身影，而是停在窑洞里已经冰冷的身体。他喊着扑过去，紧紧搂住母亲。他突然想起，几天前他离开时，母亲是在向他告别。当他抱住母亲冰冷的身体时，他才强烈地感觉到，不是母亲需要他，而是他需要母亲。母亲不在了，从此他成了没有娘的孩子，迎接他的不再是期盼，而是走向终老的必然。

此刻，阴冷的街道，就像冷酷的人生，没有归途。他多么希望母亲这时还活着，那样他盼望着母亲的怀抱，就会搭救此刻游走在死亡边缘的性命。可是，母亲在哪里？也许等他走了，在另外一个世界才能找到母亲。他想，那样也好，活着见不到母亲，至少死后可以见到母亲，重温儿时母亲的怀抱。

他看看手表，三四公里的路程，他居然走了一个半小时。有了归途，他感到一身轻松，或许这就是一次远行。他加快了步伐，他得赶在夜深人静的时候，完成他与这个世界的告别仪式。

回到住处，他打开电脑，首先给侯山川写了一封信，传到微信上，他想在他完成仪式的最后一刻，把这封信发给侯山川，当他看见的时候，他已经告别了这世界。

山川兄弟：

　　咱们兄弟俩合作多年，我就不客气了，我要走了，离开这个我又爱又恨的世界。老天把我生在这个世界，却让我选择了穷山村的爹娘。就是选择了穷爹娘，也没有什么了不起，多少我这样出身的山村少年，上不了大学，就出去打工呀，不就是娶妻生子过普通人的日子吗。为啥让我打工时，偏偏听到我家住的地方有石油？老板勘探的结果，确实有石油。老板杜乐天给我家箍了新窑，搬家是多好的事呀！拆了旧窑住新窑，还不花一分钱，我已经十分满足了。可为啥杜乐天怕我以后反悔？我根本就没有那样的想法。他为啥要给我一百万呢，又让我遇到公司的高管，还想去问老板要一笔。要不来也没有啥，为啥杜乐天又给我说那么多话呢？欲火烧得我欲罢不能，紧跟着，我注册了公司，开始折腾。挣了三千万，生活足够了，为啥又去折腾终南的项目呢？田园物语成功了，我不断从银行贷款，从此如同上了贼船，想下都下不来了。山水物语停建了，要求恢复地形原貌，田园物语限期拆除，同样要求恢复地形原貌。这些年的折腾不但变成了负数，还害了好多人。我既无脸见人，也无法收拾这样的烂摊子了，一走了之是最好的逃避。

上了贼船，我自作自受。可我死前愧疚的是，对不起夏清河市长呀，从他帮我那天起，他没有错呀，是我耍了手段，让他和十几个人一起，买了田园物语的花园洋房，这些年租出去也就挣了十几万块钱。咱俩搞的那个珊瑚玉雕展，我在那件《天心》里，嵌进一张一百万的银行卡，直到出事他都不知道，更谈不上拿出来用了。我一出来就听说他被带走审查了，我祸害了他呀，罪该万死！

我也对不起郝东水主任，自从你告诉我真相后，我的良心受到了极大的谴责。人家那么帮我，我还以为是送了女人拿住了他，他才给我办事的。我应该从他拒绝拿那二十万时，就能判断出他是一个什么人，可我以为他爱色不爱财。人心的差距咋这么大呢？如果早知道，有些事情可能办得更好些，如果我听他的劝告，早一点收手，资金链就不会断裂，也不会把我逼到绝路。

我死了，不足惜，看在我们合作多年的分上，委托兄弟办几件事，第一个，我给我老婆留了言，留给她和儿子的钱应该够用了。终南项目不说了，市里的产业怎么办，别在乎那些，按法定程序破产，该给谁抵债就给谁抵债，抵不了的，只能这样，如果有下一世，就下一世再还吧。我那个儿子不争气，学习不好，拜托兄弟多关照，最好让他考个正规的大学，我这一辈子吃亏就在没有文化，最后走到这条路上了。第二个，商水长街项目中应该还有少量良性资产，委托兄弟变现后，捐给唱河渡小学吧。因为经商这么多年来，唱河渡是最干净的一块地方，我就学学那些大人物，那些名人，也算我对这片土地的热爱吧！第三个，给穆小碟说说，她是一个好姑娘，我帮她有目的，和夏市长、郝主任比起来，我就是一个人渣，让她不要恨我，祝她找个好人嫁了。兄弟你呀，岁数也不小了，找个女人娶了吧，人这一生，家庭比事业重要，即使事业没有了，有家就有去的地方。

最后给渡爷说一声，他百岁寿宴我没有去参加，不是我不想去，而是没脸去。但我记住了他的话，人这辈子，就是在不停地过渡，无论过去还是过来，过渡的是人，那些钱财只是随身携带的东西，人没有过去，东西过去了有啥用呢？人只要过去了，没有东西又何妨？渡爷说，他这辈子做了五十年摆渡人，唯一的体会是：渡人首先渡己，连自己都没有过去，咋撑船渡别人呢？我选择在唱河渡大桥结束生命，投入许多人曾经跳过的深潭，但我不是水鬼找的替死鬼，而是我自愿跳下去的，就是要在这段干净的河流中，把自己的灵魂洗干净些，到阎王爷那里好说话，来世到这儿来渡己渡人。

告诉唱河渡的乡亲们，我当了水鬼不会害人。生活在水边的人说，只有找个替身，先前死了的人，才可以转世，不然永远在河里当水鬼，我不会找替身，让他们不要拿我吓唬小孩。

麻烦兄弟把我的骨灰撒在这段河水里。

我走了！向兄弟告别，向唱河渡的父老乡亲告别！希望商水长街的顺利运营，能给唱河渡的经济繁荣做一点贡献，使我的灵魂有所安慰。

钱黎青

公元二〇××年十二月九日

接着，钱黎青又给妻子写了几句留言，没有多说什么，只交代让她照顾好孩子。如果遇到好的人就重新嫁人，他说只要给儿子留点长大后做事的本钱，其他的财产愿怎么处理就怎么处理。他说他折腾了一辈子，终于明白，钱在很多时候，只不过由自己保管，这钱到底是谁的，不到最后关头，根本就是一个谜。就因为不知道谜底，所以凡夫俗子才为它奋不顾身，以命相许。

做完了这一切，他冲了个热水澡，他不想带着满身的臭汗，离开这个世界。洗完澡，他又整理了一下屋子里的东西，他同样希望，不要把一个不干净的房子留给人们。然后，他找了一条布带，拴了两箱茅台酒，准备捆在身上。虽然他是一个旱鸭子，不会游泳，但人体入水时会有浮力，所以江边的人跳河寻死，都会在身上绑一块石头，以免入水后身子漂上来，欲死不成活受罪。带上茅台酒，不但压住身子不会漂上来，还自带祭品，不用别人祭奠。

做好了一切准备，再没有什么可以挂念的了。于是他下楼，开车到了唱河渡大桥，把车停在路边，提着两箱茅台酒，到了大桥的中间位置，这里水下有一个深潭，没有修建拦水坝时，熟悉河流的上水人，都知道这地方的水深在三米左右，所以，有跳河寻死的人，都是选择这个地方跳的。拦水坝修好后，整个江面的水位提升了两米，这里的水深达到五米。所以，他选择这个地方跳下去，不会有任何问题。此刻，他要告别这个又爱又恨的世界时，反而心静如水，似乎他不是去寻死，而是去参加一个朋友的聚会，很快就会从冰冷的地方，到达一个温暖如春的地方。所以他既没有恐惧，也没有激动，有的只是想到他时不时地碰到一些人，常说人生只有生死是大事，其他的不值一提。他从来不相信这些话，如果是这样的话，医院里就不会有为了活下去弄得倾家荡产的人，世上也就没有了那么多繁荣的养生产业，用各种说辞蛊惑人们活得更长。他倒欣赏侯山川说过的一个情节，说有个文学家和革命家叫瞿秋白，他被敌人抓住枪毙时，他居然对行刑的人说此地甚好，说罢就盘腿坐在绿色的草地上，然后对敌人说："开枪吧！"他当面迎着敌人，毫无惧色。他佩服这样面对死亡的人。正因为如此，他此刻平静得连他自己也无法理解。他想自己是一个视死如归的人，他一生时刻感觉到累，从来没有佩服过自己的成功，此时他居然佩服起自己来了，由此他感到心满意足，那些闹人的烦恼，瞬间消失殆尽。

在向腰间捆绑两箱茅台酒时，由于布带太长，是打死结还是活扣，他犹豫了一下。活扣好系，把布带两个长出来的绳头，折回一系就好了，打死结则要把长长的绳头，穿过结口勒紧才能行。毫无疑问应该打死结，因为只有死结才可能进入水中时，没有解开布带的机会。可他的意识中，竟然一瞬间冒出死结还是活扣的念头，这使他感到耻辱，准备去死了，还要留活扣？这不是男人所为，更不是他此时的心结。他骂了自己一声混蛋，迅速将长出的两个布带头，穿过结口勒紧，并反复用力拉了几下，没有任何松动时，他才感到放心。

他看看手表，已经凌晨四点多了，江边的路上没有一辆车，更没有一个人，只有昏黄的路灯，照在路面上，使夜色显出一点生气。远处的高速公路上，突然有强烈的光线射过来，在宁静的夜晚，显得更加张扬，像一排光弹飞过来，在空中扫过一片雪白。大桥上的灯光装饰，在静夜里显得更加五彩缤纷，像是为他举行一个盛大而又孤独的仪式，送他离开这个他生活了四十多年的人间。

他最后看了一眼远处的巴山和秦岭，薄薄雾霭中模糊的山景，像一处遥远而又神秘的洞天令人神往，可惜他得向它们告别，从此再无机会欣赏这样的风景了。他掏出手机，将他留给侯山川和妻子的遗言，发送了出去，他相信侯山川和妻子第二天起床后，就会看到。那时，他已经到了另一个世界。发完信息后，他将手机扔了出去，他不希望任何人从他的手机里，看到任何他活着时的任何信息。由于他用力过猛，身子在桥的栏杆上撞了一下，胯骨被撞得生疼，而手机落水时，在静谧的夜里，发出不小的响声。他爬过栏杆，将捆在身上的茅台酒提在手中，在双脚离开桥面时，同时松开了手，瞬间他急速坠落，耳边的寒风突然之间像加速的飞针向他射来，暴露在外面的脸部和双手，像被一把锋利的刀剥开了皮肤，抽去了筋骨，血肉也在刹那间被捣碎，除了难以忍受的剧痛外，没有其他任何知觉。这个痛苦对他来说，刚刚开始，接着，在他身体触及水面的一瞬间，发出一声巨响，整个身体立刻肝胆欲裂，像被千刀万剐成碎块，向四周散发。他的手下意识地抓住了布带，可是捆扎在身上的茅台酒，这时发挥了作用，像有一股巨大的力量，拽着他的身体开始下沉。第一口入喉的河水，完全超出了他的想象，不是想象中的冰凉，根本就不是水，而像一把炽热的烈火，直捣他的胸腔，将他的五脏六腑从胸腔中扯了出来，立刻想要毙命，神志却清清楚楚感受着死亡前的痛苦。他的手顺着捆绑的布带，摸到了那个结，他用尽了所有的力气，企图扯开那个结，可是坚硬的死结，像铁水浇铸了一样坚固，他的指甲抠上去，根本丝毫不动。他终于后悔，当时为什么不结成活扣，给生命留一条退路呢？在双脚触底的时候，真正的痛苦才刚刚来临，冰冷的水，一口接一口呛进他的口里，迅速经过喉咙钻进胃里，难以忍受的痛苦，用任何语言也无法表达。开始他极力憋着气，尽最大的控制力，慢慢张开口，使水在自己掌控中进入口腔，以减轻痛苦。可是三四口过后，水流根本不再听命于他，肆无忌惮地从四面八方向他涌过来，似乎只有他的口腔是唯一进出的地方。他在意识没有完全消失之前，终于明白，活了一世，唯有活着才是最好的，在准备走向死亡的时候，他根本不知道活着对于一个人的重要。当他知道的时候，他已经掉入自己为自己挖好的死亡陷阱，一切都来不及了。猛然间，他看见了远处的火把，像一串串火苗，在巨大的空间游走，接着，他看见了无数座燃烧的铁炉，将烧化的铁流注入巨大的池子，很快池子变成了湖泊，接着成为一片汪洋大海，炽热的铁水在汪洋大海中沸腾，发出白色的光雾，似乎瞬间会将整个虚空化为灰烬。在凝重的光雾中，一个接一个骨瘦如柴的人，被投进铁流，瞬间化为乌有，随即冒出一股黑色的气息，在半空中又变成了原来投进去的人，接着又被投进铁流，如此反复，没有穷尽。看到此情此景，他不再是人间那个烈性的男人，周身像筛子一样哆嗦，在猝不及防中，他被两个穿着黑色衣服的狱卒抓住双腿，投进了铁流，一瞬间他在铁流中变成了烟雾，在一阵巨大的战栗之后，他的意识随着烟雾散开，向无边无际的虚空延伸，他的最后一个念头告诉他，也许这就是人们传说的地狱……

第二天早上七点半，是上班的高峰期，大桥上一片繁忙，来往车辆穿梭而过，有人注意到桥头的路牙子上，停了一辆宝马轿车，但整个景象与往日并无不同，就连整个河面也没有表现出任何异常，匆匆忙忙的人群，不会想到几个小时前，一个人从这儿跳下去了，他的尸体此刻就在水面下的某个地方。

上午八点半，市委在三楼会议室召开市委常委会，通知郝东水列席。郝东水匆匆忙忙赶到会议室，刚坐下，韩市长宣布会议开始，接着组织部长宣布了一项市委干部任命：经市委常委会研究决定，郝东水同志兼任上水市旅游投资开发管理集团有限公司董事长。待干部任用公示无问题后，立刻上任。

郝东水以为听错了，当市委书记季平信开始讲话时，他才确信是真的。季平信说："上水市建设旅游强市刻不容缓，新近成立的国资全额投资的上水市旅游投资开发管理集团，承担具体落实整合全市旅游资源、负责重大项目开发管理的责任。之所以选择郝东水同志出任董事长一职，基于两点，一是他打造开发唱河渡新区的成绩和经验，二是他提出的这份切实可行的方案。"说着，季平信把手中的方案拍了拍，他说："我和韩市长还有其他几位常委看了，都认为这是一个促进我市旅游发展的很好的思路，剩下的就是怎么落实。不过这次，组织没有提前征求东水同志的意见，这个会议就算是集体谈话，东水同志如果有什么意见，下去可以交流，但这副担子从此刻起就应该挑起来，这是市委对你的信任和要求。"

郝东水在听到这个任命的第一反应是，脑袋一片空白，因为在他见到和听到的干部任命中，从没有过这样的事，既不征求意见，又不提前通知，当面宣布，而且是在重要场合，让你没有任何回旋的余地，更让你没有任何选择的权利。在他的内心深处，他有强烈的抗拒情绪，可当他听了季平信的解释，他倒平静了几分，不是因为作为市委一把手的季平信对他的肯定或表扬，而是他理解了季平信为什么这样做。实际上，在季平信让他提交关于上水市大旅游产业方案的时候，就已经决定了让他承担这份责任，只不过用另一种方式，启发了他的工作方向。就他目前的工作状态，确实够累的，新区的发展处在一个关键时刻，高新技术产业招商压力很大，唱河渡生态文化公园商水长街的重新启动，美术馆、长河楼、博物馆等几大场馆工期迫在眉睫，这些已经让他分身乏术。夏清河的出事，更让他一时难以调整好情绪。正因为季平信十分了解他的状态，加上他曾拒绝了市委关于让他兼任城市投资建设集团董事长的要求，才用这种办法施压，不但表明了季平信对他工作的认可，而且表现出了充分的信任。他懂得在重大的事情上，可以推一次，但不可以推第二次，他并不怕别人说他缺乏担当，而是作为出身贫穷农家的子弟，在官场上遇到赏识和信任的领导，是一件多么不容易的事，所以，他没有再次拒绝这个任命。他调整了一下情绪，冷静地说："感谢市委的信任，我会尽力担当起这份职责。有关想法，我再单独抽时间向领导汇报。"

季平信见郝东水表态接受了，就说："东水同志如果有其他事，就去忙吧。"

郝东水起身，向季平信点了下头，走出了会议室，这才看到侯山川打过来的几个未接电话。

侯山川因为昨晚与钱黎青聊得太晚，一觉睡到九点才起床，洗漱完毕后，他打开微信，发现钱黎青发来的文件，打开一看，如五雷轰顶，急忙给郝东水打电话，可是拨了三次也没有人接，他立即报了警。他第一个到达现场，看见钱黎青的车停在桥头，知道一切都晚了。平静的汉江，因为拦河大坝的作用，水流变得极为平缓，像已展开的巨大的蓝色幕布，铺陈在河道上，此刻，在阳光的照射下，发出银亮的光波，除了几只鸟儿在不远处戏耍外，整个水面一如往日，好像根本就没有发生过什么。侯山川望着水面发呆，他无法猜想钱黎青究竟从什么位置跳下去的，更无法理解他跳江时的心情，昨晚他们聊的话题虽然沉重，但钱黎青并没有表现出异常。

就在侯山川还没有醒过神的时候，警察赶到了，很快打捞队也来了，警察封锁现场后，只给大桥留出两条车道，打捞队按照常规打捞，两个小时后没有结果，一般来说，只要打捞的工具触及尸体后，就会很快浮起来。可是打捞队探过多次没有结果。十点半时，侯山川才和郝东水联系上，郝东水说他刚才参加市委常委扩大会议，手机调在静音的状态。听了侯山川的报告，郝东水立即沟通水利局，经过分管副市长同意，开闸放水，以降低水位。三个小时过后，唱河渡大桥河段水位降到了最低，打捞队再次行动，触及深潭的底部，他们钩住了挂在钱黎青腰间的茅台酒，随即钱黎青的遗体也漂了上来。

有遗书作证，钱黎青的死亡排除他杀，被认定为自杀。三天之后，侯山川按照钱黎青留言的愿望和家属的意见，将钱黎青的骨灰撒在了他跳下去的地方，并将他身上捆着的两箱茅台酒洒进了河里。侯山川对着河说："钱哥呀，我知道你好酒，也爱和别人共享好酒，你一定会找到酒友。希望你没有了人间的烦恼，早点来投胎，也许我们还能相遇，如果有缘再见，我们还是好兄弟。你儿子的事，我肯定会上心，当作我的儿子一样，让他上好的大学，成为社会的一个有用之才。"

侯山川的絮叨，当然不会引起任何回应，旁边站着几个朋友，以为他在说鬼话，而平静的江流，连一个波浪也没有，依然平缓地向前流动，与往日没有任何区别，就连撒进去的骨灰，也瞬间潜入水中，没有了任何痕迹。

尾声 并非结局

元旦过后，新一年开始的第三天，省纪委网站发布消息称，上水市原市委常委、副市长夏清河，接受开发商钱某低于成本价终南违建住宅一套（现已拆除），一百四十平方米，有可能影响执行公务的公平公正，经省委研究决定，免去夏清河中共上水市委常委，给予党内警告处分，并建议上水市人大，按照法定程序，接受夏清河辞去上水市副市长的辞呈。在公布这个消息的同时，也公布了因接受钱黎青低于成本价购房的多人，受到不同程度的处分，其中有人因涉嫌违法，被移交检察机关立案侦查。

这个消息公布一周后，夏清河回到上水，晚饭后，季平信把郝东水叫来，三人一起在季平信的办公室说话。转眼间已经过去三个月了，对于郝东水来讲，真是感慨万千，可是见了夏清河又不知道说什么。不过看着夏清河精神还好，并没有因为这件事造成多大的打击，郝东水的心里稍微好受了些。聊到唱河渡新区的近况和旅游城市建设时，季平信说："清河同志有个长城说，我补充一点，如果把社会运转系统比喻为长城的话，长城上有烽火台，有瞭望孔，有射击口，有巡逻步道，还有供视察者休息的驿亭。在不同时间，总有摇旗呐喊的、擂鼓助威的、冲锋陷阵的、坐镇指挥的、免不了也有叫门骂娘的、坐视不管的、围观看热闹的、背后放枪的。谁对谁错，历史自有公论，不宜以当下的立场做判断。我们这些人，在其中担任什么角色呢？就是巡逻放哨的、修补工事的、后勤补给的，不求伟业，但求尽责。"

夏清河说："感谢平信书记一直以来的关心，客气话我就不说了，我的身体最近很不好，肝脏指标一直不正常，我得回省城住一段时间医院，好在我们住的地方近，可以经常见面。"

季平信说："你还是客气了，这几年在上水，我们的配合是很好的，可我一直给你加担子，却很少关心你的生活，以致累出病来，我应该向你道歉。我也要回去了，省委组织部已经和我谈话了，最近几天就会公布省委决定。"

夏清河说："回去可以常见面了。"

季平信说："上水的这几年，是我工作最愉快的地方，这与韩市长和你的协助是分不开的。我怀念上水。"

夏清河说："我也怀念上水，这儿是我的家乡，是我感情最深的地方。"

接下来，季平信说："东水这几年对上水市的发展，立了大功，这是有目共睹的，开始我还有点担心，可我派人员审计的结果，让我很欣慰。所以，前不久我又给他加了重担，希望东水同志理解，遇到能干事的干部并不多，又能恰如其分地用好这样的干部，让他们发挥应该有的作用的也不多，事情往往受到多种因素制约，有时很难完全如愿。在东水的任用问题上，我希望于公于私都是一件好事。"

郝东水说："谢谢书记的信任和关怀！"

夏清河说："让我欣慰的是，在这一点上，东水比我有定力。"

郝东水理解夏清河所指，连忙说："那种情况下，如果是我也会那样处理的，十多个人，等于团购，除了钱黎青谁知道成本价是多少，大家以为是正常的。坏就坏在钱黎青这个人太鬼，就说那个珊瑚玉雕，谁知道他玩那么一手，季书记让我把市领导当时买的玉雕，全部收回来检查了，没有发现问题才放心。"

夏清河说："他为了保护自己，可以理解。如果我们的经商环境干净，钱黎青他们就不至于那么做了。他的死，不能说都是他的原因造成的。"

季平信说："清河说得对，我们不能改变别人，但我们得首先做好自己。"季平信又说："我本来给省委组织部推荐东水，到省上合适的部门去工作，可能更有发展前途，可后来一想，唱河渡新区的发展，后续工作还很繁重，换个人不一定比东水合适，有时候人的作用是关键。所以，我和韩市长交流过，他马上接替市委书记的位子，他也认为东水留在上水市，可能更为合适，至于待遇，建议省委组织部根据考察做适当调整安排。"

夏清河说："我同意季书记的看法，人生的际遇有时很重要，适合才是最重要的。像我们这些出身农村的人，在基层工作更踏实些。"

郝东水说："要说我还做成了点事，完全是清河市长的鼓励和季书记的信任，我会记住两位领导的话，踏好脚下的步子。"

三个人谈话之后的第二天，在郝东水的陪同下，夏清河到唱河渡社区，看望了渡爷。渡爷从椅子上站起来，握着夏清河的手，说："太想你呀夏市长，那个钱黎青死得可怜，不该再说他，可他弄的那些事，害了多少人，到死但愿他能弄清人该咋活着。"渡爷有些动情地继续说："我让东水主任给季书记带话，如果夏市长再不出来，我老头子带头请人写万民折，我就不相信还能像过去那样，制造冤假错案。"

夏清河把渡爷让到椅子上，拉着渡爷的手说："渡爷你撑了几十年的船，撑船的人把船撑到哪儿，那是撑船人的自由，上不上船，是上船人的自由，你不上船，把式再高的撑船人也不能把你扔到深潭里。这件事还是怪我自己吧。"

渡爷说："我就喜欢夏市长这样的明白人。"

夏清河说："渡爷，我就要离开上水市了，以后不能常来看你了，祝你老人家健康长寿！有你在，唱河渡人就有一个标杆。"

渡爷说："我活得太长了，老而不死是为贼。只要晚辈们比我过得好，比我活着更高兴。"

令人意外的是，夏清河离开上水市半个月后，也就是腊月初八那天，一大早，渡爷让白大强把郝东水请到他那里，渡爷对郝东水说："我要走了，拜托你一件事，我死了把我和山灵的骨殖放在一起火化后，拿到回心石跟前，撒入汉江，让我和山灵一起流到大海里，那是她生前的愿望。"

郝东水半笑着说："渡爷，你别吓唬我们，我们还盼望着每年喝你的寿酒哩。再说，你撑了几十年渡船，守候着唱河渡，我们说好了，唱河渡的纪念塔马上就建好了，在你百年之后，把你和山灵前辈的灵骨放在下面，做永久的纪念。"

渡爷笑笑说："世上哪有永久，我撑渡船之前，从回心渡到唱河渡一千多年的历史上，有多少船工！可今天我们知道是谁吗？除了史书上记载的那些英雄豪杰，我们连自己的祖先是谁都不知道，作为凡夫，我还是到我应该去的地方。"

这是渡爷的交代，郝东水换了话题，给渡爷讲唱河渡新区的新规划，希望渡爷再多活些年头，好看看唱河渡未来的模样。

渡爷只笑不答，却拉着郝东水的手不放，半个小时后，才松开手。

郝东水笑着出了渡爷的门，天上忽然飘起了雪花，他心里突然打了个激灵，若有所思地对身边的白大强说："渡爷年龄太大了，照顾得细心一些。"

吃晚饭时，白大强给渡爷端了一碗自家包的饺子，一推门进去，渡爷坐在椅子上不动，白大强放下碗，拉开房子里的灯，只见渡爷双眼微闭，怀里抱着一个红布包着的盒子，已经停止了呼吸。白大强大惊，赶紧给郝东水打电话，又给120打了个电话。

郝东水接到电话，马上想到渡爷上午说过的话，他立即让范小迪告诉一下侯山川和沈山灵。他们几乎在同一时间到达渡爷住的地方，白大强站在门口等候。这时120也到了，大家让医生先进去，医生上前看看渡爷的眼睛，又听了听心脏，转身对大家说："已经去世两个多小时了。"

医生退出，郝东水上前，在灯光里，看见渡爷面色红润，眉毛雪白，胡子上翘，微微张开的嘴唇，像在呼吸，一如活着的样子。郝东水的目光突然触及渡爷怀里红布包着的盒子，立刻明白怎么回事。郝东水的眼前显出渡爷与他一生唯一爱过的女人沈山灵的画面。郝东水难以抑制心中的悲伤，后退一步，突然跪下，喊了一声："渡爷！"顿然之间，泪如雨下。身后的侯山川和沈山灵，同样明白了眼前场景所表达的意义，他们随即也跪下，向这位唱河渡的精神图腾，致以中国人最古老也是最庄严的下跪礼仪。

门外又开始下雪了，而且越下越大，天地间一片白茫茫。

渡爷预知生死，这在唱河渡引起了巨大反响，人们说，渡爷根本就不是一个凡人，真人不露相，露相非真人。

按照唱河渡的风俗，渡爷的遗体在他的屋子里停放了三天，村子里的晚辈轮流给渡爷守灵。第四天一大早，渡爷的遗体和山灵的骨殖被送到火葬场，十点，骨灰送到唱河渡村之后，郝东水与白大强等村委会的人，一起捧着渡爷和沈山灵的骨灰，划船到回心石，将骨灰轻轻撒入汉江中。他们划船的时候，还是阴天，当郝东水打开骨灰盒准备撒时，云层突然露出缝隙，一道强烈的太阳光，从云层中射出，照在回心石上，回心石顶端的积雪，瞬间发出七彩光芒，接着，半空中出现了一道彩虹，像一个弯弯的天桥，通向遥远的天际。

看到这一幕，郝东水和现场的人都流泪了，随来的记者沈山灵哽咽着说："渡爷和他的山灵，在彩虹上相会了！"

送走渡爷，大家的心里有些压抑，尽管渡爷是百岁走的，但几个月来，唱河渡发生了太多的事情，只有渡爷的去世，是可以正面面对的，这件事寄托了人们太多的情绪。腊月二十八，离春节放假还有两天，郝东水提前做了准备，安排唱河渡新区和入住新区的企业员工，搞一个春节联欢晚会以振奋大家的精神，迎接来年的任务。在联欢晚会上，侯山川专门选了德兰修女的一首叫作《立场》的诗，改动了几个字，请沈山灵朗诵。沈山灵不但吐字标准，语气抑扬顿挫，而且充满了感情：

> 即使你是诚实的和率直的，人们可能还是会欺骗你
> 不管怎样，你还是要诚实和率直
> 人们经常是不讲道理的、没有逻辑的和以自我为中心的
> 不管怎样，你要原谅他们
> 即使你是友善的，人们可能还是会说你自私和动机不良
> 不管怎样，你还是要友善
> 当你功成名就，你会有一些虚假的朋友
> 和一些真实的敌人
> 不管怎样，你还是要取得成功

你多年来营造的东西

有人在一夜之间把它摧毁

不管怎样，你还是要去营造

如果你找到了平静和幸福，他们可能会嫉妒你

不管怎样，你还是要快乐

你今天做的善事，人们往往明天就会忘记

不管怎样，你还是要做善事

即使把你最好的东西给了这个世界

也许这些东西永远都不够

不管怎样，把你最好的东西给这个世界

你看，说到底，它是你和自己心灵之间的事

而绝不是你和他人之间的事

  沈山灵朗诵结束后，是少顷的沉默，接着响起了热烈的掌声。沈山灵则热泪盈眶，她看看侯山川，突然发现这个号称阅尽人间沧桑的男人，也流泪了。整天似乎没有心思的沈山灵，此刻眼前展开一幕幕与侯山川、渡爷，以及郝东水、夏清河交往的情景，内心深处泛出无限的感慨，她不由自主地走过去，对侯山川说："谢谢你选了这首诗！我突然明白了她的意思。"

  侯山川说："看来你成熟了。"

  沈山灵说："好像你比我大多少似的。"

  晚会在欢快的音乐声中结束，然后，他们冒着严寒，来到江边，点燃了篝火。升腾的火苗把整个江水映照得一片通红，江水像天上无尽的天水在流动，回心石在天水中，显出昔日从没有过的景象，它的影子被拉长，像一个巨人浮现在江面，随着微风的吹动，在火海中起舞。这时的江面，像天上浩瀚的银河，将人间万物映照其中。

冲天的篝火，是唱河渡的人点燃的对未来的希望。

那晚，唱河渡的人们在深夜时分听到了很久没有听到过的河唱，从回心石方向的河心，传过来一阵阵风的呼啸，发出时而尖利、时而激越、时而平缓的声响，向四面铺陈开来，最后钻进了芦苇丛，既像年根岁月的告别，又像夕阳西下时的晚唱。在唱河渡生态文化公园与人谈事的郝东水，无意中听到了河唱的声音。谈话结束后，他一个人来到唱河渡遗址，站在夜色中，静静地听着河唱的声音变化。在那些无法捉摸又无法模仿的声音中，他突然想起了渡爷，想起了钱黎青，想起了夏清河，想起了几年来所遇到的每一个人，一切如同梦幻，一切又如同刚刚发生，然而转眼间什么也没有，只有平缓的江流，在微弱的星光里，通过滚水坝，发出一往无前的声响，汇入正在一声高于一声的河唱之中。

嶓冢导漾，东流为汉。

2020年12月25日一稿于西安
2021年2月25日二稿于青岛竹林精舍
2021年3月19日三稿于汉中兰若禅堂

后记 汉水如是

　　我老家的村子叫尖角，位于陕西汉中洋县龙亭毗邻汉江的西南角。村子沿汉江的一条小支流大龙河，与处于平川地带的晏坝村分界，由北向南渐次升高，形成丘陵地带，一个山沟套着一个山沟，沟沟洼洼如同迷宫，到了最高处，再由山梁向南顺坡而下。坡面虽不十分陡峭，但不少路段坡度均在四十五度以上，山路难行，下雨天一不小心就会摔倒。山下即是滔滔汉江，站到山梁高处一眼望去，蜿蜒而去的汉江，像一条巨龙游走于秦巴山地之间，煞是壮观。尖角村并不大，东西长不过十来里路，南北的直线距离也只在七八里之间。在我童年和少年的记忆里，那就是一个穷山沟，在中学的地理课本上，找不到一个点的地方，对它的历史更是一无所知，或者叫不屑一顾。直到有一天，好友文史学者黄建中先生告诉我，说有史料记载，民国十二年（1923），军阀吴新田将光绪元年（1875）在尖角村出土的周鼎卖给了日本商人，得银元三十万。鼎在古代号称国之重器，天子九鼎，侯七鼎，大夫五鼎，士三鼎，其他人不可拥有。成语中有一言九鼎、问鼎中原等，都说明鼎是王权的象征。能卖三十万银元的周鼎，绝不是一个小器皿，一个毫不起眼的村子，竟然出土这么大的鼎，至少说明周代这里就有人的活动，而且不是一般的平民百姓，由此推论，尖角村曾是一个繁华之地。听了此消息，虽然不至于说我的祖上阔多了，但至少说明这里曾有过非同一般的文明。可从我记事起，就厌恶这里的贫穷。

村子靠西南的山头上有一座寺院——镇江寺，碑文记载始建于唐代，可见历史悠久。于是，官方的称谓把尖角叫作镇江村。镇江镇江，显然是镇住江河之意，二十世纪七十年代之前，每年的夏天，汉江都会河水暴涨，淹没农田和庄稼，猜想祖先把那座寺庙修在山头上，就是要镇住泛滥的江水，保一方平安。为什么又叫尖角？因为汉江在那儿拐了个弯，那片不大的山地，被汉江三面包围，形成一个类似于不规则的三角的形状，又处于东汉造纸术发明者蔡伦封地龙亭的一角，故而称为尖角。汉江在镇江寺拐弯，进入秦岭和巴山的夹击中，形成一道宽七八百米的山谷，从此进入九十里黄金峡。为什么叫黄金峡？因为汉江从发源地宁强嶓冢山倾泻而下，钻出大山，流经勉县、南郑、汉台、城固、洋县，纳入发端于秦岭、巴山的褒河、湑水河、牧马河、沮水河、酉水河等支流后，形成澎湃不息的大河，接着进入汉中的西乡县。而二十世纪七十年代之前，在交通极不发达的年代，九十里黄金峡，是连接汉中各县，贯通安康、十堰、襄樊，直至武汉汉口的重要航道。黄金峡的称谓，凝聚了人们对这条重要河运的共识。

汉江进入九十里黄金峡，浩浩荡荡，一路向东，形成了巨大的江流，在暴雨频发的夏天，滔天巨浪冲天而起，淹没了汉江两岸的沙坝，进入黄金峡后，浪头直接冲撞到山体的巨石上，发出震耳欲聋的声响，爆发出不可阻挡的气势，如同千军万马在嘶鸣，将整个山谷河道变成了不见人影的战场，像一曲万人演奏的交响乐。春天和秋天的河水，大多是另外一种状态，水位大大降低，河口开阔的河段，河水最浅的时候，水流平缓，几乎没有任何风浪，人可以不用坐船直接蹚过去。于是，偷懒的年轻人不必绕路去渡口，而是脱光衣服从最近的地方过河。我的少年时期，即使大冬天气温低下，天寒地冻，我和小伙伴们去南山砍柴，大多时候，挑着柴担子脱光衣服直接过河。那些浅水时段，航运就会暂停，对去南山砍柴办事的人来说，是一个令人欢喜的时光，不但可以省去过渡的路程，而且可以亲身体验河水的美妙，清澈见底的水流，虽然有些刺骨，但从身体上划过时，会有一种细腻的温柔。这时脚下的流沙，更是妙不可言，从脚趾缝间和脚面流失的过程，就像有无数的小虫爬过，有一种轻轻的痒痒，也有一种亲切的抚摸，令人想极力摆脱却又有欲罢不能的喜悦。

我的整个童年与少年时期，是在汉江边度过的。汉江留给我太多的记忆，其中包含着关于它的美丽传说，和对未来的向往与憧憬。当然也有两次差点儿丢了性命。一次是五六岁时，跟着哥哥去放牛，和同家门辈分虽低但年龄却长的侄子杨庆，一起去江边洗澡，那时正是夏季河水暴涨的季节，平河两岸，波涛汹涌。因为杨庆会游泳，跳下去后，就钻进了巨浪中，哥哥见状也跳了下去，可他不会游泳，立即被大水吞没，不见人影。河南岸半坡有过路者见状大喊救人，我被当时的场景吓蒙，哭喊着也跳了进去，大水立刻卷着我向下游冲去。在面临生死存亡的关键时刻，幸亏杨庆水性好，经过与洪水激烈的搏斗，终于将我们两兄弟救了起来。另一次是生产队过河收麦子，因为汉江发大水，渡船过不来，必须有人逆流将渡船往上拉出一截距离，借着船工的摇橹和水流的力量，把渡船划到对岸。但是河南岸没有人过江，队长喊有没有人可以游过江去帮忙。那时，我已经上初中了，在上学路上的水库里学会了游泳，一时有了英雄气概，不由分说，跳下江去。谁知跃身跳进江水中，即刻被冲入洪流中，巨大的浪头一个连着一个，劈头盖脸地打来，难以招架。好在脑子清晰，如不奋力一搏，性命全无。在母亲焦急恐慌的目光中，我在半个小时里奋力自救，终于与死神擦肩而过，游到了对岸。当然更多的时候，我是看着汉江的清流，听着老人们讲述汉江的传说而成长的。尽管汉江近在咫尺，但江水不能自己上山，除了少数的沟田可以种水稻外，其他山地只能靠天吃饭，村人的生活，吃不饱肚子是常态。因此，我对汉江的印象，一直把它当作儿时的美好记忆和苦难的象征，贫穷使我无时无刻不在加速实现逃离它的愿望，想象着随江流直奔长江、奔腾向前汇入大海的壮美图景。即使后来我知道了尖角曾经出土过价值非常的周鼎，我仍然无法想象可能的辉煌，更多的仍然是儿时的苦难。

十九岁那年，我终于走出山地，离开汉江，开始了十二年的军旅生涯，随后走西闯东，从青海高原到江城武汉，最终落脚青岛，经历了从大漠戈壁到大江大海，从执行任务时曾到过的海拔五千三百米的雪山，到了零海拔的黄海，一个出身于山沟里农民的儿子，命运在几十年的岁月里，不断变化各种职业和身份，以不可思议的机缘，见识甚至经历了宦海沉浮、名利场的奇闻异事。许多人和事令我眼界大开，思维跳跃。最终被时代大潮裹挟，跳进了商海，见证了财富的争夺和贫穷者毫无尊严的生活。那些充满传奇和非常的经历，许多时候连自己也不相信，其荒诞性、奇异性，远远超过了任何虚构的文学作品，这就强化了我关于人生的梦幻感。

几年前有幸受邀返回家乡，参与汉中天汉文化公园项目建设，深度介入这片土地的开发，目睹了生长在这片土地上的人们，是怎么渴望改变这里的面貌。尽管他们身份不同，人生的道路各异，在这场旷古未闻的巨变中，是主动还是被动，抑或被裹挟进难以言说的境地，使他们的命运发生了未曾想到的变化，但他们的付出，和对这片土地的情怀，常常令人动容。这使我对汉江的认知发生了巨变，那些人和事让我久久不能释怀，在朋友的建议下，我创作了《唱河渡》。希望通过这部作品，使更多的朋友和读者，走进我的家乡，感受汉江的博大壮阔的魂魄，感受这片土地的苦难与辉煌、壮美与温柔。

山间日月自来去，天际无云少是非。在岁月的长河中，心存善良的人们，不管他们身处何处、在干什么、经历了什么，无论生活呈现给他们什么样的状态，他们总能在其中找到生存的方式，也许他们有美好的憧憬，也许只是为了活着的单纯目的。他们一刻不停地奋斗过，还将为了追求更好的生活继续奋斗下去。看着那些辛苦的劳动者，一切心机和妄想都显得浅薄和无耻。尽管生活可能带来复杂的记忆，但人们依然会选择以善良之心对待这个世界。我用《立场》这首诗，作为作品尾声中的一个情节，就是想说：我们所做的一切，只是自己心灵的选择，与外界无关。

正是抱着这样的心态，我写了《唱河渡》。感谢汉中市滨江新区的建设者们给我讲述他们的故事，是他们提供的素材，丰富了我的创作，在此向他们表示最诚挚的感谢！同时我以无比的敬畏，向给了我最初生命的汉江以及秦巴山地表达我的无限感恩，《唱河渡》是我献给这片山河大地的礼物，但愿我的书写能贴近这条江河和这片土地的灵魂。

感谢好友黄建中先生在整个作品创作过程中提供的帮助，他认真阅读第一稿和第二稿，提出了中肯的修改意见。感谢雕塑艺术家贾维克先生，他阅读了作品的电子版后，用了两个月时间，为本书创作了十三幅精彩的插图。感谢段继刚、王连成先生给予的订正和修改意见。感谢书法家尤全生先生、马治权先生题写书名。是多位朋友的用心参与，才使这部作品能以这样的面貌呈现在读者面前，对他们的付出表示真诚的谢意！

我常常站在汉江岸边，看着江水发呆，不知道是眼前的汉江真实，还是想象中的汉江真实，抑或梦中的汉江真实？三条汉江在我的脑子里不断显现，唯有奔腾的激流所迸发出的内在灵魂是一致的。于是，我在《唱河渡》中呈现了一条文学的汉江。它是一个虚构的故事，但它的精神实质是真实的。

唱河渡，非唱河渡，是名唱河渡。

杨志鹏

2021年3月23日一稿于汉中

2021年4月6日定稿于北京